PISTA PERIGOSA

Janet Evanovich

PISTA PERIGOSA

Tradução de Alice Klesck

Título original
MOTOR MOUTH

Esta é uma obra de ficção. Personagens, incidentes e diálogos foram criados pela imaginação da autora e sem a intenção de aludi-los como reais. Qualquer semelhança com acontecimentos reais ou pessoas, vivas ou não, é mera coincidência.

Copyright © 2006 *by* Evanovich, Inc.

Todos os direitos reservados.

Nenhuma parte desta obra pode ser reproduzida no todo ou em parte sob qualquer forma sem a permissão escrita do editor.

Direitos para a língua portuguesa reservados
com exclusividade para o Brasil à
EDITORA ROCCO LTDA.
Av. Presidente Wilson, 231 – 8º andar
20030-021 – Rio de Janeiro, RJ
Tel.: (21) 3525-2000 – Fax: (21) 3525-2001
rocco@rocco.com.br
www.rocco.com.br

Printed in Brazil/Impresso no Brasil

preparação de originais
LUCAS CARVALHO

CIP-Brasil. Catalogação-na-fonte.
Sindicato Nacional dos Editores de Livros, RJ.

E92p	Evanovich, Janet
	Pista perigosa / Janet Evanovich; tradução de Alice Klesck. – Rio de Janeiro: Rocco, 2009.
	Tradução de: Motor mouth
	ISBN 978-85-325-2428-7
	1. Ficção americana. I. Klesck, Alice. II. Título.
09-1454	CDD-813
	CDU-821.111(73)-3

Capítulo 1

Às vezes, é preciso decidir entre ganhar de modo justo ou trapacear por uma boa causa. E, às vezes, no calor da competição, eu passei bem longe do justo. Portanto, compreendo a tentação. Mas há uma coisa quanto a trapacear... não me trapaceie. Eu encaro como algo pessoal.

E eu estava bem certa de estar de olho num cara que trapaceava às minhas custas. Ele vestia uma roupa vermelha. Dirigia um carro chamativo, com um 69 pintado na lateral. E ia rápido demais. Eu estava com meu binóculo fixo nele, enquanto fazia a curva, o pneu dianteiro esquerdo colado no meio-fio.

Eu estava em pé, no posto de observação do circuito Homestead-Miami, com vista panorâmica da paisagem da Flórida. As ondas de calor tremulavam na pista abaixo, e o ar estava pesado pela fumaça da borracha queimada, da gasolina rica em octano e pela euforia que a NASCAR[Associação Nacional de Corridas de Stock Car]traz para uma corrida. Eu estava no telhado com 42 caras. Era a única vestindo uma tanga rosa de renda. Pelo menos, estava quase certa de ser a única de tanga, já que era a única mulher, mas, até aí, o que eu podia saber? Eu vestia um jeans preto, apertado, e uma camisa da equipe de corrida Stiller. A camisa era branca, de mangas curtas, com debrum dourado e preto e o escudo da Stiller bordado na frente. A inscrição bordada nas costas era uma piada: Motor Ligado. Sou a observadora de Sam Hooker em dias de corrida. Sou a loura oxigenada de brilho nos lábios que sussurra no ouvido de Hooker, enquanto ele se mata de suar dentro de um macacão preto e dourado, à prova de fogo, toda semana.

Nessa semana, Hooker estava correndo em seu carro preto, patrocinado pela empresa de metrô, no circuito oval de 2,5 quilômetros. Era a última corrida da temporada e eu estava torcendo por uma mudança de ritmo. Adoro meu emprego, mas chega uma hora em que uma garota quer simplesmente botar um vestidinho sexy e tomar um drinque, num restaurante que não sirva churrasco. Não que eu não goste de churrasco, mas é que tenho comido *muito* ultimamente.

A voz de Hooker era alta e clara em meu fone de ouvido:

– Terra para Motor Ligado. Fale comigo.

– Estou com ideias que não podem ser anunciadas publicamente.

– Sobre ficar nua? – perguntou Hooker.

– Não, são sobre ir à forra.

– Ouça, foi um acidente, eu juro. Eu estava bêbado e não me lembro de nada. Não sei como fui parar na cama com aquela vendedora. Querida, você *sabe* que eu te amo.

Cascudo mental.

– Não é isso, seu retardado. Estou falando da corrida.

Hooker começou nos circuitos de terra do Texas. Ele corria de kart, caminhão e qualquer outra máquina entre um e outro. Tem a minha idade, mas parece um garoto de faculdade, de cabelos alourados pelo sol, um belo corpo e alguns músculos, um pouquinho mais alto que eu. A diferença entre Hooker e os garotos de faculdade está em seus olhos. Há rugas nos cantos que revelam a idade e a coragem. E há uma profundidade que vem da vida dura e do fato de ganhar algo com isso.

Corri um pouco, quando estava no ensino médio. Negócio estritamente amador. Destruía os carros, depois os consertava na oficina do meu pai, em Baltimore. Acabei me saindo bem melhor ao consertá-los do que ao correr com eles, portanto larguei a direção e tirei um diploma de engenharia. Hooker não vale nada como mecânico, mas realmente sabe correr de carro. Venho trabalhando como sua observadora e participando de sua equipe de pesquisa e desenvolvimento por uma temporada inteira, 36 corridas pelo campeonato, e estou arrebatada por sua postura agressiva e habilidade para pilotar.

Há os que questionam a proporção "colhão-razão" de Hooker. Mas eu nunca vi uma radiografia de sua cabeça, portanto arrisco um chute quanto ao seu cérebro, mas já vi o outro equipamento em questão e estou bem confiante de que a proporção é de dois para um.

Eu me envolvi num relacionamento romântico com Hooker quando aceitei o emprego na Stiller. E fui idiota o bastante para achar que aquilo era sério. Depois de quatro meses, Hooker provou que eu estava errada, com uma "ficada" que saiu escancarada em todos os tabloides. Agora eu já tinha superado Hooker... um bocado. A única coisa que eu levava a sério atualmente era meu emprego. Eu era totalmente dedicada à equipe Stiller.

– Você já fez 240 voltas – eu disse –, ainda faltam 23. O carro vermelho, 69, está pouca coisa à sua frente.

O 69 era patrocinado pela Lube-A-Lot e pertencia à Huevo Motor Sports, uma empresa mexicana poderosa, com dinheiro para queimar em carros de corrida. A Huevo construía bons carros, mas, às vezes, o 69 era bom demais e eu podia apostar um dinheiro que esse carro estava trapaceando, correndo com tecnologia ilegal.

– Distância de pouca coisa à frente – Hooker me disse –, mas isso é muita coisa. *Faça* algo.

– Posso lhe dizer quando for seguro ultrapassar, quando for bom para entrar nos boxes e quando houver problemas à frente. Mas, pelo fato de estar aqui no telhado, e você, na pista, e porque deixei meu pó mágico de vodu lá no ônibus, vai ficar meio difícil *fazer* algo.

Foi quando aconteceu o pancadão. A batida monstruosa que aterroriza os donos dos carros e que os fãs adoram. Um carro da Stiller, dirigido por Nick Shrin, perdeu o controle e derrapou, e o carro seguinte chegou a tocá-lo e empurrou Shrin de encontro ao muro. Seis outros carros se envolveram no acidente, transformando-se, instantaneamente, em metal retorcido. Felizmente, estavam todos atrás de Hooker.

Quando a corrida fosse retomada, e todos estivessem alinhados para a nova largada, não haveria distância entre o 69, carro vermelho da Lube-A-Lot, e o carro do Metrô, de Hooker.

– Recue – eu disse a Hooker. – Você acaba de ter um golpe de sorte.

– O que houve?

– Shrin derrapou e bateu no muro, depois disso todo mundo bateu nele, menos você e o carro de apoio.

A bandeira de alerta foi erguida e a pista parou até que a confusão fosse desfeita. A Stiller tem três carros de campeonato. Hooker pilota um. Larry Karna pilota outro. E Nick Shrin, o carro amarelo e vermelho, patrocinado pelas Yum Yum Snack Cakes. Nick é um bom piloto e uma boa pessoa, e agora eu estava passando por um bocado de aflição por causa dele. A janela do motorista é usada para entrar e sair dos carros da Stock Car, e Shrin ainda não havia saído. Eu estava com meu binóculo fixo nele, mas não podia identificar muita coisa. Ele ainda estava com o cinto, de capacete e com a viseira abaixada. O carro estava cercado pela equipe de emergência. Vários carros foram destruídos na batida, mas Shrin era o único motorista que ainda não havia saído do seu.

– O que está havendo? – Hooker queria saber.

– Shrin ainda está no carro.

O observador de Shrin estava em pé, ao meu lado. Seu nome é Jefferson Davis Warner e todos o chamam de Fominha. Ele tem trinta e poucos anos, orelhas de abano e cabelos castanhos espetados. Seu nariz foi quebrado numa briga de bar e ficou ligeiramente torto. Ele tem as pernas compridas e é bem magro, com mãos e pés grandes demais para seu corpo... parece um cruzamento de uma bengala de cabeça felpuda e um filhote de dinamarquês. Ele come sem parar e nunca engorda um grama. Disseram-me que ganhou o apelido de Fominha por ser o primeiro da fila de lanches na escola. Acho que foi bem a calhar ele ter vindo trabalhar na equipe das tortinhas Yum Yum. Ele tem um bom coração e é um bom observador. E, assim como muita gente no ramo, quando Fominha saía do meio da NASCAR, ele não era muito bem cotado. Sabia calcular a velocidade com um tacômetro, mas não conseguia distinguir um nó cego e a cabeça de um prego. Para Fominha dava tudo na mesma. Nesse instante, seu rosto estava branco e ele segurava a grade com toda a força.

— Como ele está? — perguntei a Fominha. — Está falando com você?

— Não. Eu o ouvi batendo na parede, e desde então só silêncio. Ele não está falando nada.

Todo observador estava de binóculo em punho sobre o carro da Yum Yum. A conversa no telhado cessou. Ninguém se mexia. Se um motorista estivesse realmente encrencado, uma lona era erguida, impedindo a visão. Meus dentes estavam cravados em meu lábio inferior, e meu estômago estava com um nó, enquanto eu rezava para não ver a lona.

O pessoal do resgate estava ao lado das duas janelas. O médico da equipe de emergência recuou da janela do lado do motorista. Ele havia posto Shrin no reboque. Eles o prenderam numa maca. Eu continuava sem enxergar muita coisa. Havia gente demais no local do acidente. A NASCAR entrou na frequência própria e anunciou que Shrin estava consciente, sendo levado para exames. O sistema público de áudio retransmitiu. Um suspiro de alívio foi ouvido nos estandes. Os observadores recuaram, aproveitando o intervalo para comer alguma besteira ou fumar, ou correr até o banheiro masculino.

Fominha ainda estava agarrado à grade, parecendo prestes a cair.

— Ele está consciente — eu disse a Fominha —, eles o estão levando para exames. Parece que seu trabalho terminou por hoje.

Fominha concordou, mas continuou segurando a grade.

— Você não parece bem — eu disse a ele. — Deveria descer e sair do sol.

— Não é o sol — disse Fominha. — É a minha vida. Minha vida é uma droga.

— Vai melhorar.

— Parece que não — disse Fominha —, sou um fracasso. Não faço nada direito. Até minha mulher me deixou. Nem ali eu fazia nada certo. Há seis meses ela foi embora com as crianças e o cachorro. Disse que eu não entendia nada do *sininho* dela. O sininho não gosta de badalar no meio da noite. O sininho precisa ser tocado, no mínimo, por trinta segundos. Eu vou te contar, havia uma lista de mais de um quilômetro sobre o tal sininho. Faça isso. Não faça aquilo. Na maioria das vezes, eu nem conseguia *encontrar* o bendito sino. Era muito confuso, cara. Quer dizer, eu até queria fazer o negócio certo, mas, Nossa Senhora, eu não conseguia acertar. E, se você quer saber, o tal do sino é bem complicado. Eu quero voltar à época em que era suficiente que o cara pusesse o lixo pra fora. O que foi que aconteceu com aquela época? Eram tempos mais simples. E agora estou fazendo cagada no meu emprego. Fiz com que meu piloto se machucasse.

— Isso não foi culpa sua.

— Foi culpa minha sim. Fracasso, fracasso, fracasso. Esse sou eu. Pensei que estivesse fazendo algo bom, mas acabou sendo ruim. É toda a história do sininho, outra vez.

— Talvez você devesse conversar com Hooker. Ele entende muito de sininhos.

Fominha focou seu binóculo no canteiro central da pista e suspirou:

— Como se as coisas já não estivessem ruins o suficiente, os miseráveis estão conversando com Ray Huevo. Meu Pai, o que significa isso?

O canteiro central da pista da NASCAR é uma verdadeira cidade de corridas. Os caminhões que rebocam os carros ficam alinhados diante dos boxes e servem como unidades móveis de comando. Depois dos caminhões ficam os ônibus de um milhão de dólares dos pilotos. E, se houver espaço suficiente, numa área interna separada, alguns fãs de sorte conseguem lugar para acampar. Fiz uma varredura, mas não sabia o que estava procurando.

— Não conheço Huevo de vista — eu disse a Fominha —; onde ele está?

— Há três homens em pé, junto ao rebocador do carro 69. Ray Huevo é aquele de camisa de mangas curtas. Eu só o vi algumas vezes. Ele não costuma aparecer nas corridas. Fica mais no México. Seu irmão Oscar encabeça a equipe Huevo Motor Sports e é ele quem geralmente é visto na pista. Ray é tipo a ovelha negra da família. De qualquer forma, o homenzinho que está com Ray Huevo é o cara que atropelou Clay.

Clay Moogey trabalhava no Departamento de Motores da Stiller. Três dias atrás, ele saía de um bar, desceu o meio-fio para atravessar a rua e foi morto por um motorista, que fugiu.

— Você tem certeza?

— O que aconteceu a Clay não foi acidente. Eu o vi sendo atropelado – disse Fominha –, eu estava lá. Eu vi Clay saindo e esse cara surgiu do nada e apontou direto para ele.

— Você contou à polícia?

— Eu não podia fazer isso. Estou numa posição delicada. Não podia me envolver. E eu nem sei um nome ou algo assim. Só estou te contando porque... que diabos, nem sei por que estou te contando. Estou te contando tudo. Que droga, eu contei até do sininho. Que humilhante.

A distância, Ray Huevo estava em pé, inclinado para a frente a fim de ouvir melhor, em meio ao ruído da pista de corrida. Ele subitamente empertigou-se, virou-se e olhou em nossa direção. Apontou com o dedo, e Fominha deu um gritinho e pulou para trás.

— Ele está longe – eu disse a Fominha –, poderia estar apontando para qualquer um.

A voz de Fominha estava uma oitava mais alta.

— Ele estava apontando para mim! Eu sei que apontava para mim. Eu vi.

Ray Huevo deu meia-volta e saiu andando. Os dois homens de terno o seguiram. Todos sumiram atrás de outro rebocador, e eu fui chamada de volta à pista pela voz de Hooker em meu ouvido.

— Tem de haver algo de errado com meu rádio – disse ele –, eu não estou ouvindo nada.

— É porque eu não estou dizendo nada – retruquei.

— Quanto estamos pagando a você?

— Nem perto do suficiente. De qualquer forma, só tenho um conselho. Acho que você deve ultrapassar o 69.

— É, isso parece uma boa ideia. Nossa, por que eu não pensei nisso?

Se o carro 69 continuasse na frente, nós terminaríamos a temporada em segundo. No meu livro, o segundo lugar não conta. Dickie Bonnano, também conhecido como Dickwad, Banana Dick, Dickhead e, às vezes, simplesmente Escroto, estava dirigindo o 69. Bonnano era um babaca arrogante. Ele era um motorista medíocre. E tinha uma namorada igualmente detestada. Era mais alta que ele, gostava de couro, passava um delineador para imitar a Mulher-Gato e comprou um par de tetas que não balançavam, não caíam, nem tinham visão periférica. Os caras do boxe a chamavam de Delores Dominatrix. Então, quando Bonnano não estava sendo chamado de Dickwad, Banana Dick, Dickhead ou Escroto, ele era chamado de Brutus.

Hooker estava alguns pontos à frente de Bonnano, mas Bonnano ganharia o campeonato se vencesse essa corrida. A menos que Deus entrasse e soprasse o motor de Bonnano, ele ganharia.

Restavam 32 carros na corrida. Estavam alinhados atrás do carro de apoio e circulavam a pouco mais de sessenta quilômetros por hora, esperando pela sinalização de pista livre e prontos para a corrida. Eles se aproximavam da curva 4, quando o carro de apoio deixou a pista principal pela entrada dos boxes, e a bandeira verde foi erguida.

— O carro de apoio saiu — eu disse a Hooker —, verde, verde.

Os carros passaram por mim rugindo, todos eles pisando fundo. Bonnano assumiu a ponta e a manteve, abrindo distância na saída de cada curva. Hooker estava em silêncio em seu rádio.

— Firme — eu disse a Hooker. — Dirija com espertéza. Você não tem ninguém perto da sua traseira, e só há um cara à frente.

— Isso é um pesadelo — disse Hooker —, um maldito pesadelo.

— O segundo lugar não é tão ruim. O segundo ganha bons pontos.

– Mal posso esperar para ouvir.
– Se você não ganhar o campeonato, não precisa sentar no palco com cara de idiota, no banquete da premiação. Brutus e Delores terão de fazer o negócio do palco.
– Você também deve estar feliz por isso – disse Hooker –, você estaria no palco comigo.
– Sem chance.
– Você teria sido minha acompanhante.
– Acho que não.
– Você deveria verificar seu contrato. Há uma cláusula ali, sobre sair com o motorista, sob circunstâncias emergenciais.
– E a vendedora?
– Não consigo ouvi-la – ele gritou. – Muita estática.

Eu ainda estava com o binóculo colado em Hooker e o vi passar pela bandeira quadriculada, logo atrás de Bonnano.

– Oba! Olha eu! – Hooker cantarolou. – Sou o segundo. Cheguei em segundo.

– Muito engraçado – eu disse a ele –, apenas procure se controlar e não bata na cara de ninguém quando sair do carro.

O rádio morreu, portanto eu arrumei minhas coisas e me virei para sair, quando percebi que Fominha ainda estava junto à grade.

– Você não se importa se eu descer com você, se importa? – Fominha perguntou. – Eu não quero descer sozinho.

Tomamos o elevador até o térreo e abrimos caminho pela multidão que saía das arquibancadas. Normalmente, eu cortaria caminho atravessando a pista, mas Fominha não parecia muito bem, então eu arranjei uma carona para nós, num carrinho de golfe que voltava ao canteiro central. Espremi o Fominha para caber no banco traseiro e fiquei de olho para ver se ele não desmaiava nem caía do carrinho.

A pista tem carrinhos de golfe, as equipes têm carrinhos de golfe, os patrocinadores têm carrinhos de golfe e os pilotos têm carrinhos de golfe. Às vezes, os carrinhos de golfe são aquelas coisinhas branquinhas; noutras, são incrementados com pinturas personalizadas. O carrinho de Hooker combinava com as cores de seu ônibus e viajava, a cada corrida, junto com o ônibus. No início da temporada, quando eu estava envolvida com Hooker, tive de usar seu carrinho de golfe. Após o incidente com a vendedora, eu não me sentia à vontade para usar o carrinho e devolvi suas chaves. Olhando para trás, eu provavelmente deveria ter mantido as chaves. Só porque você não está mais dormindo com um cara não significa que não possa usar seu carrinho de golfe, certo?

Descemos pelo túnel sob a pista e saímos no canteiro central. O ronco dos carros havia sido substituído pelo vap vap vap dos helicópteros que passavam acima, transportando as pessoas de volta a Miami. Em dias de corrida, os helicópteros começavam a chegar bem cedo, com uma nova aeronave pousando em intervalo de minutos, despejando celebridades, presidentes de indústrias, familiares do pessoal da NASCAR e, às vezes, patrocinadores, repetindo a função ao longo do dia e revertendo a operação até tarde, noite adentro.

– Aonde você vai agora? – Fominha me perguntou. – Você vai até o rebocador de Hooker?

– Não. Quero assistir à inspeção do 69.

– Você acha que há algo suspeito sobre o 69?

– Sim. Você não?

– Eu certamente acho – disse Fominha –, e essa não é a primeira corrida em que penso isso. E agora que vi aqueles dois caras falando com Ray Huevo, estou tendo umas vibrações realmente muito ruins. Não posso lhe contar mais do que isso; por conta do que falei antes, estou numa posição delicada. O problema é que eles inspecionaram esse carro 69 antes e não encontraram nada.

O programado era que Brutus desse uma queimada de pneus para os fãs, depois pilotasse o 69 até a linha de chegada para as fotos. Quando as fotos terminassem, a NASCAR conduziria o carro para inspeção e testes, junto com os cinco carros seguintes e mais alguns, escolhidos aleatoriamente. Até a hora em que o 69 chegasse aos boxes, a NASCAR já teria posicionado as balanças e medido a altura e o peso. Já dentro dos boxes, o combustível seria retirado, a caixa de marcha desmontada, as marchas verificadas, os cilindros medidos e os amortecedores examinados.

Quando você assiste a um carro sendo desmontado e testado, é difícil acreditar que alguém possa trapacear. Mais difícil ainda é acreditar que conseguiriam se safar. No entanto, quase todo mundo tenta, uma vez ou outra.

Se você tem uma equipe experiente, todo o exercício leva uns noventa minutos. Depois que a carcaça do carro está totalmente limpa, ele é colocado no rebocador, junto com o carro reserva, e levado de volta à Carolina do Norte, onde será reconstruído para outra corrida.

Fominha ficou colado em mim, enquanto eu olhava, de longe, a desmontagem do 69.

– Nunca assisti a esse negócio todo de inspeção – disse Fominha. – A equipe está sempre apressada para ir embora e eu nunca tive a chance de fazer isso.

Olhei atrás, para os rebocadores alinhados. O rebocador do carro da Yum Yum estava pronto para partir, com o motor ligado. Não vi ninguém da equipe de Fominha.

– Você está parecendo um homem sem pátria – eu disse a ele.

– É, eu deveria ter me encontrado com todo mundo na van, logo depois da corrida, mas tenho uns negócios para fazer. Não que eu realmente queira fazer, mas, de qualquer maneira, estava torcendo para que pudesse cuidar disso aqui, só que não está com jeito de que vai acontecer. Acho que preciso arrancar. – Fominha me deu um abraço. – Eu agradeço por você ter sido amiga e tudo o mais.

– Tome cuidado.

– Estou tentando – disse Fominha, caminhando em direção ao estacionamento da imprensa.

Quinze minutos depois, quando ficou óbvio que nada de ilegal ia aparecer no 69, fui em direção ao estacionamento dos pilotos.

Encontrei o ônibus de Hooker, abri a porta e gritei para ele:

– Você está decente?

Hooker estava de banho tomado, vestindo um jeans e uma camiseta surrada, assistindo a desenhos com Beans, seu novo cão são-bernardo. Beans deu um latido animado ao me ver e se jogou do sofá, pulando em meu peito com suas imensas patas dianteiras. Eu caí de costas com Beans por cima de mim, dando-me muitos beijos molhados de são-bernardo.

Hooker puxou Beans e ficou me olhando, embaixo.

— Eu queria ter peito para fazer isso.

— Não comece, não estou de bom humor.

Hooker me puxou, me colocando de pé, e eu fui direto à geladeira pegar uma Budweiser. Coloquei a lata sobre a testa, depois dei uma boa golada. Todas as geladeiras dos pilotos são abastecidas de Bud, pois logo de manhã chega a fada da cerveja Bud, deixando uma entrega fresquinha na porta do ônibus. Eu fiquei num hotel barato, a quase dez quilômetros do restante da equipe, e a fada da Bud não ia lá.

— Então — disse Hooker —, qual é?

— Até onde eu vi, eles não encontraram nada ilegal no carro 69.

— E aí?

— Eu não acredito. Você poderia dirigir em círculos ao redor de Brutus e tinha um ótimo carro, mas ele ganhava tempo sobre você a cada curva.

— Significando o quê?

— Controle de tração.

Em carros de rua, o controle de tração é feito por um computador que detecta a derrapagem, depois direciona potência à roda apropriada. Em um carro de corrida, o controle de tração, na verdade, significa o controle de velocidade. Um piloto de carro de corrida aprende a sentir suas rodas derrapando e diminuir para controlar a potência do motor, o que, em compensação, desacelera as rodas e controla a saída. O controle de tração eletrônico computadorizado duplica essa administração da aceleração, de forma bem mais eficaz. A NASCAR acha que isso tira um pouco da diversão da corrida e proibiu. Ainda assim, se você quer correr o risco, um piloto mediano consegue ganhar um quinto de segundo a cada volta usando o controle eletrônico de tração. Isso pode ser o suficiente para ganhar a corrida.

Beans estava esparramado no chão, com a cabeça junto aos tênis de Hooker. Beans era branco, com uma máscara negra no focinho, orelhas negras e uma mancha marrom no dorso, em formato de cela. Com mais de sessenta quilos, parecia mais uma pequena vaca peluda. Ele era um docinho, mas não ganharia nenhum prêmio canino. Talvez pela baba. Era um excelente babão. Ele abriu um olho caído e me deu aquela olhada do tipo *qual é?*.

Hooker estava me lançando exatamente o mesmo olhar.

– Controle de tração é fácil de detectar – disse ele. – Você precisa de uma fonte de energia, fiação e interruptor.

– Eu poderia colocar o controle de tração em seu carro, e ninguém acharia.

Agora eu tinha a atenção de Hooker. Hooker usaria tecnologia ilegal em seu carro, num piscar de olhos, se achasse que não seria pego. E a possibilidade de desacelerar com eficiência para ganhar mais controle era o sonho dourado de um piloto.

– Então, por que não tenho isso em meu carro? – perguntou Hooker.

– Para começar, eu não gosto de você o suficiente para arriscar.

– Querida, mas que frieza.

– Além disso, tem gente demais ao redor dos carros quando eles estão sendo montados. É o tipo de coisa que exigiria uma oficina fechada. E isso chamaria atenção. E, depois, há a fonte de força...

Hooker ergueu uma sobrancelha.

– Na verdade, eu nunca coloquei isso num carro, mas acho que poderia usar uma bateria de lítio como fonte de energia e passar os fios por dentro do chassi. Talvez colocar o chip alimentado pela bateria dentro da barra de rolamento. A NASCAR não mexeria na barra de rolamento. Melhor ainda seria usar tecnologia sem fio e inserir o chip diretamente no motor. Poderia ser feito para parecer um defeito na caixa e seria tão pequeno que nem notariam.

– Pequeno quanto?

– Menor que uma lente de contato. E, se fosse esse o caso, você nem precisaria de uma oficina fechada. Só precisaria de um engenheiro que colaborasse.

— E o interruptor para ligar e desligar?
— Um controle remoto de bolso que poderia ser escondido dentro do macacão.

Hooker virou sua lata de cerveja e a amassou, depois arremessou na pia.

— Garotinha danada, você é bem sorrateira. Eu respeito isso num mecânico.

— Soube de alguma coisa sobre Shrin?

— Sim, ele está bem. Tomou um sacode que o deixou meio tonto. Acho que estava meio desorientado logo que chegaram até ele, mas voltou ao seu estado normal, idiota, de ser.

Eu podia ouvir os rebocadores saindo, ruidosamente, do estacionamento anexo. Eles estavam carregados e seguiam de volta às oficinas, na Carolina do Norte. Quarenta e três rebocadores. Cada um deles contendo mais de um milhão de dólares em carros e equipamentos. Dois carros de corrida seguem na metade superior do rebocador. A metade inferior tem uma sala, um banheiro, uma quitinete, um pequeno escritório com computador, armários para os uniformes da equipe, além de todas as peças e ferramentas adicionais necessárias para manter os carros. Imensas caixas corrediças de ferramentas eram guardadas no corredor e ocupavam a maior parte do espaço, desde a porta traseira até a porta lateral.

Somente os motoristas dos rebocadores seguiam dentro deles. Os membros da equipe e os pilotos dos carros viajavam em aviões particulares. A Stiller era dona de um Embraer, que era utilizado para transportar os membros da equipe. Hooker e Beans voavam no Citation Excell de Hooker. Eu geralmente pegava uma carona com Hooker. A maioria dos pilotos ia de helicóptero da pista até o aeroporto, mas Beans não gostava de helicópteros, portanto éramos obrigados a dirigir. Por mim, tudo bem, eu também não gostava de helicópteros.

Nós colocamos uma coleira em Beans e o levamos para dar uma volta. A maioria dos ônibus ainda estava no mesmo lugar, porém vazios, abandonados por seus donos. Amanhã de manhã, os motoristas viriam manobrá-los para retirá-los do canteiro central, em direção à estrada. Beans passeava pelo estacionamento dos pilotos e entrou na área dos boxes. Somente um rebocador ainda estava estacionado em frente ao seu box. O 69. O motorista do rebocador e uns caras da equipe do 69 estavam reunidos próximos à cabine.

– Algum problema? – perguntou Hooker.
– Bomba de combustível. Estamos esperando uma peça.

Nós voltamos para o ônibus, fizemos uns sanduíches e ligamos a televisão. Não fazia sentido ficarmos presos no tráfego. Em meia hora escoaria e poderíamos ir para o aeroporto.

Meu telefone tocou e eu não me surpreendi ao ver o visor. Fominha. Provavelmente teria perdido o avião da equipe e queria uma carona para casa.

– Preciso de ajuda – disse Fominha.

Ele estava sussurrando e era difícil ouvi-lo, mas o desespero em sua voz era claro.

– Claro – eu disse –, você precisa de uma carona?
– Não. E não posso falar. Tenho medo de alguém me ouvir. Estou preso no rebocador do 69. Eu entrei aqui para me esconder, mas agora estou trancado e não consigo sair. Nem consigo abrir a tampa de baixo. Você precisa me ajudar.
– Você não está falando sério.
– Você vai ter de me tirar daqui escondido, de algum jeito. Não pode deixar que os motoristas saibam que estou aqui. Já estou bem encrencado. E Ray Huevo está envolvido nisso, então você terá de tomar muito cuidado.
– Envolvido em *quê*?
– Não posso te contar, mas é barra pesada. Ferrou! Eles estão saindo. Meu bom Deus, eu vou morrer. Estou no andar de cima, com os carros, e o caminhão está andando. Você e Hooker são os únicos a quem posso pedir ajuda. Confio em vocês. Vocês têm de me tirar daqui.
– Está bem, não entre em pânico. Vamos arranjar um jeito.

Desliguei e olhei para Hooker.

– Fominha está preso no segundo andar no rebocador do 69 e quer que nós o salvemos.

— Querida, você bebeu cerveja demais.

— Estou falando sério! Ele está envolvido em algo ruim. Tem a ver com o Ray Huevo e dois caras que parecem uns estúpidos de terno. Ele disse que entrou no caminhão para se esconder e ficou trancado.

— E ele não bateu na lateral do caminhão nem gritou porque...

— Está com medo.

Nós dois nos viramos com o som do rebocador saindo pela estrada, passando lentamente pelo ônibus.

— Temos de tirá-lo de lá — disse a Hooker. — Não sei do que se trata, mas ele realmente pareceu em pânico. E ele disse algo estranho no telhado. Ele disse que Clay foi atropelado intencionalmente.

— Para mim, parece que Fominha tem assistido a muitas reprises daquela série sobre a Máfia, *Sopranos*.

— Tive a mesma ideia, mas isso não faz diferença, porque o problema em questão é que ele está preso no rebocador de Brutus.

— Nunca deixe que digam que dei as costas a um amigo necessitado — disse Hooker. Ele saiu do sofá, foi até a pequena escrivaninha do outro lado da sala e pegou um revólver da gaveta. — Eu sou um texano pronto para a luta — disse ele — e vou resgatar meu bom camarada Fominha.

— Minha nossa.

— Não se preocupe. Eu sei o que estou fazendo.

— Eu já ouvi isso antes.

— Se você estiver se referindo àquele incidente com a camisinha, não foi culpa minha. Era pequena demais e muito escorregadia, a danadinha. E, de qualquer forma, estava com defeito; tinha um buracão.

— Você fez aquilo com o polegar.

Hooker deu uma risadinha para mim.

— Eu estava com pressa.

— Eu lembro.

— De qualquer forma, eu sabia o que estava fazendo, na maior parte do tempo.

— Eu me lembro disso também. Como é que você vai lidar com isso?

— Acho que a forma mais fácil é seguir o caminhão e esperar que os motoristas parem para descansar. Nós só precisamos de cinco minutos para ligar o controle remoto e abrir a traseira o suficiente para Fominha poder sair.

— É uma pena que não tenhamos máscaras de esqui ou algo assim, só para garantir.

— Eu não tenho máscaras de esqui, mas podemos colocar minhas cuecas Calvin Klein sobre nossas cabeças e cortar uns buracos na bunda.

— É – eu disse. – Vou torcer por isso.

Troquei de roupa e pus uma camiseta, apagamos as luzes do ônibus, pusemos Beans na traseira da caminhonete alugada de Hooker e partimos no encalço do rebocador Lub-A-Lot, número 69.

Capítulo 2

O tráfego não estava horrível, tampouco estava bom. A estrada reluzia em branco atrás de nós e, à nossa frente, as luzes vermelhas de freio se estendiam até Miami. O rebocador, adiante, não estava à vista, mas também estava preso no trânsito. Havia dois motoristas e provavelmente eles entrariam a noite dirigindo. Com sorte, iam parar para esticar as pernas, e nós poderíamos realizar nosso resgate.

O trânsito começou a melhorar, à medida que os carros iam escoando pelas saídas laterais. Era difícil dizer o que havia à nossa frente, mas pareciam ser alguns caminhões, com as luzes de teto visíveis, acima das caminhonetes e dos carros de passeio.

Uma hora depois, havíamos chegado perto o suficiente dos caminhões e foi possível constatar que um deles era o rebocador 69. Estávamos a muitos carros de distância, mas o tínhamos em nosso ângulo de visão.

Eu liguei para o celular de Fominha.

– Estamos alguns carros atrás de você. Vamos pegá-lo quando eles fizerem uma parada. Você está bem?

– Sim. Estou todo apertado, mas estou bem.

Eu desliguei.

– Você conhece o motorista do rebocador? – perguntei a Hooker.

Ele balançou a cabeça.

– Só de vista. O pessoal da Huevo fica um pouco isolado. Não é um grupo muito amistoso.

Estávamos pouco mais de 15 quilômetros ao norte de Miami quando o rebocador pegou uma saída. Meu coração parecia dançar no peito e eu parei temporariamente de respirar. Uma parte inteligente de meu cérebro vinha esperando que eu recebesse uma ligação de Fominha, dizendo que ele havia encontrado uma saída destrancada no teto e não precisava de nossa ajuda. A parte estúpida e maluca de meu cérebro flertava com a fantasia de que eu estava prestes a viver uma experiência de James Bond e realizar um resgate da pesada. E a parte cagona do meu cérebro disparava pelas trilhas do terror.

O caminhão parou no fim de uma rampa e virou à esquerda. Uns oitocentos metros adiante, ele entrou no estacionamento de um restaurante e ponto de parada de grandes caminhões e ônibus, encostando nos fundos. Três outros rebocadores já estavam parados ali. Hooker contornou o estacionamento e, como quem não quer nada, esperou. Os dois motoristas do rebocador saíram de trás do prédio e seguiram para dentro do restaurante.

O estacionamento traseiro, onde os caminhões estavam estacionados, era iluminado apenas por um poste. O rebocador 69 deixou as luzes acesas e o motor ligado. Procedimento padrão. Era natural presumir que ninguém seria insano o suficiente para tentar roubar um rebocador. Não fazia sentido desligar tudo. Hooker apagou os faróis, se aproximou do 69 e estacionou. Todos os rebocadores possuem compartimentos externos de carga para armazenagem de engradados de refrigerante, equipamento automotivo, grelhas de churrasco e o que fosse preciso. O compartimento mais próximo à porta esquerda traseira geralmente guarda o controle remoto, utilizado para operar a parte hidráulica do painel traseiro. Corri até o rebocador e tentei abrir a porta do compartimento traseiro. Trancada. Hooker tentou o compartimento do lado oposto. Também trancada. Tentamos a porta lateral. Trancada.

– Encontre algo para arrombar a porta do compartimento traseiro – eu disse a Hooker –, vamos ter de arrombar para tirá-lo dali.

Hooker procurou no carro alugado, buscando uma ferramenta de pneu ou chave de fenda, e eu procurei uma chave no caminhão. Ambos voltamos de mãos vazias.

Dei uma olhada em meu relógio. Quinze minutos já haviam se passado.

— Não podemos abrir a porta sem o controle remoto — eu disse a Hooker —, e ele vai ficar aí por um bom tempo, se perdermos essa oportunidade. Não sei o que fazer. Você tem alguma ideia?

Hooker inalou o ar, depois soprou.

— Sim. Nós podíamos roubar o rebocador.

— Fale sério.

— Estou falando sério. É tudo que dá para fazer. Dirigimos o rebocador até mais adiante na estrada, estacionamos atrás de um Wal-Mart, ou algo assim, compramos um abridor de lata, tiramos o Fominha e partimos. Alguns dos caminhões são equipados com rastreador GPS. Se o Huevo tiver um rastreador em seu rebocador, eles irão nos encontrar imediatamente. Se não, nós podemos ir até uma cabine telefônica e dizer onde o rebocador está.

— Esse rebocador tem rastreador. Eu vi a antena quando estava andando em volta dele, procurando um lugar para arrombar. Então, na verdade, não estaríamos roubando. Seria mais um empréstimo.

— Tanto faz.

Eu mordi o lábio inferior. A ideia de pegar o rebocador "emprestado" me dava cólicas.

— Nosso tempo está se esgotando — disse Hooker. — Qual vai ser? Vamos fazer isso?

Eu teclei o número de Fominha em meu celular.

— Você continua bem?

— Está muito abafado aqui dentro. Vocês vão me tirar? Eu, realmente, não estou me sentindo muito bem.

— Não conseguimos abrir a porta. Nós vamos dirigir até mais adiante e arranjar umas ferramentas. Segura firme aí.

Hooker se enfiou na cabine do caminhão e se posicionou atrás do volante.

— Ei, espere um minuto — eu disse —, por que você é quem vai dirigir o caminhão?

— Eu sou piloto. Eu sempre piloto. É o que faço. De qualquer forma, você já dirigiu um veículo de 18 rodas?

— Sim. E você? — perguntei a ele.
— Ahã — disse Hooker.
— Cascata, cascata barata!
— Disso você não tem certeza.
— Tenho sim. Sua boca fica meio tortinha quando você mente.
— Ah, dá um tempo. Eu sou um piloto de carro movido a testosterona, tenho de tocar o barco.
— Isso é um caminhão.
— Caminhão, barco... é tudo a mesma coisa. Olhe para isso. É grande. É um brinquedo de homem.
— Você conhece freio a vácuo, certo? — perguntei a Hooker.
— Sim, freio a vácuo.
— E sabe como acender os faróis do teto? Agora, você só está com as lanternas acesas.
— Sim, faróis.
— Esse caminhão tem aproximadamente 550 cavalos e uma transmissão de 18 velocidades.
— Ahã.
— Ele tem 16 metros de comprimento, portanto você precisa ficar de olho no ângulo da curva...
— Está sob controle — disse Hooker —, entre no carro e me siga.

Beans estava sentado, olhando pela janela, quando voltei à caminhonete. Ele estava numa babação brava, franzindo a testa.

— Não se preocupe — eu disse a ele —, ele vai ficar bem. Ele sabe o que está fazendo.

Beans fez uma cara de quem me deu um sete pela conversa fiada. Na verdade, eu me dei uma nota maior. Coloquei meu cinto de segurança, liguei o motor do carro e esperei Hooker sair. Peguei o volante e sussurrei baixinho: "Vá devagar." Quando o rebocador deslizou à frente, meus dedos ficaram brancos de apertar a direção e o ar ficou preso em meu peito.

Hooker saiu macio, atravessando com o caminhão pelo estacionamento traseiro, rumo à frente do prédio, com as luzes apagadas. Ele posicionou o rebocador na faixa de saída e eu entrei atrás dele. Era um momento sem volta. Em minutos estaríamos na estrada, num caminhão sequestrado. Hora da verdade. Se fôssemos pegos, estaríamos fora da NASCAR e dentro do sistema penal da Flórida.

Meu coração batia tão forte que atrapalhava minha visão. Até Beans estava instintivamente alerta, já sem babar. Eu o olhei pelo retrovisor para ver se ele estava bem e nossos olhares se fixaram. Talvez fosse minha imaginação assombrada, mas eu podia jurar que ele estava tão aterrorizado quanto eu.

Hooker virou o rebocador à esquerda, saindo do terreno do restaurante, e seus pneus traseiros passaram por cima do meio-fio, atropelando uma palmeirinha de um metro e meio e um canteiro inteiro de flores. Eu olhei em volta, em pânico, mas não vi ninguém sair correndo atrás dele.

– Eu não vi isso – disse a Beans –, você também não, certo?

Hooker manobrou o caminhão saindo do canteiro, rumo à saída da estrada, na direção sul. Ele acendeu os faróis, nivelou a aceleração e ambos entramos em velocidade de cruzeiro. Após alguns minutos, percebi que havia carros se aproximando do caminhão para ver melhor. Cada centímetro do rebocador era uma propaganda ambulante do carro e de seu patrocinador. Eram trabalhos de arte. O 69 era decorado com as cores de Brutus, e uma foto gigantesca de Brutus e seu carro de corrida.

Eu liguei para o celular de Hooker.

– Temos um problema – eu disse a ele –, todos estão interessados no rebocador. Algumas pessoas estão tirando fotos. Você deveria ter trazido a cueca para colocar na cabeça.

– É difícil se sentir honrado com cuecas na cabeça – disse Hooker. – De qualquer forma, vou pegar a próxima saída. Eu vi uma placa de serviços. Vou achar um lugar escuro para servir de esconderijo, e você pode ir até o posto de gasolina e roubar algo útil.

Hooker pegou a saída, virou à direita e desceu a rua. Depois de uns oitocentos metros, ele chegou a um pequeno centro comercial, cujas luzes estavam apagadas. Ele ligou a seta, entrou no estacionamento e sumiu atrás dos prédios. Fiz o retorno e dirigi de volta ao posto de gasolina e à loja de conveniência.

Dez minutos depois, contornei a extremidade do pequeno shopping e meus faróis captaram Hooker. O rebocador estava ali, com todas as luzes apagadas. Hooker estava encostado nele, tranquilamente.

Eu estacionei e saí correndo, com uma pequena chave de fenda que havia trazido da loja de conveniência. Rasguei a embalagem e entreguei a chave a Hooker.

– Isso foi o melhor que consegui. A oficina estava fechada.

Hooker socou a chave entre a porta do compartimento e a borda externa do caminhão e se apoiou contra ele. O metal envergou e a fechadura cedeu. Nós vasculhamos o compartimento. Nada de controle remoto.

– Tente forçar a porta lateral – eu disse a Hooker. – Nós não conseguiremos chegar à tampa do teto, nem à porta traseira, pois o corredor deve estar cheio de carrinhos de ferramentas, mas eu posso chegar até a sala de estar e talvez encontre a chave para o outro armário. Ou talvez eles tenham deixado o controle remoto na sala.

Hooker abriu a porta lateral, e eu pulei para dentro e acendi uma luz. Bati no teto e gritei para Fominha:

– Você está bem?

– Sim – Fominha gritou de volta, com a voz abafada pela forração metálica sob ele –, o que está havendo?

– Não conseguimos encontrar o controle remoto para abrir a porta traseira.

Vasculhei todas as gavetas e armários. Nada do controle. Nada de chave. Nenhum pé de cabra útil em volta. Nenhum equipamento elétrico que cortasse metal.

Hooker surgiu na porta.

– Quebrei a chave de fenda tentando abrir o segundo compartimento. Você achou alguma coisa aqui?

– Não.

Hooker olhou o relógio.

– A essa altura os motoristas já saíram do restaurante e estão ligando para a polícia.

— Eles não vão ligar para a polícia — disse Fominha. — Aqui tem uma coisa que vale bilhões de dólares e eles não vão querer que ninguém encontre.

Hooker olhou para cima, para o teto.

— Você está de sacanagem com a minha cara?

— Bem que eu gostaria — disse Fominha. — Eu os ouvi falando do lado de fora do rebocador. Eles o estão levando para o México. Você tem de me tirar daqui. Vão me matar se me acharem aqui dentro.

— Precisamos de um pouquinho mais de tempo e uma chave de fenda bem maior — disse Hooker.

— Está bem, não vamos entrar em pânico. Precisamos de tempo, ferramentas e um lugar melhor para esconder esse troço — eu disse. — Quem a gente conhece?

— Tem de ser alguém de confiança — disse Hooker —, alguém próximo, com uma oficina ou um hangar de aviões, ou um depósito vazio. Seria bom ficar entocado por um tempinho, caso precisemos cortar a lataria para tirar Fominha.

— Felicia Ibarra — eu disse. — Podemos usar aquele armazém abandonado atrás de sua banca de frutas.

Felicia Ibarra era uma senhora cubana gordinha, com seus sessenta e poucos anos. Era notavelmente rica, dona de um quarteirão inteiro, quase de primeira linha, em Little Havana. Ela dava medo de tanta disposição e uma vez chegou a atirar num cara por minha causa.

Por um segundo, Hooker fixou o olhar no meu.

— Nossos motivos podem ser bons, mas, independentemente da forma que isso for contado, esse roubo é chumbo grosso. Se eu for pego nesse troço, minha carreira terá acabado.

— Se você for pego, estará morto — gritou Fominha, lá de cima.

Hooker estava de mãos nos quadris.

— Isso me faz sentir bem melhor.

— Deixe-me dirigir — eu disse a Hooker —, eu posso lidar com grandes roubos bem melhor do que você. Você só terá de vir me visitar, de vez em quando.

– Certo, claro. Quase me convenceu. Vê se consegue desativar o GPS. Eu vou tentar arrancar um pouco da propaganda do lado de fora, para não sermos reconhecidos.

Consegui espremer meu braço o suficiente para pegar um rolo de papel alumínio no balcão da quitinete. Rasguei alguns pedaços do rolo, saí do rebocador e subi na traseira da cabine. A antena havia sido colocada no local habitual, entre os tubos de escapamento. Eu embrulhei a antena com papel de alumínio e pulei. É até bem fácil inutilizar um sistema GPS.

Dez minutos depois, nós já tínhamos descascado a propaganda o suficiente para que pudéssemos prosseguir.

Eu segui Hooker de volta para a estrada e permaneci atrás dele. Agora, a maior parte do caminhão era branca e não chamava muita atenção. Pegamos a estrada 95 para o sul, rumo a Flager, e seguimos direto para Little Havana. Passamos pela banca de frutas de Ibarra, viramos à esquerda na rua seguinte e paramos em frente ao armazém.

Eu havia telefonado para Felicia, e ela disse que o armazém era nosso e que deixaria as portas da garagem abertas. Hooker alinhou o caminhão diante da porta aberta, entrou com ele no galpão escuro, e eu entrei em seguida e o contornei. Saí da caminhonete, corri de volta à porta do armazém e acionei o botão para fechá-la. Quando a porta fechou, apertei o interruptor da luz, e as lâmpadas fluorescentes do teto acenderam.

Felicia e o marido haviam comprado quarteirões de terrenos ao redor de sua banca de frutas, numa época em que o mercado imobiliário estava em baixa. Algumas das propriedades agora eram alugadas para outros negociantes, outras permaneciam sem uso. Era o caso desse armazém, usado apenas ocasionalmente para armazenar frutas sazonais. Era uma construção de lajes de concreto, com três vãos de garagem e espaço suficiente para abrigar seis veículos de 18 rodas, ou um zilhão de laranjas. O teto era alto o bastante para acomodar o rebocador. A iluminação era adequada. A atmosfera deixava algo a desejar, mas, por outro lado, não estávamos ali pela atmosfera.

Hooker desligou o motor, desceu de trás do volante e correu até alguns engradados vazios de frutas, empilhados junto à parede dos fundos. Alguns pés de cabra estavam junto a um bastão, no chão, perto dos engradados. Hooker pegou um pé de cabra e, em segundos, abriu o armário que ainda estava trancado. O controle remoto e mais uma porção de fios elétricos estavam ali dentro. Eu conectei o caminhão a uma saída de 220 volts, para que não tivéssemos de ligar o gerador. Depois liguei o fio com o controle remoto ao seu receptor. Apertei o botão de controle e, como mágica, todo o painel traseiro do caminhão deslizou para a horizontal, se transformando numa rampa. Usei o controle para elevar a rampa até o segundo andar, e Fominha se espremeu ao redor do carro principal e engatinhou até ela. Ele ficou ali deitado, de braços abertos, com uma das mãos no coração.

– Achei que ia morrer – disse ele –, juro por Deus.

Acionei o controle para nos descer e, quando chegamos ao chão de cimento, Hooker agarrou Fominha e o colocou de pé.

– Precisamos conversar – disse Hooker –, eu quero saber o que está acontecendo.

Fominha balançou a cabeça.

– Você não vai querer saber, não é bom.

– Acabei de sequestrar um rebocador por sua causa. Fale comigo.

Fominha soltou um suspiro.

– Estou numa encrenca. Algumas semanas atrás, um cara veio até mim e disse que representava uma companhia que estava trabalhando com uma tecnologia nova, de controle de tração, que eles precisavam testar. Ele disse que era um grande segredo e que precisavam de alguém que pudesse ficar de boca fechada. Iam pagar em dinheiro, e eu precisava muito da grana. Tenho dois filhos que adoro e uma esposa que suga cada centavo que eu tenho, além de contas terríveis de advogados. Eles disseram que tudo que eu tinha a fazer era apertar um botão, num controle remoto, quando o carro estivesse entrando numa curva. Na semana passada, foi o seu carro, e essa semana foi o carro de Shrin. Semana passada, você derrapou e entrou na cerca, mas nessa semana... eu quase o matei. Eu juro, eu nunca pensei que fosse causar uma batida como aquela.

Eu desviei os olhos para o rosto de Hooker, que estava em brasa, e tive quase certeza de que havia fumaça saindo do alto de sua cabeça.

– Você não vai bater nele, vai? – perguntei a Hooker.

– Estou pensando a respeito.

– Na verdade, nós não temos tempo para isso.

– Só um soco – disse Hooker.

– Eu não imaginava – disse Fominha –, só achei que nos daria vantagem. Todos querem controle de tração em seus carros, certo? Eu achei que Hooker tinha derrapado por acaso. Hoje, quando aquilo fez o carro de Shrin sair daquele jeito, eu soube que havia mais coisa acontecendo. Assim que apertei o botão os dois carros rodaram.

– E quanto a Clay? Por que você achou que ele estivesse envolvido e tivesse sido atropelado propositalmente?

– Eles tinham alguém de dentro fazendo o que tinha de ser feito no motor. Eu não sabia quem era. Não *queria* saber. Na noite em que vi Clay ser atropelado, eu disse a mim mesmo que Clay devia ser o cara que mexia no motor. Não sei por que eles o atropelaram. Talvez quisesse mais dinheiro. Ou talvez não precisassem mais dele e estivessem limpando a área. Mas aposto qualquer coisa que Clay era o cara de dentro.

– E você não disse nada à polícia.

– Eu não queria arrastar todos nós para um escândalo de trapaça – disse Fominha. – Ainda achei que estivesse fazendo algo bom para a equipe. Achei que o carro de Shrin tinha algo que nos ajudaria. Agora vejo por que eu estava numa posição tão difícil ali. Eu até queria fazer o certo. Simplesmente não conseguia decidir mais o que era certo. E nem sabia nenhum nome. O grandão e o nanico sempre vêm falar *comigo*. Eles simplesmente aparecem. Eu os tenho chamado de Cavalo e Careca.

– Na cara deles?

— Claro que não. Eles são medonhos. Com eles, eu só falo sim senhor.

— Você está falando dos dois homens que me mostrou quando estávamos no telhado? Os dois que estavam com Huevo.

— É.

— Por que Cavalo?

— Eu os encontrei uma vez, no banheiro masculino, e, sabe como é, eu olhei. E o outro, bem, é óbvio. Ele é carequinha.

"De qualquer forma, depois da corrida, eu fiquei de entregar o controle remoto ao Cavalo e ao Careca, e eles deveriam me dar o dinheiro, mas eu fiquei preocupado com o que aconteceu com Clay. E não sabia se o controle de tração só tinha funcionado mal, ou se eles tinham a intenção de destruir nossos carros. Achei melhor ficar em segurança, em algum lugar onde houvesse bastante gente, como a área dos boxes. Torci para que eles me encontrassem e pegassem o controle, e eu estaria liberado, e nada de mal aconteceria.

"Eu fiquei com vocês, no boxe, o máximo que pude, mas eles não apareceram e eu estava com medo de perder o avião. Então, voltei caminhando até a van alugada. Eles surgiram do nada, o Careca tinha uma arma, e eu pirei. Eu corri de volta para o boxe. Acho que eles não vieram atrás de mim, mas não quis nem saber. Não parei de correr até chegar à área dos boxes. Só que os rebocadores estavam todos partindo e já não tinha muita gente em volta. O 69 ainda estava aberto e não havia ninguém por perto, então eu entrei e me escondi atrás do carro reserva. Na hora pareceu uma boa ideia. Não dá para pensar direito quando alguém está a fim de te dar um tiro."

— Você disse que o Ray Huevo estava envolvido.

— Eles estavam em pé, perto do caminhão, e eu estava preso lá dentro e pude ouvir tudo que disseram.

— Quem são eles?

— Pareciam o Cavalo e o Careca e mais alguém. O terceiro cara estava injuriado porque eu fugi. Ele disse que era responsabilidade do Cavalo e do Careca limpar a bagunça que deixassem para trás. Depois disse que havia um bilhão de dólares em problemas que precisava ser despachado, e Huevo queria ter certeza de que chegaria ao México. O Cavalo disse que as providências já tinham sido tomadas. Ele disse que o produto estava no rebocador, e os motoristas tinham instruções para levar o rebocador para o México.

Eu era engenheira e observadora para uma equipe de corrida. Até brinquei com a ideia de ser James Bond por um instante, mas o momento passou e eu realmente não queria me envolver naquilo... o que quer que fosse.

— Acho que deveríamos entregar esse rebocador para a polícia — eu disse —, deixar que resolvam o mistério.

— Eles não precisam de uma boa razão para fazer a busca? — perguntou Fominha. — Vocês acham que teriam motivo suficiente para investigar, com o que eu disesse a eles?

Hooker e eu nos olhamos e sacudimos os ombros. Não sabíamos.

— Eu assisto *C.S.I.: Miami* o tempo todo — disse Hooker —, mas eles ainda não apresentaram isso.

— Eles vão me caçar e me matar — disse Fominha —, meus filhos não terão pai. Vão ficar com a minha ex-esposa gananciosa. E ela vai se casar com algum babaca que entende tudo da porcaria do sininho, e ele provavelmente vai ter muito dinheiro e vai levar todo mundo para a Disney. Meus filhos vão se esquecer de mim.

Hooker olhou para mim, confuso.

— Sininho?

— É complicado — eu disse.

— Enquanto eu estava trancado, fiquei pensando — disse Fominha. — Poderíamos procurar no rebocador e poderíamos achar o troço de um bilhão de dólares. Então, talvez possamos ir até a polícia, com a nossa prova, e levar os bandidos para a cadeia. E presos eles não poderiam me matar. Eu também arranjei um plano alternativo, mas não gosto tanto. Envolve o sequestro dos meus filhos e minha mudança para a Austrália.

— Alguma coisa não está batendo — disse Hooker —, não parece uma coisa garantida conseguir mandar os bandidos para a cadeia. E eu não consigo imaginar alguma tecnologia que valha um bilhão de dólares.

— Acho que está no carro — disse Fominha. — Acho que eles armaram para que meu carro rodasse, e o carro do Dickie ganhasse, e a NASCAR não está procurando no ponto certo.

— Por que eles iam querer levar o rebocador para o México? — perguntei.

— A equipe de pesquisa e desenvolvimento de Huevo fica no México — disse Hooker. — Ele tem uma loja em Concord, mas toda a pesquisa e o desenvolvimento são feitos no México. Fica em instalações separadas, a algumas milhas da matriz corporativa. Se o 69 tivesse alguma tecnologia inacreditável instalada, eles poderiam querer levá-lo para o setor de pesquisa. Oscar Huevo é o presidente do conselho das Empresas Huevo e a força propulsora por trás da equipe Huevo Motor Sports. Ray, o irmão caçula, dirige a pesquisa e o desenvolvimento.

— E Ray estava na corrida hoje — disse Fominha —, Barney e eu o vimos conversando com o Cavalo e o Careca.

Eu tenho de admitir que minha curiosidade estava aguçada. Fominha estava dizendo que havia um bilhão de dólares em tecnologia ilegal em um carro de corrida à minha disposição. Como membro de uma comunidade de corrida, eu estava enfurecida por isso ter sido usado para causar uma colisão. E, como viciada em carros e engenheira, eu estava morrendo de vontade de pôr as mãos naquilo.

Hooker olhou para mim.

— Você está parecendo o Beans quando vê um bife de meio quilo dando sopa no balcão da cozinha.

— Pelo menos não estou babando, nem ofegante.

— Ainda não — disse Hooker —, mas é capaz de ficar.

— Até que estamos seguros aqui no armazém — eu disse —, talvez devamos tirar o 69 e dar uma olhada.

Hooker sorriu.

— Eu sabia que você não conseguiria resistir.

Entrei no trailer pelas portas traseiras. Hooker, Fominha e eu puxamos duas caixas grandes de ferramentas para fora do corredor até a rampa e as arrastamos até o chão do galpão.

Nós todos subimos na rampa, e eu acionei o controle para nos suspender ao segundo andar. Tiramos o carro principal, colocamos as travas para estabilizá-lo e acionamos a rampa para descer. Deslizamos o carro da rampa até o chão, e eu me preparei para começar a trabalhar, pegando luvas descartáveis, abrindo as caixas de ferramentas, soltando as travas do capô.

Nós havíamos soltado o Beans para esticar as patas e ele estava correndo em volta, como um pateta, querendo brincar. Hooker pegou uma toalha de mão do baú de ferramentas e a lançou para Beans, que a rasgou em farrapos.

– Ele é só um filhote grande – disse Hooker.

– Fique de olho para que ele não coma uma chave inglesa, nem alguma peça. Vou pegar um macacão emprestado do rebocador de Huevo.

O primeiro armário que tentei estava vazio. Abri a porta do segundo armário e vi cair um corpo encolhido, embrulhado em plástico. Ele estava dobrado, com os joelhos junto ao peito. Era um homem. Estava nu. Estava totalmente embrulhado, em inúmeras camadas de plástico. Com exceção do rosto distorcido e os olhos abertos, sem enxergar, o cadáver parecia ser oitenta quilos de pedaços de frango com validade vencida, embalados para vender no mercado.

Dei um salto para trás e pulei para dentro do armário no lado oposto, no corredor estreito. Uma onda de náusea percorreu meu estômago e, por um instante, tudo escureceu. Em minha mente eu estava gritando, mas acho que a realidade era que minha boca estava aberta, sem emitir som algum.

Hooker olhou para mim.

– Viu uma aranha? – Seus olhos focaram o embrulho plástico no chão. – Que diabo é isso?

Eu estava sem ar e aterrorizada demais para me mexer.

– Acho que é o corpo de um cara morto. Eu abri o armário e ele caiu para fora.

– Está bem.

— Você tem de vir dar uma olhada, porque eu seriamente acho que é um cara morto e gostaria de sair daqui, mas meus pés não vão a lugar nenhum.

Hooker veio para o meu lado, e ambos olhamos o corpo. Os olhos estavam abertos, com uma expressão de surpresa, e havia um rombo de bala no meio da testa. Ele devia ter uns cinquenta e poucos anos, era parrudo e tinha cabelos castanho-escuros, curtos. Estava nu, e ensanguentado, e grotesco. Na verdade, era grotesco além do humano, de forma que, passado o primeiro choque, foi como olhar para um manequim de filme.

— Merda — disse Hooker —, isso é um cara morto mesmo. Detesto caras mortos. Principalmente quando têm um buraco de bala na testa e estão num rebocador que acabei de roubar.

Dei uma olhada para Hooker e vi que ele começava a suar.

— Você não vai enjoar, nem desmaiar, vai?

— Pilotos de corrida não desmaiam. Somos machos. Mas estou bem perto de botar os bofes para fora. Machos têm direito de fazer isso.

— Talvez você deva sentar.

— Isso parece uma boa ideia, mas estou me sentindo estranho demais para me mexer. E tem mais notícias ruins. Você sabe quem é?

— Não. Você sabe?

— O plástico distorceu o rosto, mas eu acho que é Oscar Huevo.

Coloquei as mãos sobre meus ouvidos.

— Eu não ouvi isso.

Fominha entrou.

— Mas que merda — disse Fominha —, parece o Oscar Huevo. *Mas que merda do cacete.*

— Alguém tem de me tirar daqui — eu disse —, eu vou passar mal.

Hooker me deu um empurrão, e todos nós corremos para fora, inalando o ar profundamente, no meio do armazém. Fominha havia começado a tremer. Ele tremia tanto que eu ouvia seus dentes batendo.

– Isso é ru-ru-ruim – disse ele.

Hooker e eu concordamos. Era ruim.

– Quem iria querer matar Oscar Huevo? – perguntei a Hooker.

– A lista tem provavelmente dezenas de milhares de nomes. Ele era um negociante brilhante, mas ouvi dizer que era um competidor impiedoso. Tinha muitos inimigos – disse Hooker.

– Precisamos chamar a polícia.

– Querida, nós estamos diante de um rebocador que acabamos de sequestrar e arrombar. E o cara morto no chão é dono do carro que acaba de me vencer no campeonato. E, se não for o bastante, dois empregados da Stiller estão envolvidos em alguma merda da pesada.

– Você acha que Oscar Huevo é a carga de um bilhão de dólares que ia para o México?

– Acho que há uma boa possibilidade.

Ficamos em silêncio por alguns minutos, absorvendo a extensão do desastre.

– Estou co-com a-arrepios ho-horríveis – disse Fominha –, ta-talvez a gente po-possa co-colocar o Oscar de volta no ar-armário.

Capítulo 3

A porta de um carro bateu do lado de fora do galpão e eu, Hooker e Fominha ficamos tensos. Um segundo depois a fechadura tremeu do lado de dentro e Felicia Ibarra e sua amiga Rosa Florez entraram. Rosa trabalha numa das fábricas de charutos da Fifteenth Street. Ela tem quarenta e poucos anos. É meio palmo mais baixa que eu e pesa quase dez quilos a mais. E, apesar de achar que tenho um físico razoável, comparada à Rosa, eu pareço um garoto.

Beans deu um latido feliz e veio a galope, parecendo um trem de carga. Ele derrapou para frear em frente a Felicia, pôs as duas patas em seu peito e ela foi ao chão, com ele por cima.

Hooker deu um assovio, tirou um biscoito canino do bolso e o arremessou para o outro lado da sala. A cabeça de Beans virou, seus olhos se arregalaram e ele abandonou Felicia como se ela fosse notícia de ontem, saindo em disparada atrás do biscoito.

– Ele gosta de você – Hooker disse a Felicia, ajudando-a a se levantar.

– Que sorte a minha – disse ela. – É um cão, certo?

Rosa abraçou a mim e a Hooker.

– Só viemos dar um oi. Nunca mais os vimos. – Ela olhou por cima do ombro de Hooker e arregalou os olhos ao ver o rebocador. – Ai, meu Deus, esse é um daqueles caminhões da NASCAR, não é? É o negócio que leva o carro dentro. Como funciona? Onde você coloca o carro?

– O carro vai no alto – eu disse a ela. – A rampa tem um controle hidráulico. Ela ergue o carro e ele é deslizado até o compartimento superior.

— E quem é esse? — disse ela, olhando Fominha.
— Esse é Fominha. Ele também trabalha para a Stiller Racing.
— Senhoras — disse Fominha, baixando a cabeça.
— Você é piloto? — Rosa quis saber.
— Não, madame — disse Fominha —, eu sou observador, como Barney. E durante a semana eu cuido de alguns detalhes.
Felicia passou por mim, rumo ao rebocador.
— O que há na parte de baixo? Eu sempre quis ver isso. Só quero olhar da porta — disse ela —, uma espiadinha.
— Não! — Hooker e eu dissemos juntos, impedindo sua passagem.
Rosa tentou ver ao lado de Hooker.
— Esse caminhão tem uma daquelas salas com sofás pretos de couro, onde todos os pilotos fazem sexo?
— Nem todos nós fazemos sexo ali — disse Hooker.
— Tem alguém ali agora? — perguntou Rosa. — Alguém famoso?
— Não — disse Hooker —, não há ninguém ali.
— Sua boca está torta — disse Rosa. — Ela sempre fica meio tortinha quando você conta uma mentira. Quem está aí? Não é um astro de cinema, é? Eu não vou desistir até descobrir.
Houve um latido alto e depois um barulho do lado de dentro do rebocador. Todos nos viramos para ver que Beans tinha entrado pela porta lateral e estava tentando fazer Oscar Huevo brincar. Ele conseguira derrubá-lo e agora pulava em cima dele, grunhindo. Como Huevo não se mexia, nem emitia qualquer som, Beans pulou em cima e cravou os dentes no que parecia ser seu ombro.
— Mas que droga! — disse Hooker.
Ele jogou um biscoito para Beans, que o pegou no ar. O outro biscoito caiu perto e Beans teve de pular por cima de Huevo para pegá-lo.
Corri até a caminhonete e abri a porta traseira.
— Faça-o pular aqui dentro — gritei para Hooker —, jogue uns biscoitos aqui.
Hooker assoviou e atirou os biscoitos, e Beans saiu a galope rumo à caminhonete. Eu fechei a tampa traseira e encostei no carro, com a mão no coração.

– O que é aquilo? – Felicia queria saber, olhando dentro do rebocador. – Parece um saco cheio de pedaços de frango. Não é de admirar que o cachorrinho quisesse mastigá-lo. O que vocês vão fazer com esses pedaços de frango? Um churrasco? – Ela deu uma cotovelada em Hooker para sair do caminho e entrou no rebocador. – Está um cheiro engraçado aqui – disse ela, inclinando-se para ver melhor –, acho que esses pedaços de frango estão podres. – Subitamente ela se endireitou e fez o sinal-da-cruz. – Não são pedaços de frango.

Hooker soltou um suspiro.

– É um cara morto.

– Minha Santa Mãe – disse Rosa –, o que vocês estão fazendo com um cara morto?

Contei uma versão abreviada das últimas seis horas. Felicia fez o sinal-da-cruz pelo menos umas dez vezes, e Rosa ouvia com a boca aberta e metade dos olhos projetados para fora do rosto.

– Eu tenho que ver isso – disse Rosa, depois que terminei –, preciso ver o cara morto.

Todos nós voltamos ao rebocador e olhamos Huevo.

– Ele não parece real – disse Rosa –, parece uma daquelas pessoas de cera. Como se tivesse sido feito para um filme de terror.

Principalmente agora, que tinha enormes marcas de dentes em seu ombro.

– O que vocês vão fazer com ele? – Rosa queria saber.

Hooker e eu olhamos um para o outro, compartilhando a mesma ideia. Agora nós tínhamos um homem morto com buracos que se encaixavam perfeitamente nos caninos de Beans. Não podíamos simplesmente colocar Huevo de volta no armário, como Fominha havia sugerido. Mais cedo ou mais tarde as pessoas se dariam conta do único cão do circuito com dentes grandes como aqueles... e Hooker seria arrastado para dentro dessa confusão do assassinato. Mesmo sem isso, eu não podia colocar Huevo de volta no armário. Parecia desrespeitoso largá-lo assim.

– Acho que ele parece comida de peixe – disse Rosa.

Felicia fez outro sinal-da-cruz.

— É melhor vocês torcerem para que Deus não esteja ouvindo isso. Suponhamos que o homem fosse católico. Será nossa culpa se ele não tiver uma oração diante de seu corpo, uma mácula em nossa alma.

Rosa desviou o olhar para mim.

— Não dá mais para ter outras tantas.

— É – disse Hooker. – Estou num rebocador roubado, olhando para um mexicano com um buraco na cabeça. Eu não ia querer forçar minha sorte deixando Deus injuriado.

— Nós devíamos levá-lo para seus parentes – disse Felicia. – É o que Deus gostaria.

— Seus parentes estão no México – eu disse. – Qual seria a segunda opção de Deus?

— Ele deve ter alguém aqui – disse Felicia –, não estaria viajando sozinho. Onde está hospedado?

Todos nós sacudimos os ombros. Não era o caso de olharmos seus bolsos em busca de uma caixa de fósforos.

— Não é num ônibus – disse Hooker. – Provavelmente em um dos grandes hotéis da Brickell Avenue.

— Precisamos colocá-lo em algum lugar onde ele seja descoberto – eu disse. – Se o deixarmos no rebocador, ele pode ser levado para o México e jogado fora, e sua família jamais saberá o que houve com ele. É difícil saber os planos do assassino. Poderíamos deixá-lo no rebocador e nos certificar de que a polícia o encontre, mas será um escândalo ainda maior para a NASCAR. E há boas chances de que Hooker e Beans sejam envolvidos na investigação. Hooker pode até se tornar um suspeito. Portanto, eu acho que temos de encontrar um território neutro. Precisamos deixar Huevo em algum lugar que não seja associado à NASCAR, onde ele será encontrado e reconhecido.

— O iate da empresa Huevo está ancorado em South Beach – disse Fominha –, poderíamos colocá-lo lá.

— Isso seria bom – opinou Felicia. – Poderíamos levá-lo para um passeio. Aposto que ele iria gostar.

— Ele está *morto* – disse Hooker –, não vai gostar de coisa alguma. E essa ideia é péssima. Seríamos flagrados e presos, e passaríamos o resto de nossas vidas na prisão. Jamais conseguiríamos colocá-lo no iate sem sermos vistos.

— Então, talvez algum lugar perto do iate – sugeriu Felicia –, Deus gosta da ideia do iate.

— Como assim? Você tem uma linha direta com Ele? – Rosa quis saber.

— Tenho uma sensação.

— Ah, não. É só uma sensação ou uma sensação do tipo Miguel Cruz?

— Acho que é uma do tipo Miguel Cruz.

Rosa olhou para mim.

— Essa é uma sensação séria. Felicia teve uma sensação de que Miguel Cruz se envolvera em problemas e uma hora depois ele caiu num buraco na Rota Um, com carro e tudo, e quebrou a espinha. E, numa outra vez, Felicia disse a Theresa Bell que ela deveria acender uma vela. E Theresa não o fez e ela pegou herpes.

Hooker parecia estar com dor. Ele pilotava carros de corrida. A única visão que realmente tinha era de um para-choque traseiro.

— Que tal fazermos uma coisa – disse Hooker. – Com o propósito de levarmos nossas vidas adiante, vamos colocar Huevo na caminhonete e levá-lo até South Beach. Podemos ir até a marina e olhar ao redor, em busca de um último local de descanso para ele. Depois podemos nos hospedar num hotel para passarmos a noite e pensamos no restante amanhã, pela manhã, quando não estivermos tão aterrorizados.

Concordei. Estava torcendo para dormir e, ao acordar, descobrir que nada disso jamais acontecera.

— Vamos ter que arrastá-lo pela porta – disse Felicia. Ela olhou para Huevo através do plástico. – Está certo, senhor, agora vamos levá-lo. Em breve estará em casa. – Ela olhou para Fominha. – Você e Hooker têm que segurar o traseiro do sr. Defunto.

Fominha colocou uma das mãos sobre a boca e saiu correndo para o banheiro.

— Fominha tem um estômago muito fraco — disse Felicia —, ele não se daria bem na venda de frutas no atacado.

— Se o arrastarmos, vamos rasgar o plástico — disse Rosa —, acho melhor carregarmos. Eu pego de um lado e Hooker do outro.

Eu peguei luvas descartáveis da caixa de ferramentas e as dei a Hooker e Rosa. Cada um segurou Huevo de um lado. Hooker pôs as mãos sob Huevo, depois ficou branco e começou a suar novamente.

— Eu consigo fazer isso — disse Hooker. — Sem problemas. Sou um cara grande e durão, certo? Não fico querendo vomitar só porque estou carregando um cara morto, certo? Não é como se eu fosse pegar sarna, certo?

— Certo — eu disse, tentando dar apoio. Feliz por não ser eu a colocar as mãos sob a bunda morta de Huevo.

Hooker e Rosa saíram com Huevo pela porta do rebocador, descendo a rampa, e o colocaram no chão de cimento. Todos nós demos alguns passos atrás e abanamos o ar.

— Vamos ter que embrulhar o sr. Defunto novamente, se vamos levá-lo para um passeio — disse Felicia. — Ele não cheira muito bem.

Corri até o rebocador e voltei com caixas de filme plástico, umas fitas isolantes e uma lata de aromatizante de ambientes, que peguei no banheiro. Nós borrifamos o spray de Brisa Tropical em Huevo, o reembrulhamos com o plástico e prendemos com a fita isolante.

— Acho que ficou legal — disse Felicia. — Nem dá para ver onde ele foi mastigado. Ele parece um presentão.

— É, mas está passando um pouco do cheiro — disse Rosa —, vamos ter que amarrá-lo no teto do carro.

Corri de volta ao rebocador e voltei com três aromatizantes em formato de pinheirinho, feitos para serem pendurados no interior do carro. Rasguei o celofane e os colei em Huevo.

— Assim é melhor — disse Felicia —, agora ele está cheirando a pinheiro, como se estivesse na floresta.

— Para mim está bom — disse Hooker —, vamos colocá-lo no carro.

Hooker e Rosa pegaram Huevo e caminharam com ele até a caminhonete. Uma cabeça apareceu na traseira, com o focinho colado no vidro.

— *Auf!* — disse Beans, de olho em Huevo.

— Você tem um cachorro doido — Rosa disse a Hooker —, não vai conseguir colocar o sr. Defunto ali atrás com ele. O sr. Defunto vai ter que ir no banco da frente.

Afastei o banco o máximo que pude, Hooker colocou Huevo e fechou a porta. Huevo parecia estar atento à estrada adiante, de joelhos dobrados e apoiados no painel, os pés na beirada do banco e os braços encolhidos em ângulos estranhos. Provavelmente, seria melhor não pensar em como seus braços ficaram daquele jeito.

Felicia e Rosa entraram no banco traseiro e Beans cheirava as duas, do porta-malas traseiro da caminhonete. Fominha, recém-chegado do banheiro, entrou atrás, junto com Beans.

Hooker olhou para Felicia e Rosa.

— Vocês não precisam vir conosco para South Beach. Provavelmente querem ir para casa. Barney, Fominha e eu podemos lidar com isso.

— Está tudo bem — disse Rosa —, vamos ajudá-los.

Hooker passou um braço ao redor dos meus ombros e sussurrou em meu ouvido:

— Temos um problema, querida. Eu ia deixar Huevo na frente de uma caçamba de lixo. Levá-lo para a marina foi uma ideia estúpida.

— Eu ouvi isso — disse Felicia —, e você não vai deixar o pobre sr. Defunto ao lado de uma caçamba de lixo. Que vergonha.

Hooker revirou os olhos e pegou o volante, e eu me espremi ao lado de Rosa. Hooker seguiu para norte, pela First Street, depois a leste. Ele prosseguiu pelo centro de Miami e pegou a ponte MacArthur Causeway, até South Beach. Já passava de meia-noite e não tinha muita gente nas ruas. Hooker virou na Alton e entrou num estacionamento, ao lado do restaurante Monty's. A marina de Miami Beach e o iate da Huevo estavam logo atrás das árvores. E a marina inteira estava acesa como a luz do dia.

– Eu não contava com tanta luz – disse Felicia.

– Talvez possamos roubar um carro e deixá-lo no estacionamento com manobrista – disse Rosa.

– O que há na lateral, depois daquelas árvores? – Felicia queria saber. – Parece haver uma entrada de garagem que dá em algum lugar.

– É para as entregas do Monty's – disse Hooker.

– Acho que nós temos uma entrega – disse Felicia.

Hooker olhou para ela.

– Tem certeza de que está tudo certo com Deus?

– Não estou recebendo nenhuma mensagem – disse Felicia –, portanto, acho que está tudo bem.

Hooker reduziu as luzes e encostou na entrada da garagem, perto da porta de entregas. Tiramos Huevo do banco dianteiro e o colocamos no pequeno degrau de cimento, diante da porta.

– Como saberão o que fazer com ele? – perguntou Felicia. – Talvez ninguém reconheça o sr. Defunto.

Fui até minha bolsa e voltei com uma hidrográfica preta e escrevi OSCAR HUEVO, com letras maiúsculas, no alto da cabeça de Huevo. Todos nós entramos na caminhonete, Hooker ligou o motor e Beans começou a latir. Ele fazia umas imitações de pássaro, misturado com cachorro, com a atenção voltada para Huevo.

– O que há de errado com ele? – perguntou Rosa. – Será que está pensando que deixamos seu brinquedo de mordiscar para trás?

Foi quando vimos. O cachorro. Era um vira-lata sujo e grande e estava andando por cima de Huevo. Huevo era um magneto de cachorro.

– Isso não vai dar certo – disse Felicia –, Deus não vai gostar se o sr. Defunto virar comida de cachorro.

Saímos da caminhonete, pegamos o Huevo e o colocamos de volta no banco do passageiro, ao lado de Hooker.

– E agora? – Hooker perguntou. – Deus tem um plano B?

— Apenas volte para o estacionamento — eu disse a ele. — Nós simplesmente colocaremos Huevo em cima de um carro. O cachorro não vai conseguir alcançá-lo lá.

— E quanto aos gatos? — perguntou Felicia. — Digamos que alguns gatinhos encontrem o sr. Defunto?

Lancei um olhar mortal a Felicia.

— Deus simplesmente terá de lidar com isso.

— É — disse Rosa —, se é tão importante assim para Deus, deixe que Ele mantenha os gatos a distância.

Voltamos ao estacionamento e dirigimos lentamente. Hooker parou no final da segunda fileira de carros estacionados. Ele estava olhando para um dos carros e sorrindo.

— Esse é o carro — disse ele.

Olhei além de Hooker. Lá estava um carro que Brutus tinha ganhado de Huevo. Era uma picape vermelha novinha, uma Avalanche LTZ. A placa era DICK69. Muito sugestivo.

— O que a picape de Brutus está fazendo aqui? — perguntei.

— Huevo provavelmente o convidou para passar alguns dias no barco — disse Hooker.

Tiramos Huevo da caminhonete e o colocamos na caçamba da picape de Brutus. Nós o sentamos com os joelhos juntos, de frente para a estrada atrás dele, parecendo estar esperando por uma carona.

— Há algo engraçado sobre um cara morto — disse Rosa. — Desse ângulo, eu poderia jurar que ele está de pau duro.

— Tenha um pouco de respeito — disse Felicia —, você não deveria estar olhando ali.

— Não posso evitar. Está bem na minha frente. Ele tem um pau grande.

— Talvez seja apenas rigidez cadavérica — disse Felicia.

Hooker e Fominha deram uma olhada.

— Ele morreu em ação, sim — disse Hooker. — Espero não ficar cego por ter visto isso.

Felicia fez o sinal da cruz duas vezes.

Meia hora depois, estávamos em Little Havana. Deixamos a Rosa, Hooker pegou uma rua à direita no cruzamento seguinte, desceu a quadra e estacionou em frente à casa de Felicia. Era uma casa de estuque, de dois andares, num quarteirão repleto de casas idênticas. No escuro, era difícil dizer a cor, mas parecia pêssego. Sem quintal. Calçada ampla. Rua movimentada.

– Para onde você vai agora? – Felicia perguntou a Hooker. – Para o seu apartamento ou seu barco?

– Vendi os dois. Não tinha chance de usufruir muito deles aqui em Miami. Vamos nos hospedar num dos hotéis da Brickell.

– Não precisam fazer isso. Podem ficar comigo esta noite. Eu tenho um quarto a mais. E todos vão gostar de conhecê-lo, de manhã. Meu neto está aqui. Ele é um grande fã. Apenas faça o contorno no beco dos fundos, onde você pode estacionar.

Minutos depois Fominha estava instalado num beliche, acima do neto de Felicia, e nós estávamos num quarto bonitinho, que não chegava ao tamanho de uma banheira dupla. Tinha uma cadeira, uma cama de solteiro... e agora dois adultos e um são-bernardo. As cortinas da única janela eram cor de menta e combinavam com a colcha da cama. Havia um crucifixo na parede, acima da cabeceira. A porta estava fechada e estávamos cochichando para que nossas vozes não ecoassem pela casa.

– Isso não vai funcionar! – eu disse para Hooker.

Hooker chutou os sapatos e experimentou a cama.

– Acho que vai dar perfeitamente certo.

Beans olhou ao redor do quartinho e se alojou no chão, com um suspiro. Já havia passado muito tempo da sua hora de dormir.

– Eu gosto – disse Hooker –, é caseiro.

– Não é por isso que você gosta – eu disse. – Você gosta porque só tem uma cama de solteiro, e eu vou ter que dormir em cima de você.

– É – disse Hooker –, a vida é boa.

Desamarrei meus tênis.

– Comece com gracinha e a vida que você conhece deixará de existir.

– Poxa, isso magoa. Eu já forcei a barra com você?

– Estou falando de mão-boba.

— Credo — disse Hooker —, você é uma estraga-prazeres. — Ele desceu o zíper da calça, que já estava no meio da bunda.
— O que você está fazendo? — sussurrei meio gritando.
— Tirando a roupa.
— Sem chance!
Hooker estava de camiseta e com sua cueca Calvin Klein.
— Querida, tive um dia longo. Perdi uma corrida, roubei um caminhão e deixei Oscar Huevo morto numa Avalanche. Vou para a cama. E acho que você não tem com que se preocupar. Já tive toda a agitação que poderia aguentar num dia.
Ele estava certo. O que eu estava pensando? Tirei o meu jeans e, espertamente, o sutiã sem tirar a camiseta. Cuidadosamente passei por cima de Beans, subi na cama ao lado de Hooker, tentando achar um lugar. Ele estava de lado, junto à parede, e eu de costas para ele, nos braços dele, e ele com a mão segurando meu seio.
— Mas que droga, Hooker — eu disse —, você está com a mão no meu peito.
— Só estou segurando para você não cair da cama.
— E é bom que eu esteja enganada quanto ao que está me espetando aí atrás.
— No fim das contas, eu ainda tenho alguma energia sobrando para mais um pouquinho de agitação.
— Não.
— Tem certeza? Você não quer que eu toque o sininho?
— Nem *pense* no sininho. Ele não quer badalação. E você vai dormir no chão com o cachorro se não entrar na linha.

Abri os olhos com o sol entrando pelas cortinas cor de menta. Estava parcialmente em cima de Hooker, seu braço me abraçando. E eu detestava admitir, mas estava gostoso demais. Ele ainda estava dormindo. Seus olhos estavam fechados, e a fileira de cílios louros encostava na maçã do rosto bronzeado. Sua boca era macia, e seu corpo estava quente e aconchegante. Seria fácil esquecer que ele era um tolo.

Barney, Barney, Barney! Componha-se, gritava a Barney sensível interior. *O cara dormiu com uma vendedora.*

Sim, mas vocês não eram casados, nem noivos. Nem estavam morando juntos, a Barney leviana respondia.

Vocês estavam saindo... regularmente. Vocês dormiam juntos... bastante!

Soltei um suspiro e saí de cima de Hooker. Saí da manta, me levantei, pulei por cima de Beans e vesti meu jeans.

Hooker abriu um pouco os olhos.

– Ei – disse ele, com a voz macia e ainda rouca de sono –, aonde você vai?

– É hora de levantar e ir trabalhar.

– Não parece hora de ir trabalhar. Parece hora de dormir. – Ele olhou ao redor do quarto. – Onde estamos?

– Na casa da Felicia.

Hooker se virou de barriga para cima e pôs as mãos no rosto.

– Meu Deus, nós roubamos um rebocador mesmo?

– Ahã.

– Eu estava torcendo para que fosse um sonho. – Ele se apoiou num cotovelo. – E Oscar Huevo?

– Morto. – Eu estava com meus tênis e meu sutiã nas mãos. – Vou ao banheiro e depois vou descer. Estou sentindo o cheiro do café. Eu te encontro na cozinha.

Dez minutos depois, eu estava de frente para Hooker, na mesa da cozinha de Felicia. Eu tinha uma caneca de café na mão e um prato de torradas francesas e linguiça. Felicia e a filha estavam ao fogão, cozinhando para uma infinidade de gente que pareciam netos e outros parentes.

– Essa é a irmã Marie Elena – disse Felicia, apresentando uma senhora velhinha e curvada, vestida de preto. – Ela veio da igreja da esquina, quando soube que Hooker estava nos visitando. É uma grande fã. E o cara atrás dela é Luis, irmão do meu marido.

Hooker estava dando apertos de mãos, dando autógrafos e tentando comer. Uma criança subiu em seu colo e pegou uma de suas linguiças.

– Quem é você? – Hooker perguntou.
– Billy.
– Meu neto – disse Felicia, colocando mais quatro linguiças no prato de Hooker. – Ele é o caçula de Lily. Lily é a filha do meio da minha irmã. Eles estão morando comigo, enquanto procuram um lugar. Acabaram de chegar de Orlando. O marido de Lily foi transferido.

Todos falavam ao mesmo tempo, Beans latia para o gato de Felicia e a televisão estava aos berros, no balcão da cozinha.

– Preciso ir – gritei para Hooker. – Quero ir até o carro. Fiquei pensando e resolvi dar uma olhada, em todo caso.

Hooker levantou da mesa.

– Vou com você.

– Quando Fominha levantar, diga a ele para ficar em casa – eu disse a Felicia –, diga que voltaremos mais tarde.

– O jantar é às seis horas – disse Felicia –, eu estou fazendo uma comida cubana especial para vocês. E minha amiga Marjorie e o marido também virão. Eles querem conhecê-lo. São grandes fãs.

– Claro – disse Hooker.

– Mas depois temos que partir – eu disse a Felicia. – Precisamos voltar para a Carolina do Norte.

– Não estou com pressa de voltar para a Carolina do Norte – disse Hooker, sorrindo para mim. – Talvez devêssemos ficar outra noite.

– Talvez você devesse aumentar seu seguro-saúde – eu disse a Hooker.

Capítulo 4

Era de manhã cedo e o céu sobre Miami era de um azul reluzente. Nenhuma nuvem à vista e o sol já esquentava. Era o primeiro dia útil da semana num bairro de gente trabalhadora. Pencas de imigrantes cubanos e de descendentes nascidos na América aguardavam nos pontos de ônibus. Não muito distante dali, em South Beach, o tráfego era tranquilo, e os carros caríssimos dos ricos e famosos tiniam, imaculados, esfriando nas garagens, após uma noitada na cidade. Em Little Havana, caminhões empoeirados e sedãs eram pau para toda obra, apressados pelas ruas, transportando crianças para a casa de parentes que tomariam conta delas e adultos para seus empregos, ao redor de toda a cidade.

Hooker passou em frente ao armazém e virou a esquina. Deu a volta na quadra, em busca de carros ocupados por policiais, capangas de Huevo ou fãs enlouquecidos. Não avistamos carros ocupados e havia pouquíssimo trânsito, então Hooker encontrou uma vaga para estacionar na rua e deixamos Beans descer. Felicia havia nos dado a chave da lateral. Nós entramos, acendemos as luzes, fechamos e trancamos a porta.

Tudo estava exatamente como havíamos deixado. Encontrei um macacão, coloquei um par de luvas e fui trabalhar no carro.

– O que posso fazer? – perguntou Hooker.

– Você pode dar uma olhada no rebocador, para ter certeza de que não tem mais gente morta lá dentro.

Hooker perambulou pelo rebocador, depois veio catando as coisas que eu ia deixando ao examinar o carro, metodicamente.

– Encontrou alguma coisa interessante? – perguntou ele.

— Não. Mas isso não quer dizer que não haja. Só não encontrei ainda.

Hooker olhou dentro do carro.

— Tenho de dar um crédito a Huevo. Eles fazem tudo para melhorar o carro. Até o manete do câmbio.

— É, eu vou levar o manete comigo. É de alumínio e superleve. Eles até utilizaram um design entalhado para tirar uns gramas. Acho que podemos adaptá-lo para seu carro. Roubar o conceito, mas mudar o design.

A porta lateral se abriu e Felicia e Rosa entraram apressadas.

— Está passando na televisão – disse Rosa. – Está um alvoroço.

— Ela olhou para Beans, esparramado sobre um cobertor que havíamos tirado do rebocador. – O que há com ele? Por que não está tentando nos derrubar?

— Ele está de barriga cheia de torradas e de salsicha. Está dormindo para digerir.

— Bom lembrar – disse Rosa.

— Nós vimos fotos do sr. Defunto – disse Felicia. – Ele apareceu no noticiário. Tem uma televisão na fábrica de charutos e Rosa viu, aí me ligou para que eu colocasse uma TV na banca de frutas. Primeiro eles mostraram fotos do sr. Defunto sendo levado naquele caminhão... qual é o nome?

— Transportador de presunto.

Felicia sacudiu o dedo para Rosa.

— Não fique perto de mim se vai desrespeitar os mortos. Não quero que Deus fique confuso quando Ele mandar o raio lá de cima.

— Você se preocupa demais – Rosa disse a Felicia. – Deus é um cara ocupado. Não tem tempo para microempreendimentos. Quais são as chances de que Ele tenha ouvido isso? É muito cedo. Ele provavelmente deve estar tomando café com a sra. Deusa.

Felicia fez o sinal-da-cruz duas vezes.

— De qualquer forma, eles haviam posto um cobertor sobre ele, naquelas fotos – disse Felicia. – Na verdade, não dava para vê-lo. Mas eles entrevistaram o empregado do restaurante que achou o sr. Defunto, e essa é a parte boa... o empregado disse que isso foi coisa de algum assassino monstruoso que come carne de gente. Ele disse que o sr. Defunto estava todo embrulhado, feito uma múmia, mas pôde ver através do plástico que ele estava com um tiro na testa e que alguém comeu parte de seu ombro. E era alguém com dentes muito grandes.

– Depois houve uma coletiva de imprensa e o policial disse que era verdade que alguém, ou alguma coisa, havia comido parte do falecido. E eles acham que o fato de ele estar todo embrulhado poderia ser parte de algum ritual diabólico – disse Rosa.

– Eles não disseram diabólico – disse Felicia. – Só disseram ritual.

– Nem precisaram dizer diabólico – disse Rosa. – Que outro tipo de ritual poderia ser? Acham que iam usá-lo para treinamento de embrulho na escola de açougueiro? É claro que seria um ritual diabólico.

– Depois mostraram algumas fotos dele antes de ser embrulhado – disse Felicia. – Fotos dele e da esposa. E uma foto dele com seu piloto de corridas.

– E quanto ao rebocador? – Hooker perguntou a Rosa e Felicia. – Alguém disse alguma coisa sobre o rebocador desaparecido, do carro 69?

– Não – disse Rosa. – Ninguém disse nada sobre isso. E eu tenho uma teoria. Já viu aquela namorada que anda com o piloto de corridas do sr. Defunto? Aposto que foi ela quem comeu o sr. Defunto.

– Beans comeu o sr. Defunto – disse Felicia. – Nós vimos.

– Ah, é – disse Rosa. – Eu esqueci.

– Temos que voltar ao trabalho – disse Felicia, em direção à porta. – Só queríamos lhes contar.

– Precisamos conversar – Hooker me disse. – Vamos dar um tempo aqui e encontrar um restaurante. Não tive chance de comer na casa de Felicia. E depois do jantar preciso fazer compras. Você trouxe sua mochila, mas eu só tenho a roupa do corpo. Achei que a essa altura estaríamos em casa.

Tirei as luvas e o macacão. Hooker colocou a coleira em Beans e nós trancamos tudo e entramos na caminhonete. Algumas quadras adiante, na Calle Ocho, havia uma porção de pequenos restaurantes e lanchonetes. Hooker escolheu um restaurante que anunciava o café da manhã, com um estacionamento coberto. Abrimos uma parte da janela para Beans, lhe dissemos que aguentasse firme e prometemos trazer um muffin.

Era um restaurante mediano, com cubículos reservados, sofás nas laterais e mesas no meio do salão. Não tinha balcão. Havia muitas fotos assinadas nas paredes, de gente que eu não reconheci. A maioria dos reservados estava lotada. As mesas estavam vazias. Hooker e eu sentamos num dos reservados vazios, e Hooker pegou o cardápio.

– Você acha que o fato de Oscar ter sido morto quando estava nu e em pleno sucesso sugere um marido zangado? – perguntei a Hooker.

– É possível. O que eu não entendo é esse embrulho plástico, esconderem o corpo no rebocador e mandá-lo para o México. Não teria sido mais fácil e seguro jogá-lo no mar? Ou entregá-lo a uma funerária para que o levasse? Por que levá-lo escondido para atravessar a fronteira?

A garçonete trouxe o café e deu uma olhada em Hooker. Mesmo que não fosse reconhecido, Hooker valia uma segunda olhada. Ele pediu ovos, linguiça, panquecas com calda extra, batatas fritas, um muffin de mirtilo para Beans e suco. Eu fiquei com o café. Imaginei que não ficaria bem com a roupa da cadeia. Melhor evitar a gordura.

Hooker estava com o celular na mão.

– Tenho um amigo que trabalha para Huevo. A essa altura, ele deve estar na oficina. Quero ver o que os caras sabem.

Cinco minutos depois, Hooker desligou e a garçonete surgiu com a comida. Ela deu a ele a calda extra, um muffin de cortesia, mais suco e completou seu café.

– Eu gostaria de mais café – eu disse.

– Claro – disse ela. – Deixe-me pegar um bule fresco. – E lá foi ela.

Olhei para Hooker.

– Ela não vai voltar.

– Querida, você precisa botar mais fé nas pessoas. Claro que ela vai voltar.

– Está bem. Ela vai voltar quando a *sua* xícara de café estiver vazia.

Hooker caiu matando nos ovos.

– Butch disse que todos estão chocados por causa do Oscar Huevo. Ele disse que muita gente nem se surpreendeu por ele ter sido morto, mas todos estão tendo um troço por causa do embrulho de plástico e o negócio da mordida. Butch disse que metade da oficina acha que é coisa de lobisomem, e outra metade acha que é matador de aluguel. E a metade que acha que é matador de aluguel acha que é coisa da esposa de Huevo. Aparentemente, Huevo estava se preparando para fazer uma troca e a sra. Huevo estava *mucho* descontente com o sr. Huevo.

Olhei para minha xícara. Vazia. Olhei em busca de nossa garçonete. Em nenhum lugar à vista.

– Alguma coisa sobre o rebocador? – perguntei a Hooker.

– Não. Parece que a notícia do sumiço do rebocador ainda não se espalhou.

Vi a garçonete surgir do outro lado do salão, mas não consegui chamar sua atenção.

– A NASCAR tem de saber – eu disse a Hooker. – Eles rastreiam esses rebocadores. Saberiam assim que sumisse da tela.

Hooker sacudiu os ombros.

– Acabou a temporada. Talvez não estivessem prestando atenção. Ou talvez o motorista possa ter ligado dizendo que o GPS estava quebrado para que a NASCAR não se envolvesse.

Bati a colher na xícara e acenei a mão para a garçonete, mas ela estava de costas e não se virou.

– Querida, mas que tristeza – disse Hooker, trocando de xícara comigo.

Dei um gole no café.

– Tem gente preocupada por aí. Estão revirando tudo para achar o rebocador e vão querer pegar os idiotas que o levaram, porque esses idiotas sabem que Huevo estava enfurnado no armário.

– Que bom que só nós sabemos que somos os idiotas – disse Hooker.

A garçonete parou em nossa mesa e completou a xícara de café de Hooker.

– Mais alguma coisa, docinho? – ela perguntou a Hooker. – Está tudo bem com seu café da manhã?

– Está tudo ótimo – disse Hooker. – Obrigado.

Ela se virou e saiu rebolando, e eu ergui a sobrancelha para Hooker.

– Às vezes é bom ser eu – disse Hooker, terminando suas panquecas.

– Então, vamos manter nosso plano de deixar o rebocador em algum lugar, no acostamento da estrada.

– É, só não sei o que fazer quanto a Fominha. Ninguém sabe que estamos envolvidos, portanto podemos ir para casa e seguir com nossas vidas. Fominha tem um problemão. A expectativa de vida de Fominha não é boa. Não tenho ideia de como resolver isso.

Hooker fez sinal pedindo a conta, e a garçonete se apressou em trazer.

– Tem certeza de que não gostaria de mais uma xícara de café? – ela perguntou a Hooker.

– Não – disse ele –, estamos bem.

– Espero que ela pegue um melanoma – eu disse a Hooker.

Hooker puxou um bolo de dinheiro e deixou sobre a mesa, junto com a conta.

– Vamos nessa. Preciso de roupas. Vamos tirar dez minutos para fazer umas compras.

O clima de Miami é maravilhoso em novembro, contanto que não haja um furacão passando. Estava um clima para andar de mangas curtas e sem capota de carro. Sol brilhando, sem nuvens.

A capota da caminhonete não era conversível, mas nós abrimos as janelas e ligamos na rádio, que tocava salsa. Levando tudo em conta, estávamos relativamente alegres. Beans estava feliz com seu muffin. Hooker arrancou em busca de um shopping, e Beans pôs a cabeça para fora da janela atrás do motorista, com o rabo abanando. Suas orelhas fofas de são-bernardo esvoaçavam ao vento e seus lábios grandes tremulavam, conforme o ar batia. Hooker dirigiu na direção sudeste, deixando Little Havana para trás.

Quarenta e cinco minutos depois, Hooker estava com um saco de roupas. Uma parada para comprar jeans, camisetas, cuecas e meias, além de uma mochila de lona. A vida é simples se você é um cara. Passamos por uma farmácia, e Hooker comprou escova de dentes, barbeador e desodorante.

– É isso? – perguntei a ele. – Você não precisa de xampu, sabonete líquido, creme de barbear e pasta de dentes?

– Pensei em usar tudo seu. Eu até usaria seu barbeador, mas é rosa.

– Um texano durão não pode se barbear com um barbeador rosa?

– Credo, não. Eu seria expulso do clube.

– E que clube é esse? – perguntei a ele.

Hooker me deu um sorrisinho.

– Eu não sei. Inventei. Não tem clube nenhum. Eu só me sentiria tolo se usasse um barbeador rosa. Eu me sentiria como se tivesse de raspar as pernas.

Voltamos para o galpão, vesti o macacão emprestado e voltei a trabalhar, atacando as áreas onde eu teria escondido o fio e o microprocessador. Percorri a barra de rolagem e todas as outras partes do quadro do motor por onde poderia passar. Vasculhei toda a fiação. Desmontei o tacômetro. A NASCAR já tinha cortado a caixa da ignição, então não precisei verificar ali. Puxei o motor para fora e comecei a inspecionar cada centímetro, com uma lanterna e a mão sem luva, passando os dedos sobre a superfície.

– O que você está procurando? – Hooker queria saber.

– Se Huevo encontrou um jeito de o controle de tração funcionar sem fio, ele poderia colar o microprocessador direto no bloco do motor. Essas coisas são tão pequenas que ele poderia fazer parecer uma falha na lataria.

Cuidadosamente, inspecionei dois borrões na superfície. Nenhum dos dois era nada. Encontrei um terceiro e consegui arrancar. Eu estava bem certa de que era um chip, mas era pequeno demais para ver qualquer detalhe e eu o danifiquei parcialmente, tentando desgrudar do motor.

– É isso? – perguntou Hooker.

– Não tenho certeza. É até menor do que eu pensei e não está em perfeito estado. Preciso de uma lente de aumento para ver. – Joguei dentro de um saco plástico para sanduíche e fechei. – Se não for isso, então, estou empacada. Olhei tudo o que podia pensar. Quero tirar o segundo carro e checar o motor, procurando algum chip parecido.

Meia hora depois, eu estava convencida de que não existia um segundo chip. Eu já havia examinado cuidadosamente cada centímetro do motor, sem achar nada.

Hooker estava com as mãos nos bolsos da calça e se balançava nos calcanhares.

– Está certo, srta. Mente Brilhante Criminal... e agora?

– Basta o pessoal de Huevo dar uma olhada no carro 69 para saber que alguém ligado à corrida sequestrou o caminhão – eu disse a ele. – Eu não me importaria com isso, exceto por nos envolver num assassinato. Acho que não podemos devolver o rebocador com o carro dentro. Minha sugestão é tirar o carro reserva e fazer parecer que alguém levou o caminhão porque queria roubar os carros. Poderia ser qualquer ladrão de carro. Ou algum fã insano de Brutus. Isso combinaria com o fato de Oscar ter sido desovado na picape de Brutus, como uma piada de bêbado.

– Acho que nós deveríamos dar um sumiço *permanente* em *tudo* – disse Hooker.

– Não é tão fácil. Poderíamos dirigir o rebocador até a Dakota do Norte, mas receio que seríamos encontrados. Se dirigirmos o caminhão para o mar, ele ainda vai aparecer quando a maré baixar. Se botarmos fogo, ainda vamos ficar empacados com uma porção

de carcaças queimadas. Eu poderia desmontar o rebocador, peça por peça, mas isso levaria tempo... muito tempo e trabalho duro. Com os carros seria bem mais rápido. Dê-me um maçarico de acetileno e uma serra elétrica e até o fim do dia terei dois carros reduzidos a uma pilha de lixo irreconhecível, que poderia ser arremessada de uma ponte. Depois, só teríamos de largar o rebocador no acostamento de alguma estrada, longe de Little Havana. E podemos remover o alumínio do GPS, para que o pessoal de Huevo possa recuperar o caminhão.
— Gostei.
— Não queremos chamar atenção com o caminhão — eu disse. — Não queremos dirigi-lo por aí durante o dia. E seria suspeito se o tirássemos de manhã. Se bem que, neste bairro, seria só mais um caminhão roubado seguindo seu rumo. Acho que devemos tirá-lo às quatro e meia da manhã, quando ainda estiver escuro, e vai parecer algum motorista saindo bem cedo. — Coloquei um par de luvas e vesti novamente o macacão. — Vou picotar o carro de Huevo e um ajudante pode ser útil.
— Acho que seria eu — disse Hooker.

Olhei meu relógio. Cinco e quarenta e cinco. Felicia estava nos esperando para jantar às seis.
— Já estamos quase acabando — eu disse a Hooker. — Mais uma hora de trabalho e nós podemos começar a tirar esse lixo daqui. Vamos parar para jantar e voltar para terminar mais tarde.
Hooker ficou ali em pé, olhando para o monte de peças destruídas do carro.
— Tem um monte de troço aqui. E é pesado. Vamos precisar de um caminhão de entulho para nos livrar disso.
— Esqueça — eu disse a ele. — Não vou roubar um caminhão de entulho. Eu levo, peça por peça, na caminhonete.
— Por mim, tudo bem — disse Hooker. — Vamos levar dias até conseguirmos. Enquanto isso, eu posso me aconchegar com você na caminha de hóspedes de Felicia.

Senti uma dor pulsando levemente atrás do meu olho esquerdo. Eu ia roubar um caminhão de entulho, não havia dúvida. Agora a minha vida estava dividida em duas partes. Antes e depois de Hooker. A metade antes de Hooker era bem mais sã do que a metade depois de Hooker. Hooker fez aflorar minha porção louca.

– Se eu for presa, nunca mais falo com você – disse a Hooker.
– Nunca mais!

Dirigimos pelo curto trajeto até a casa de Felicia, e Beans ficou empolgado no instante em que abrimos a porta da frente da casa. Seus olhos se acenderam e ele ergueu o focinho, fazendo a baba empoçar na boca, transbordando nos cantos.

Hooker se encostou em mim.

– Essa casa cheira a porco e pão frito. Beans provavelmente pensa que chegou em algum bufê celestial canino.

Felicia se apressou em nos receber.

– Bem na hora – disse ela. – Todos estão esperando para conhecê-lo. Deixe-me apresentá-lo. Essa é minha prima Maria. E essa é minha outra prima Maria. E aquelas são as duas meninas da Maria. E esse é meu bom vizinho Eddie. E seu filho. E aquela é minha irmã Loretta. E esse é Joe e sua esposa, Lucille. E ali estão Marjorie e seu marido. Eles são grandes fãs. E você já conhece minha filha e a irmã Marie Elena e a Lily.

Beans estava pulando em volta como um coelho, maluco com o cheiro da comida e o bando de gente. Eu tinha diminuído a coleira e a prendido em minha cintura, e ele estava me jogando para a frente, ganhando espaço em sua investida na direção do porco.

Hooker estava papeando e dando autógrafos. Nada de ajuda vindo dali. Finquei os tornozelos e me inclinei para trás, mas Beans era mais pesado e me arrastou pela sala de jantar, com uma determinação absoluta. Estiquei o braço, peguei Hooker pelo cós de seu jeans e segurei firme.

– Querida – disse Hooker, passando o braço ao meu redor –, você terá que esperar sua vez.

– É essa praga desse seu cachorro!

Beans girou em volta de uma mulher pequena que carregava uma tigela de feijão e linguiça, plantando as duas patas nas costas dela. E lá se foram os dois para o chão, com Beans latindo, a mulher gritando e comida voando para todo lado. Beans se empoleirou em cima da mulher, devorando a linguiça que aterrissou nos cabelos dela.

Hooker arrancou Beans de cima da mulher, pegou-a pelas axilas e a pôs de pé.

– Desculpe – disse ele para a mulher. – Ele é brincalhão.

– Ele devia estar no zoológico – disse ela, tirando a linguiça da blusa. – O que é ele? Parece um cachorro do Tibete. Daquele tipo Chewbacca. – Ela passou a mão no alto da cabeça. – O que é esse negócio melado no meu cabelo?

Era um bolo de baba de cachorro.

– Deve ser da caçarola – eu disse a ela, atraindo Beans com um pãozinho.

– Venham todos comer antes que a comida esfrie – disse Felicia.

Felicia havia aberto a mesa no tamanho máximo e nos acomodamos, todos grudados, com algumas crianças sentadas no colo dos pais. Cada centímetro da mesa estava coberto de comida... arroz, feijão, pão frito, churrasco de porco, batatas-doces, caçarolas de frutas, frango e sabe Deus o que mais.

Maria passou uma travessa de bolinhos fritos de batata-doce.

– E quanto àquele mexicano das corridas, que foi morto? Está passando em todos os noticiários. – Ela se virou para Hooker. – Você o conhecia?

– Só de vista.

– Ouvi dizer que ele foi dilacerado por um monstro do pântano, comedor de gente.

Hooker e eu olhamos para debaixo da mesa, para o Beans. Ele estava fazendo uns barulhos, lambendo suas partes particulares.

– Que bastardo de sorte – Hooker sussurrou. – Sempre que eu tento fazer isso desloco as minhas costas.

– Não sei como esse monstro do pântano apareceu em South Beach – disse Loretta. – Fico arrepiada só de pensar nisso.

— Ah, tá bom. E como o monstro arranjou todo o plástico de embrulhar? O que ele fez? Assaltou um supermercado? Eu, pessoalmente, não acho que seja nenhum monstro do pântano – disse Maria.

— Então, o que você acha? – perguntou Loretta.

— Lobisomem.

— Como o lobisomem ia pegar o plástico de embrulho?

— Simples – disse Maria. – Ele come o cara, mas o cara é grande demais para ele terminar numa refeição. Tem muita sobra, certo? Então, quando o sol aparece, o lobisomem se transforma em humano, e o humano vai até o mercado, compra o plástico e embrulha o cara para mantê-lo fresco.

— Isso faz muito sentido – diz Loretta.

Felicia fez o sinal-da-cruz e passou o pão frito.

— Se ele o embrulhou para mantê-lo fresco, então por que o deixou no restaurante? – perguntou Lily.

— Mudou de ideia – disse Maria. – Talvez o lobisomem tenha tido uma indigestão. Como acontece quando como muito chilli e fico com azia.

O marido de Felicia abriu outra garrafa de vinho.

— Não era lobisomem. Não tinha lua cheia. Lobisomens precisam de lua cheia.

— Você tem certeza de que eles precisam de lua cheia? – perguntou Maria. – Achei que ele só precisasse de um pedaço da lua. Era qual fase da lua quando esse cara foi morto? Alguém sabe?

— Eu te mostro uma lua – disse Luis. – Alguém quer ver uma lua?

— *Não* – disseram todos. Ninguém queria ver a lua de Luis.

Duas horas depois, ainda estávamos à mesa. Hooker e eu estávamos inquietos para voltar ao galpão. Era difícil relaxar com o rebocador ali ao lado, com dois amontoados de metal retorcido que antes eram dois carros de corrida.

— Foi ótimo – eu disse a Felicia –, mas eu e Hooker temos que voltar ao trabalho.

— E a sobremesa? — Felicia quis saber. — Eu ainda não trouxe a sobremesa.
— Voltaremos mais tarde para a sobremesa. — Bem mais tarde.
— Eu devo ir com vocês? — perguntou Fominha.
Fominha estava servindo as bebidas e parecia que tinha bebido mais do que servido.
— Vou te deixar aqui, companheiro — disse Hooker. — Alguém tem de ficar por perto e proteger o lar.
— Sou eu mesmo — disse Fominha. — Sou o *protegedor* do lar.

Você acaba trabalhando bem mais devagar com a pança cheia de carne de porco e pão frito. Eram quase dez horas e eu estava lutando contra o último pedaço grande de metal quando Felicia abriu a porta lateral e nos espiou.
— Sou eu — disse ela. — Trouxe sobremesa para vocês, mas fiquei com medo de entrar e o cãozinho pular em mim.
— Está tudo bem — disse Hooker. — Ele está dormindo no rebocador. Já passou da hora de ele ir dormir.
Também já havia passado a minha hora de dormir. Desmontar um carro é um trabalho físico árduo e eu estava exausta.
Hooker fechou a porta da sala e foi ajudar Felicia. Ela estava carregando dois sacos de supermercado e tinha um jornal embaixo do braço.
— Trouxe o jornal — disse ela. — Tem uma matéria grande sobre o cara morto. Eu não sabia se vocês tinham visto.
— Aí diz que ele foi morto por um monstro do pântano? — perguntou Hooker.
— Não. Diz que o médico-slegista acredita que o homem foi atacado por um cão grande. E que ele já estava morto quando o cachorro o atacou.
— Hora de sair de circulação — disse Hooker.
Eu concordava, mas não podíamos partir antes de limpar a área.
— O que é isso? — perguntou Felicia. — O que é essa pilha de troços?

— Peças de carro – Hooker disse.
— Vocês estão fazendo um carro?
— Não – disse ele. – Nós desfizemos um carro. Agora precisamos nos livrar das peças.

Felicia estava tirando as embalagens do saco e as colocando sobre a caixa de ferramentas.

— Mas é muita peça. Como vão se livrar delas?
— Um caminhão de entulho – disse Hooker.
— Você tem um?
— Ainda não.

A última coisa a sair do saco foi uma garrafa térmica de café e duas canecas.

— Conheço uma pessoa que tem um caminhão de entulho – disse Felicia. – O tio da Rosa tem um ferro-velho. Ele tem um caminhão de entulho grande. – Felicia estava com a bolsa pendurada no braço. Ela tirou o celular da bolsa e apertou os números. – Vocês comem a sobremesa, e eu vou arranjar o caminhão – disse Felicia.

— Não podemos envolver mais ninguém nisso – disse Hooker.
— Não se preocupe. Vamos manter tudo em silêncio.

Servi o café, e Hooker e eu detonamos a sobremesa. Bananas ao rum, um tipo de tortinha de fruta com creme chantili, bolinhos fritos com cobertura de canela e açúcar, uma torta de chocolate que obviamente havia sido encharcada de birita, uma variedade de biscoitinhos e um tipo de pavê feito com frutas, chantili e licor.

— Essa é a primeira vez que eu fico doidona com sobremesa – eu disse a Hooker. – Minha vida está uma zona, mas subitamente me sinto muito feliz.

Hooker me deu uma olhada de lado.

— O quanto você está feliz?
— *Nem tanto* – disse a ele.

Hooker deu um suspiro.

— Você não se aproveitaria de mim embriagada, não é? – perguntei a ele.

– Querida, eu dirijo stock cars. É claro que eu me aproveitaria de seu estado de embriaguez. Isso é praticamente obrigatório.

O motor de um caminhão roncou do lado de fora do galpão e houve uma buzinada rápida.

– É a Rosa – disse Felicia, indo até as portas. – Vou abrir para ela.

– Diga-lhe para entrar de ré – disse Hooker. – Vou apagar algumas luzes.

A porta da baia central subiu e vimos as luzes vermelhas do freio de um imenso caminhão industrial de entulho.

– Pode vir – Felicia gritou. – Vem de ré.

O caminhou entrou no armazém e parou a alguns centímetros da pilha de fragmentos de metal. Felicia apertou o botão que fechava a porta da baia. A porta do lado do motorista do caminhão se abriu e Rosa saiu, de salto alto de acrílico e pedrinhas, uma saia justa preta e um suéter vermelho decotado que deixava *muito* à mostra.

– Eu estava num encontro quando vocês ligaram – ela disse a Felicia. – Vocês me devem muito por arruinarem minha vida amorosa.

Hooker estava sorrindo, com as mãos nos bolsos, recostado, apoiado nos calcanhares.

– Onde você aprendeu a dirigir um caminhão de entulho? – ele perguntou a Rosa.

– Meu primeiro marido era motorista de caminhão. Às vezes eu pegava a estrada com ele. E, às vezes, eu ajudava meu tio no ferro-velho. É preciso saber fazer muita coisa na minha família.

Um carro buzinou do lado de fora do armazém.

– Provavelmente é meu tio – disse Rosa. – Eu disse que você lhe daria um autógrafo no boné se ele nos emprestasse o caminhão.

Senti Hooker fazendo uma careta mental.

– Você não disse a ele sobre o rebocador, disse? – perguntou Hooker.

– Não, eu disse que havia um segredo grande aqui, e ele não podia entrar. Então, ele está esperando por você lá fora.

Rosa, Felicia e eu começamos a colocar a pilha de peças no caminhão, e Hooker saiu correndo pela porta, com uma caneta. Ele abriu a porta e deu um passo atrás.

– Rosa, deve ter pelo menos umas quinze pessoas lá fora!
– É – disse Rosa. – Você é um cara conhecido. Todo mundo adora você. Apenas se apresse, pois estamos deixando as peças grandes e pesadas para você colocar no caminhão.

Vinte minutos depois Rosa foi até a porta, abriu e pôs a cabeça para fora.

– Ei, sr. Astro do Rock, você não quer parar de dar autógrafos e vir nos ajudar aqui?

Pude ouvir Hooker gritando, com a porta aberta:
– Essa aglomeração continua crescendo! De onde vem essa gente?
– Vocês todos – Rosa gritou. – Vocês precisam ir para casa e deixar que Hooker entre aqui agora. Temos umas garotas aqui dentro para ele.

Felicia deu uma risadinha.
– Acho que somos nós!

Não achei nada engraçado. Eu já havia *sido* sua garota.

O barulho do riso e das palmas entrou pela porta aberta. Hooker entrou, e Rosa trancou a porta atrás dele. Tivemos trabalho para colocar os pedaços pesados no caminhão, limpamos as miudezas, varremos o chão e jogamos o que sobrou nos fundos, junto com o restante das provas do crime.

Rosa entrou na cabine e ligou o motor.
– Vou levar isso para o ferro-velho e amanhã vai estar comprimido, do tamanho de um pão de forma.
– Vamos segui-la – eu disse.
– Não precisa – disse Rosa. – Meu primo Jimmy vai amarrar os cachorros e me deixar entrar.

Apagamos as luzes do armazém, e Felicia abriu a porta. Rosa acendeu os faróis do teto, e o caminhão de entulho saiu do galpão em direção à rua, virando à esquerda. Felicia fechou a porta, e voltamos a acender as luzes do galpão. Coloquei a garrafa térmica e as embalagens de bolo de volta nos sacos e fui caminhando com Felicia até seu carro.

– Obrigada – eu disse. – Realmente sou grata pela sua ajuda. Isso não saiu exatamente como planejado.

— Você quer dizer com o cara morto? Tudo bem. Somos do ramo de venda de frutas no atacado. Não é a primeira vez que eu tive de fazer uma limpa depois de um cara morto. Vejo você no café da manhã.

Acenei com a cabeça, anestesiada, e olhei meu relógio. O café da manhã não estava tão distante. Hooker e eu colocamos as ferramentas de volta nos carrinhos e os empurramos para a plataforma elevatória. Eu a acionei fazendo descer e empurrei os carrinhos para fora, na direção do corredor estreito do rebocador. Nós os prendemos, depois prendemos as portas dos compartimentos. Apertei o botão que, num truque de mágica, conduziu o elevador para dentro da porta traseira do rebocador e observei o encaixe no lugar. Prendemos as duas peças dos cantos superiores que mantinham o painel traseiro firme no lugar. Depois desconectei o cabo de energia e controle e o alojei fora do compartimento. Caminhamos pelo galpão para nos assegurar de que estava exatamente como o havíamos encontrado. Nada de peças soltas, nem ferramentas deixadas para trás para a equipe policial encontrar.

Hooker olhou o relógio.

— Quatro horas — disse ele. — Vamos tirar o rebocador daqui e acabar com isso. Estou um morto em pé, com licença da palavra.

— Você precisa de ajuda para sair de ré do galpão? — perguntei a ele.

— Está tranquilo. Apague as luzes.

— Você não vai conseguir ver a porta.

— Tenho olhos de gato.

Apaguei as luzes dentro do armazém e fiquei na lateral, vendo Hooker deslocar o rebocador. Ele calculou mal o espaço da porta, por uns 15 centímetros, e bateu no canto esquerdo traseiro do trailer.

— Talvez você esteja certa quanto às luzes — disse Hooker, chegando o caminhão para a frente.

Acendi as luzes, e Hooker fez outra tentativa, dessa vez bem-sucedida, saindo pela porta em direção à rua. Ele engatou a primeira e ficou ali parado. Eu me certifiquei de que o galpão estava trancado, depois corri até a caminhonete e saí atrás de Hooker.

Qualquer pessoa meio inteligente, a essa altura, estaria com palpitações e estômago enjoado. Eu estava cansada demais para me apavorar. Sentia dor nas costas e quase não pensava em nada. Fui seguindo atrás de Hooker no piloto automático, apenas querendo que tudo acabasse.

Hooker saiu dirigindo de Little Havana e pegou a Rota 95, rumo ao norte, entrando na rodovia que se estendia à sua frente, escura e infinita. Os caminhões passavam esporadicamente pela escuridão, só com as laternas do teto visíveis, se deslocando em caravanas, parecendo trens fantasmas na rodovia.

Depois de uns 15 quilômetros, Hooker saiu da interestadual e achou um pequeno shopping, onde estacionou o caminhão. Parei atrás dele e pulei da caminhonete com o motor ainda ligado. Arranquei o alumínio do GPS, fiz um sinal positivo com o polegar para Hooker, e entramos na caminhonete e saímos batidos para a estrada.

Eu estava no volante, e Hooker estava de olhos fechados, amuado no banco ao meu lado.

– Nós somos os bandidos ou os mocinhos? – ele me perguntou.

– Essa é difícil. Começamos como os mocinhos. Salvamos Fominha. Depois disso entramos numa zona cinza.

– Ao menos acabou e nos livramos de todas as evidências sem sermos pegos. Fomos cuidadosos. Usamos luvas. Limpamos tudo. Desmontamos os carros. Ninguém vai nos ligar a nada disso.

Estacionei numa vaga atrás da casa de Felicia e nos arrastamos pelo pequeno quintal, passamos pela porta e subimos as escadas, até nosso quarto de hóspedes. Hooker se jogou na cama, e eu me joguei em cima dele.

– Estou cansada demais para tirar a roupa – eu disse. – Mal consigo respirar.

– Eu ganho de você – disse Hooker. – Estou cansado demais para tirar sua roupa.

Capítulo 5

Eu estava toda emaranhada em Hooker quando acordei. Nossas pernas estavam enlaçadas, meu nariz estava embaixo do queixo dele. Ele ainda dormia, sua respiração era profunda e regular. Olhei meu relógio. Eram quase nove.

– Ei – eu disse a Hooker. – Acorde. São quase nove horas e Beans precisa sair para fazer xixi.

Hooker abriu metade de um olho.

– Está bem, só me dê um minuto.

– Não se atreva a fechar os olhos – eu disse. – Eu te conheço. Você vai fechar os olhos e cair no sono novamente. E Beans deveria ter saído uma hora atrás.

– Ele não está reclamando – disse Hooker.

Olhei ao redor do quarto.

– É porque ele não está aqui.

– Talvez Felicia tenha vindo buscá-lo.

Uma pequena pontada horrenda de pânico surgiu em meu estômago.

– Hooker, você se lembra de Beans entrando na casa conosco?

Hooker abriu os dois olhos.

– Não.

– Você se lembra dele entrando na caminhonete conosco?

– Não.

Nossos olhares se fixaram um no outro.

– Você chegou a tirá-lo do rebocador? – perguntei a Hooker. – Ele estava dormindo na sala. Você o trancou quando Felicia chegou para nos ajudar.

— Não me diga que o deixei no rebocador — disse Hooker, com as mãos sobre os olhos. — Ainda estou dormindo e isso é um pesadelo, certo? Jesus, me belisque.

Mordi o lábio inferior.

— Vou vomitar.

— Merda — disse Hooker, levantando e procurando os sapatos. — Não acredito nessa porra. Tivemos tanto cuidado em não deixar digitais e largamos o cachorro.

Eu estava com as chaves da caminhonete em uma das mãos e a outra na maçaneta.

— Talvez possamos tirá-lo de lá antes do pessoal de Huevo.

Fui dirigindo porque Hooker não podia correr o risco de perder a carteira, indo a 150 na interestadual. Peguei a rampa de saída em duas rodas e deixei quatro riscos de borracha no chão quando pisei no freio, em frente ao pequeno shopping onde havíamos deixado o rebocador de Huevo.

A caminhonete deu um solavanco e parou. Hooker e eu ficamos ali sentados, paralisados, em silêncio. Nada de rebocador.

Hooker olhou para mim.

— Você não vai chorar, não é?

Pisquei para afastar as lágrimas.

— Não, você vai?

— Espero que não. Eu me sentiria como um maricas.

— Precisamos pegar Beans de volta.

— Sim, mas Beans não é nosso único problema. Acabamos de dizer ao pessoal de Huevo que roubamos o rebocador dele e sumimos com os carros. E dissemos ao cara que matou Oscar Huevo que o encontramos embrulhado como um peru de Natal.

— Você está bem encrencado — eu disse. — Eles virão à sua procura. Ainda bem que eu não tenho nada a ver com isso.

— Vou dizer a eles que foi ideia sua.

Sorri para Hooker. Ele podia ser um idiota infiel, mas me protegeria até o último suspiro.

— O que faremos agora?

– Eles podem não estar tão longe. Poderíamos seguir para o norte e tentar alcançá-los. Eles talvez nem saibam que Beans está na sala. Talvez possamos entrar escondidos e pegar Beans, quando eles pararem para almoçar.

Manobrei o carro no estacionamento e estava virando na direção da entrada interestadual quando o celular de Hooker tocou.

– Sim? – disse Hooker. – Ahã, ahã, ahã. – E desligou.

– Quem era?

– Não sei. Ele não disse o nome. Disse que eu era um filho da mãe escroto por ter abandonado meu cachorro. Que eu não merecia ter um cão tão legal como Beans. E que ele ia me matar. – Hooker se afundou no banco. – Não posso acreditar que deixei Beans no rebocador.

– Estávamos exaustos. Simplesmente não pensamos.

– Isso não é desculpa. É do Beans que estamos falando. Beans é... da família. Ele é especial. E ele é meio burro. Como é que ele vai se virar sem mim?

– Bem, pelo menos o assassino gosta do Beans. Isso é bom, não?

– Claro que ele gosta do Beans. Como é possível alguém não gostar do Beans? Vou falar para você, agora é guerra. Acabou essa história de ser bonzinho. Vou pegar meu maldito cachorro de volta. Vou encontrar esse ladrão do Beans e vou radicalizar. Oscar Huevo não vai ser o único com buracos de bala e marcas de dentes. Esse merda de ladrão do Beans vai cair.

– Você está parecendo um pouquinho no limite – eu disse a Hooker. – Precisamos pegar Beans de volta, mas talvez você queira dar uma esfriada. Não ia querer fazer nada precipitado, certo?

– Quando foi que eu fiz alguma coisa precipitada? – Hooker berrou, com as veias saltando no pescoço. – Parece que vou fazer algo precipitado?

– Sim. Seu rosto está todo vermelho e você está com um olhar de doido, cara. Que tal a gente conversar sobre isso num café? E talvez eu possa encontrar um restaurante com um aparelho cardíaco, caso você tenha um ataque.

— Não estou com fome – disse Hooker. – Só quero meu maldito cão de volta.

— Claro. Precisamos de um plano, e você conseguiria pensar melhor se seus olhos não estivessem tão espetados para fora, certo?

— Meus olhos estão espetados para fora?

— Se saíssem mais um pouquinho estariam rolando pelo chão.

Estacionei no primeiro restaurante que vi e acomodei Hooker numa mesa com sofá. Hooker pediu uma omelete de queijo com presunto, bacon, panquecas, batatas fritas, suco, café e pãezinhos com molho branco. Que bom que ele estava aborrecido demais para ter fome, senão poderia ter limpado a cozinha e o restaurante teria de fechar.

Os olhos de Hooker estavam apertados, sua boca contraída e ele batia o garfo na mesa, zangado.

Tirei o garfo da mão de Hooker.

— O assassino tinha algum sotaque? Parecia mexicano?

— Não, nenhum sotaque.

— Ele disse quando ia matar você?

— Ele não entrou em detalhes.

— Havia barulhos ao fundo? Dava para saber onde ele estava?

— Parecia que ele estava dirigindo. Pude ouvir Beans arfando.

— Ele deu alguma indicação de aonde estava indo?

— Não, nada.

A comida chegou, e Hooker espetou um pedaço da omelete. Bebi o café e fiquei olhando minha xícara vazia. Olhei ao redor, em busca da garçonete, mas não consegui encontrá-la.

— Você sempre teve esse problema com garçonetes? – perguntou Hooker.

— Só quando estou com você.

Hooker trocou de xícara de café comigo. A garçonete surgiu e encheu a xícara dele.

Comi o cereal que havia pedido e bebi mais um pouco de café. Uma lágrima escorreu pelo meu rosto e caiu sobre o tampo de fórmica da mesa.

– Ai, droga – disse Hooker, esticando a mão, segurando o meu rosto, usando o polegar para limpar as lágrimas da minha bochecha. – Detesto quando você chora.

– Estou preocupada com Beans. Estou tentando não ficar maluca, mas me sinto terrível. Aposto que sente nossa falta.

– Também estou preocupado com ele – disse Hooker. – E agora tem um cara querendo me matar.

Funguei prendendo as lágrimas.

– Sim, mas você merece morrer.

– Credo – disse Hooker. – Você realmente sabe guardar rancor.

– Uma mulher desprezada.

– Querida, não a desprezei. Só fiquei com uma vendedora.

– Tinha fotos na internet!

O celular de Hooker tocou.

– Alô – disse Hooker. – Ahã, ahã, ahã.

Ele desligou, e ergui as sobrancelhas.

– E aí?

– Era Ray Huevo... o irmão mais novo e pesaroso de Oscar. Você se lembra do Ray, o irmão que não foi comido pelo monstro do pântano, o irmão que você viu na pista com o Cavalo e o Careca, o irmão que, sem dúvida, conhece o filhote de Satã que está com meu cachorro. Ele quer seus carros de volta.

– Isso pode ser um problema. Será que ele se importa que estejam do tamanho de um pão de forma?

– Vamos recapitular isso – disse Hooker. – Alguém matou Oscar Huevo, o embrulhou em filme plástico, enfiou num armário do rebocador. Estamos presumindo que tenha sido um negócio interno, mas a verdade é que aqueles rebocadores não são trancados e qualquer um poderia entrar e desovar um corpo.

– Não é totalmente verdade. Você precisa de uma credencial para ingressar na área dos rebocadores.

– Isso reduz para alguns milhares.

– Está certo, então muita gente teve acesso. Ainda assim não é tão fácil. De alguma forma eles tiveram de levar o corpo para dentro. E sabemos que ele foi levado para dentro, pois não havia sangue algum no rebocador. Mesmo se tivesse sido lavado, acho que teríamos visto algum sinal de luta. Mesmo se tivessem atirado nele fora do rebocador e o levado para dentro, veríamos o sangue. E ele estava nu, de pau duro... está certo, acho que poderia ter acontecido no rebocador.

– Sem chance – disse Hooker. – Ele estava sem meias. Ninguém se dá ao trabalho de tirar as meias para fazer sexo no rebocador.

Olhei para ele.

– Não que eu saiba por experiência pessoal – disse Hooker.

– O jornal dizia que Oscar Huevo foi visto pela última vez jantando com Ray. Isso foi no sábado à noite. Os dois irmãos pretendiam ir à corrida, mas só um apareceu. Ninguém viu Oscar na pista. Um porteiro se lembra de que Oscar saiu para dar uma volta após o jantar. Ninguém se lembra de ter visto Oscar voltar do passeio.

Hooker terminou suas panquecas e começou a comer os pãezinhos.

– Então, como eles levaram o corpo para dentro do rebocador sem serem vistos? Sempre há movimento em volta do rebocador. Além disso, eles não poderiam levá-lo num carrinho de golfe. Os carrinhos são parados no portão.

– Talvez eles o tenham levado para dentro após a corrida. Lembra, o rebocador do 69 foi o último a sair, porque eles estavam esperando uma peça. Talvez, de alguma forma, eles tenham colocado o corpo ali, naquela hora. Num determinado momento, todas as regras são relevadas e os carrinhos e as vans podem se deslocar na área da garagem.

– E a traseira do rebocador ainda estava aberta quando saímos para andar com Beans. Eles estavam com o carrinho de ferramentas do lado de fora, para trabalharem no caminhão.

– Parece meio forçado – disse Hooker –, mas acho que é possível. Aqui está a pergunta número dois. Ray Huevo acaba de ligar dizendo que "está tudo esquecido se ele tiver seus carros de volta".

Por que diria isso? Se ele sabe que roubei seu rebocador, por que não iria à polícia? Por que não foi logo à polícia?
— Por que Huevo sabe que Oscar estava escondido no rebocador? E por que ele sabe que você sabe que ele sabe? — eu disse.
— Isso é um bocado de "sabe".
Hooker deu uma garfada em mais um pouco de omelete.
— E por que Ray se importa com os carros? Pelo que sei, ele não liga muito para as corridas.
— Eles ainda são de propriedade dos Huevo.
Hooker balançou a cabeça.
— Parece muito estranho prometer perdão se eu devolver os carros. Posso entender que ele tente me matar. E poderia compreender se tentasse me comprar ou me chantagear para me fazer ficar quieto.
— Seria meio difícil chantagear você. A imprensa lava toda a sua roupa suja em público.
— É — disse Hooker. — E tenho dinheiro demais para que eles sejam capazes de me comprar.
— Vamos encarar — eu disse a Hooker —, ele não vai perdoar você. Só está dizendo isso para dar uma falsa ideia de segurança. Ele vai matar você.
— Na verdade, o ladrão de Beans não me disse por que queria me matar. Ele podia estar agindo de forma independente de Ray Huevo. De repente, pode ser que ele só mate gente que anda por aí largando seus cachorros são-bernardo em rebocadores.
Hooker comeu seu último pedaço de bacon e recuou da mesa.
— Você não parece muito preocupado — eu disse a ele.
— Se eu conseguisse fazer com que meu batimento cardíaco caísse para algo abaixo do nível de enfarte, pareceria ainda menos preocupado.
— Devemos contar a alguém da NASCAR.
— Não posso fazer isso. Eu estaria acabado como piloto e pilotar é tudo o que sei fazer.
— Não é *tudo* o que você sabe fazer.
Hooker sorriu.

– Querida, você está flertando comigo.
– Estou tentando animar você.
Ele fez sinal para pedir a conta.
– Está dando certo.

Nunca fui a maluca da minha família. Bill, meu irmão mais novo, tinha essa honra. Fui a filha que se formou na faculdade com um diploma de engenharia, depois arranjou um emprego seguro e estável numa seguradora tediosa. Eu era a filha com quem se podia contar, que aparecia no horário para o jantar de domingo e se lembrava dos aniversários. Até Hooker. Agora eu trabalhava para a equipe de corrida Stiller e disputava com meu irmão, cabeça a cabeça, o prêmio de doido do ano.

Hooker estava dirigindo, e eu olhava o mundo passar. O café da manhã estava meia hora atrás de nós. Miami estava à frente.

– Então – eu disse. – E agora?

Hooker fez uma conversão, entrando na estrada leste-oeste.

– Quero meu cão de volta.

– Está parecendo que você está indo para South Beach.

– Ray Huevo disse que está no iate da empresa. Imagino que esse seja um bom lugar para começar a procurar Beans. Uma coisa é roubar o carro de um homem. Outra coisa, de categoria completamente diferente, é quando estamos falando do cachorro de um homem. E esse nem é um cachorro normal. É o Beans.

– Ele não disse nada quanto ao buraco no ombro do irmão coincidir com as mandíbulas de seu cachorro?

– Ele não mencionou o irmão, nem meu cachorro. Só queria os carros de volta.

– Você não acha que isso é estranho?

– Acho de matar de medo.

– Já ocorreu a você que existe uma boa chance de que Ray não vá ser cordial?

– Brutus e sua namorada estão no barco, comemorando a vitória dele. E toda a equipe está lá. Não espero que me ofereçam almoço, mas também não acho que vou levar um tiro. Não tenho certeza do que vou conseguir, mas não sei nenhum outro lugar onde começar.

Vinte minutos depois a caminhonete estava parada no estacionamento, ao lado do Monty's, e eu estava ao lado de Hooker, em pé, no caminho cimentado que levava à marina de South Beach.

Hooker estava sorrindo, olhando para mim.

– Achei que você fosse esperar no carro.

– Alguém tem de tomar conta desse seu pobre rabinho.

– Achei que você não se importava mais com meu rabinho.

Olhei para ele com os olhos apertados.

– Não força.

Hooker me puxou e me beijou. Não foi um beijo sexy, apaixonado. Foi um beijo sorrindo. Eu o deixara feliz. Hooker não era o tipo de cara que escondia suas ideias ou emoções. Era bem fácil saber o que ele tinha em mente. E, por experiência, eu sabia que, se deixasse o beijo durar, ficaria sexy. O que faltava nele de disfarce sobrava em testosterona.

– Pare com isso – eu disse, me soltando do beijo e recuando.

– Você gostou.

– Não gostei!

– Está bem – disse Hooker. – Deixe-me tentar novamente. Posso fazer melhor.

– Não! – Eu me virei e protegi os olhos do sol, com a mão, vasculhando a marina. – Qual é o barco do Huevo?

– É o grande, no fim do píer, um píer depois do escritório do administrador da marina.

– Aquele com convés triplo?

– É.

– Nenhum helicóptero – eu disse. – Huevo deve ter ido embora.

– Provavelmente só não está no convés. Huevo tem uma frota de aviões e helicópteros.

– Ele também tem seguranças. Você tem certeza de que não quer ligar avisando que está entrando?

Hooker pegou minha mão e me puxou.

– Docinho, eu nunca ligo avisando que estou entrando.

Não conheço muito de barcos, portanto minha opinião sobre o iate de Huevo era de que era grande e bonito. Tinha convés triplo de fibra de vidro branca e uma faixa azul em toda a extensão do primeiro convés, com todas as janelas de vidro fumê. Havia uma rampa que ia do ancoradouro ao barco e um membro da equipe, uniformizado, observava em pé do alto da rampa.

Segui Hooker e subi, tentando parecer calma quando ele disse que estávamos lá para ver Ray Huevo. Temia que, no mínimo, isso pudesse ser mortalmente embaraçoso. E, no máximo, receava que pudesse ser fatalmente conclusivo.

Naquela manhã, com a mesma roupa com que havia dormido, pulei da cama e saí correndo para o carro. Enfiei um boné na cabeça e nem pensei em maquiagem. Não me acho nada mais superficial do que a pessoa ao lado, mas eu desconfiava que me sentiria muito mais corajosa nesse momento se tivesse acabado de sair do chuveiro, vestindo jeans limpos.

Ray tinha um escritório no segundo convés. Ele estava em sua escrivaninha e olhou para cima quando entramos. Não pareceu surpreso. Talvez irritado. Como Ricky Ricardo, quando Lucy fazia algo estúpido. Aliás, ele se parecia demais com Ricky Ricardo. O mesmo tom. Cabelos grossos e escuros. Parrudo. Era difícil calcular sua altura. Ele gesticulou para que sentássemos, mas Hooker e eu permanecemos de pé.

– Estou procurando meu cachorro – disse Hooker. – Você o viu?

– Também estou procurando algo – disse Huevo. – Talvez fosse melhor que a jovem esperasse lá fora, por um momento.

Hooker se virou para mim e sorriu. Prazerosamente calmo. Sem problemas.

– Você se importa?

Saí do escritório e fechei a porta. Fiquei perto, tentando escutar, mas não consegui ouvir muita coisa. Depois de alguns minutos, quatro grandalhões da equipe apareceram, passaram por mim e entraram no escritório. Um instante depois saíram com Hooker, tiraram-no do chão e arremessaram-no na água pela lateral do barco. Ele caiu e logo desapareceu abaixo da superfície.

Uma mão agarrou a parte de trás do meu pescoço e apertou. Dei um gritinho e fiquei cara a cara com o Cavalo. Seus olhos estavam apertados e a boca exibia um sorriso assustador, sem alguns dentes. Ele tinha uns quarenta e tantos anos e parecia comprar roupas na loja especial para grandalhões. Tinha os lábios grossos e os olhos juntos. Os cabelos escuros estavam cortados bem curtos. Por tê-lo visto através dos binóculos, na pista, eu sabia que ele tinha uma tatuagem no pescoço. Parecia uma cobra, mas era difícil saber àquela distância.

– Ora, veja quem está aqui – disse ele. – Eu deveria procurá-la, mas você veio a bordo com seu namorado. A linda mosquinha caindo na teia da aranha.

Tentei recuar, e a mão dele apertou mais forte.

– Qual é o problema? – perguntou ele. – Pensando em ir embora? Você não gosta de mim? Talvez só precise me conhecer. Talvez possamos ir até o convés de baixo para a gente se conhecer melhor.

Ouvi Hooker chegando à superfície e nadando ao lado do barco. Virei-me para olhá-lo, mas Cavalo me pegou pelos cabelos e puxou minha cabeça.

– Preste atenção quando estou falando com você – disse ele. – Ninguém lhe ensinou boas maneiras?

– Me solta.

– Talvez eu deva ensinar boas maneiras a você. Não seria a primeira vez que ensino uma mulher a prestar atenção. Na verdade, é uma das minhas especialidades. Foi por isso que recebi a incumbência de falar com você. Todos sabem que levo jeito com mulheres. Sei fazer as mulheres implorarem. É claro que há um pouco de dor no começo. Você gosta de dor?

Abri a boca para gritar, mas ele puxou minha cabeça para trás novamente.

– Ninguém vai se importar se você gritar – disse ele. – Agora só há membros da equipe no barco. Todos os convidados estão na lancha, passeando pela baía. Então é assim que funciona. Eu vou te machucar muito, e você vai botar os bofes para fora. Vai me contar tudo que preciso saber. Depois disso, se você for bem boazinha, eu deixo você ir embora, depois que terminar com você.

Comecei a ter um enjoo violento, suando frio, e vomitei em cima do Cavalo. Foi a única vez na minha vida em que tive um vômito projetado.

— Ai, que merda — eu disse. — Eu realmente sinto muito.

Cavalo deu um pulo para trás e olhou para si mesmo.

— Que porra é essa?

— Cereal e banana.

— Sua piranha filha da puta. Vai me pagar por isso.

Meu coração pulava dentro do peito e meu instinto de terror se instalou. Sem pensar duas vezes, me virei, saltei por cima do corrimão e pulei. Afundei e bebi um pouco de água antes de conseguir me forçar até a superfície e emergir ao lado de Hooker.

Eu estava de jeans e tênis e eles estavam me puxando para baixo.

— Socorro! — eu dizia, ofegante, cuspindo água salgada. — Estou afundando!

Hooker me agarrou pela frente da camiseta e me puxou ao redor da lateral do barco. Nós nos esforçamos para passar da proa e nos agarramos no ancoradouro para recuperarmos o fôlego. Seguimos pelo píer auxiliar e chegamos a uma escada, que conseguimos subir para sair da água.

Meu cabelo e minhas roupas estavam colados. Meus óculos de sol e meu boné flutuavam na maré. Meu telefone celular ainda estava preso à minha cintura, transbordando de água.

— *Detestei aquilo* — gritei para Hooker. — Não sei por que fui com você. Eu sabia que alguma coisa desse tipo ia acontecer. Quase fui torturada pelo monstro com o pau cavalar. Meu telefone está arruinado. Perdi meu boné e meus óculos de sol. E meus tênis estão ensopados. E eram meus tênis favoritos. E tênis bons não crescem em árvores, sabe? E eu podia ter me afogado.

Hooker estava olhando minha camiseta ensopada e sorrindo.

— Legal — ele disse.

A vida é simples quando se é um cara. Todos os problemas do mundo podem ser esquecidos, ao menos momentaneamente, quando se está olhando para uma camiseta molhada com mamilos arrepiados. Dei um suspiro e fui para a caminhonete. Parei quando cheguei ao carro e fiquei olhando o vidro traseiro vazio, com os dentes fincados no lábio inferior.

Hooker colocou o braço à minha volta e me aconchegou junto a si.

— Eu também sinto a falta dele – disse Hooker. Ele me deu um beijo fraterno, no alto da cabeça. — Não se preocupe, vamos tê-lo de volta.

— Não gostava tanto dele quando ele estava por perto. Mas agora me sinto péssima.

— Às vezes você não sabe o que tem até perder -- disse Hooker.

Todos na casa de Ibarra tinham saído para trabalhar na banca de frutas, inclusive Fominha. Hooker e eu estávamos sozinhos na mesa da cozinha, comendo sobras da noite anterior. Tomei banho e me vesti com minha única roupa limpa: short cáqui, camiseta branca e tênis brancos.

Hooker estava de short, camiseta e chinelos de dedo emprestados.

— Eu não contava com sapatos molhados – disse ele. – Preciso parar em algum lugar e comprar alguma coisa para calçar, além de chinelos. É difícil dar uma dura de chinelos.

— Você não me disse o que houve no escritório de Huevo.

— Ele me perguntou por que roubei os carros dele. Eu disse que não roubei os carros. Ele perguntou como meu cachorro apareceu na sala se não roubei seus carros. Eu disse que alguém roubou meu cachorro e o plantou na sala. Ele disse que queria os carros de volta. Eu disse que queria meu cachorro de volta. Ele disse que, se eu não aparecesse com os carros até o fim do dia, ia cortar meus colhões para dar de comer ao meu cachorro. Eu disse que pelo menos eu *tinha* colhões. E então ele mandou me jogarem do barco.

— Bom raciocínio.

— Quando estiver em dúvida, negue tudo.

Parei com meu garfo no meio do caminho até a boca e olhei para ele.

— Nunca neguei que dormi com aquela vendedora — disse ele. — Só não lembro.

— Você tem algum plano para manter seu anonimato intacto?

— Não estou muito preocupado. Imagino que ele vai me matar de porrada, mas provavelmente não vai cortar meu saco, porque eu provavelmente morreria e ele nunca encontraria os carros. Ele quer muito aqueles carros de volta.

— Tenho uma ideia: por que você não oferece a Huevo *pagar* pelos carros em troca de Beans?

— Claro, isso parece muito justo. Mais de um milhão de dólares por um são-bernardo cujo único talento é babar.

— Esse não é seu único talento. Ele diz oi jogando as pessoas no chão. E consegue ficar em pé com três patas e coçar a orelha com a pata traseira. E tem belos olhos castanhos.

— Que nem eu — disse Hooker. — Só que eu não consigo coçar a orelha com o pé.

— É. Você e Beans fazem um par perfeito.

Hooker sorriu para mim e pegou o celular. Ele ia apertar o número de Huevo e vazou água.

— Está mudo — disse Hooker. — Afogou-se.

— Você consegue pegar o número de Huevo daí?

— Não, mas provavelmente posso conseguir o número com Butch.

Dez minutos depois, Hooker colocou o telefone de Ibarra de volta na base, em cima da pia da cozinha.

— Então? — perguntei.

— Huevo disse que não quer o dinheiro. Ele quer os carros.

— Talvez seja o chip que ele queira. Talvez você deva ligar para ele de volta e oferecer o chip.

Hooker estava brincando com o manete do câmbio que tínhamos surrupiado do carro 69. Ele o estava virando de cabeça para baixo, olhando.

— Isso é um trabalho de arte — disse ele. — A loja de Huevo projetou esse manete para ser forte e confortável na mão, com peso mínimo.

Ele o colocou sobre a mesa e houve um *plinc* quase imperceptível. Depois o pegou e um disquinho minúsculo ficou em cima da mesa.

Empurrei o disquinho de um lado para outro com o dedo. Era prateado e ligeiramente menor do que uma lente de contato.

— Parece uma bateria de relógio, mas não tem nenhuma marca — eu disse a Hooker. — E não sei que diabos estaria fazendo dentro do cabo de marcha.

— Talvez esse seja o troço que controla a tração.

— Impossível. Isso não está ligado a nada. Cortei a engrenagem ao meio. Nenhum fio. O microprocessador precisa enviar eletricidade para uma peça mecânica para fazer com que o motor desacelere. Só conhecemos duas formas de mandar corrente elétrica. Uma delas é com um fio, a outra é com um raio.

— Então, o que é isso?

Virei o disquinho ao contrário, na palma da mão.

— Não sei, gostaria de ver por dentro, mas receio que vou destruí-lo se tentar abrir. Isso não seria problema se estivéssemos em Concord.

— Não quero ir para Concord. Acho que Beans está em Miami e não vou embora até pegá-lo de volta.

— Então, vamos achar um joalheiro.

Meia hora depois, Hooker estava debruçado sobre uma vitrine cheia de pulseiras de diamantes.

— A maioria das mulheres me perdoaria se eu lhes comprasse uma dessas pulseiras.

— Não se engane. Uma mulher pode aceitar a pulseira, mas não perdoaria você.

— Isso explica muita coisa — disse Hooker.

— Desperdiçou seu dinheiro em muitas pulseiras de diamantes? Ele sorriu, timidamente.

— Comprei algumas.

Eu estava com o joalheiro, que trabalhava com o botãozinho metálico. Ele o havia colocado num pequeno dispositivo e tentado inúmeras coisas, mas nada dava certo. Finalmente, ele o tirou do dispositivo, guardou todas as ferramentas, o segurou entre o polegar e o indicador e bateu com um martelo. A casca metálica abriu e o interior do botão ficou exposto.

Todos olhamos.

– O que é isso? – perguntou Hooker.

Peguei emprestada a lupa do joalheiro e examinei o botão.

– Parece um quadro de circuito. E está soldado a algo que pode ser uma bateria em miniatura.

– Então pode ser isso – disse Hooker. – Exceto pelo fato de não estar ligado a nada.

– É. Mas talvez tenha comunicação com o chip que estava colocado no motor.

Puxei um saco plástico do bolso, coloquei o pedaço danificado de algo sobre o balcão e olhei sob a lupa. Certamente era um chip. Eu podia ver o circuito.

– É um chip – eu disse a Hooker. – Só não sei por que precisariam de dois. Acho que o chip no motor faria tudo.

Coloquei, os chips de volta no saco plástico, enfiei o saco no bolso, deixamos a joalheria e caminhamos em direção ao shopping. Estávamos numa região turística de Miami, com lojas e complexos gastronômicos que davam numa marina. Era tropical e colorido, e as lojas expunham cinzeiros decorados com flamingos, jacarés de borracha feitos na China, toalhas de praia, camisetas, abajures em formato de palmeiras, óculos de sol, filtros solares, viseiras e sacos de conchas que provavelmente foram colhidas na China. Passamos pelas lojas de quinquilharias e compramos novos celulares, tênis de corrida para Hooker e binóculos.

Na hora em que deixamos o shopping, a tarde já estava terminando. Nosso plano era plantar nossas bundas nas banquetas do bar externo do Monty's e observar o iate de Huevo. O bar era legal e público e achamos que haveria pouca chance de arrancarem o saco de Hooker enquanto estivéssemos ali.

Pedimos nachos e cerveja e pegamos os binóculos. Cada um de nós estava com um daqueles pequenininhos. Não tinha tanta potência como os que eu estava acostumada a usar, mas eram mais fáceis de carregar. Tínhamos uma boa visão do barco sem os binóculos, mas eles nos permitiriam ver melhor os rostos.

— Ao Beans — disse Hooker. E batemos os nossos copos de cerveja.

Olhei em meu binóculo para fazer um teste, foquei no píer que levava ao barco de Huevo e uma mulher entrou em cena.

— Ei — eu disse. — Quem é essa?

A mulher que parecia uma piranha loura. Demônia Cruela Platinada. Ela estava de saltos altíssimos, com uma roupa de grife colada como uma segunda pele. Tinha diamantes suficientes no relógio e nas orelhas para me dar catarata pelo reflexo do sol. Os cabelos estavam presos na nuca, o rosto paralisado com uma expressão de admiração e os olhos arregalados. Tinha pernas longas e seu rabo rebolativo seguiu pelo píer até a rampa do iate. Ao vê-la, o guarda uniformizado que estava a bordo ficou logo atento e se apressou a carregar a única bolsa dela, mas ela acenou dispensando a ajuda. Uma pequena cabecinha de cachorro surgiu para fora da bolsa.

Olhei para Hooker e o vi ajustando o binóculo.

— Está focalizando a bunda? — perguntei.

— Até que é uma bunda bem decente. Parece uma bunda obtida na esteira. Cara, a bunda dela está tão apertada que, se você jogar uma moeda, ela bate e volta.

— Você gosta?

Hooker estava com o binóculo nos olhos.

— Gosto de qualquer bunda que... — ele congelou no meio da frase. Estava tendo um momento de cascudo mental. Ele abaixou o binóculo e olhou para mim. — Eu gosto da sua bunda.

Está certo, ele não era perfeito, mas estava tentando.

Coloquei meu binóculo de volta no rosto e fiquei vendo a mulher entrar no salão principal e sumir de vista.

— Você sabe quem é ela?

— Querida, essa é a recém-viúva, sra. Oscar Huevo.
— Zowie.
— Exatamente. Ela é a esposa número *uno* e está podendo.

Dez minutos depois, a número *uno* saiu marchando do salão, atravessou o convés e rebolou a bunda até a rampa. Ela endireitou os óculos, ajeitou o cão dentro da bolsa e foi andando, poderosa, pelo píer.

Abaixei meu binóculo até a bolsa volumosa.

— Você fica aqui e vigie o barco — eu disse a Hooker. — Vou segui-la, ver aonde ela vai.

Hooker me deu as chaves da caminhonete.

— Num cantinho escuro de minha mente sempre há o temor de que, uma vez que você estiver fora do meu raio de visão, irá pegar um avião e ir para casa sem mim — disse ele.

Capítulo 6

Eu corri para a caminhonete e sentei atrás do volante enquanto a viúva Huevo seguiu pelo estacionamento e entrou numa limusine que a aguardava. Liguei o motor e a segui a distância. O motorista pegou a Fifth Street, depois seguiu ao norte, pela Collins. Algumas quadras depois, o motorista virou na entrada suntuosa do Loews Miami Beach Hotel. A sra. Huevo desembarcou, ainda carregando a bolsa com o cachorrinho. O porta-malas da limusine se abriu e os carregadores se apressaram a retirar a bagagem. As malas foram colocadas num carrinho e levadas para dentro, seguindo o rabo rebolante da sra. Huevo.

Eu estava com Hooker ao telefone.

– Ela está entrando no Loews e tem um monte de bagagem.

– Ela tem pinta de quem leva três caminhões de bagagem para passar a noite.

– Vou dar um tempo por aqui e ver se alguma coisa interessante acontece – eu disse a Hooker.

– Positivo.

O Loews é um hotel espetacular, com quilômetros de mármore, belos sofás e palmeiras plantadas em vasos. Sua área externa parece o cruzamento de um filme de Fred Astaire com a tumba do rei Tutancâmon. Tudo conduz à areia branca gloriosa de South Beach e ao oceano Atlântico. Entreguei a caminhonete no estacionamento ao manobrista e entrei na recepção super-refrigerada. Estava tão frio que meus mamilos enrijeceram e as pontas dos meus dedos ficaram roxas. Não sou do tipo que gasta com besteiras, mas, pelo interesse maior dos meus mamilos, fui garfada em trinta pratas e comprei um moletom na loja do hotel.

Posicionei-me num dos sofás e fiquei observando o elevador. A viúva Huevo aparentava ser uma mulher que precisava de um drinque, e eu estava imaginando se ela se acomodaria em seu quarto sem perder tempo para atacar o bar. Meu plano era esperar por ali cerca de uma hora. Se nada acontecesse, eu encontraria Hooker. Uma hora seria tempo demais, pois a viúva surgiu do elevador depois de dez minutos e seguiu direto para o bar. Como South Beach geralmente não fica agitada até depois de meia-noite, o bar estava vazio. A sra. Huevo pegou uma das mesinhas e olhou ao redor, em busca da garçonete. Impaciente. *Realmente* precisava de um drinque. Ela ainda estava com a bolsinha do cachorro, mas o cão estava bem lá no fundo. Provavelmente congelando. Assim que o cachorro pusesse a cabeça para fora, eu entraria em ação.

Nenhum bartender ou garçonete à vista. Ninguém na área, exceto a sra. Huevo e eu. Estalei os dedos e fechei o zíper do meu moletom. A sra. Huevo tirou a jaqueta. Obviamente numa onda de calor. Ou talvez simplesmente gostasse de mamilos duros. Provavelmente a último opção. Vi o cão pôr a cabeça para fora e instantaneamente desaparecer dentro da bolsa. Já estava bom pra mim.

Aproximei-me da sra. Huevo e me debrucei um pouquinho sobre a bolsa.

– Desculpe incomodá-la – eu disse –, mas tive de vir ver seu cachorro. Ele acabou de colocar a cabeça para fora e pareceu tão lindo.

Gente que carrega o cachorro junto tem o seguinte: adora seus cães. E adoram falar de seus cães. Portanto, é possível abordar um absoluto estranho, fazer festinha no cachorro e na mesma hora virar sua melhor amiga.

A viúva Huevo me olhou, esperançosa.

– Você, por acaso, trabalha aqui? Cristo, será que tenho que trepar com alguém para arranjar um drinque nesse lugar?

– Esse bar parece não estar funcionando agora – eu disse. – Eu tentaria uma das mesas lá do pátio. As pessoas parecem estar sentadas lá.

A viúva Huevo esticou o pescoço para dar uma olhada.

— Você está certa!

Ela levantou e se mandou, com as pernas longas atravessando apressadamente o carpete *art nouveau* do Loews. Eu tinha de dar dois passos a cada um dela, tentando manter o ritmo.

— Nossa — eu disse —, como é que você consegue andar tão rápido?

— Raiva.

Tentei não sorrir demais. Ah, sim, pensei, isso vai dar supercerto.

Empurramos as portas e encontramos uma mesa no pátio, com vista para a piscina e o mar. O cachorro provavelmente não tinha permissão para ficar ali, mas ninguém diria isso à piranha Huevo. Ela pôs a bolsa do cachorro no colo e virou em minha direção, abrindo a bolsa um pouquinho.

— Essa é Itsy Poo — disse ela. — Ela tem três anos e é uma ótima garotinha.

Itsy Poo apareceu e olhou para a dona, e Huevo sofreu uma metamorfose instantânea de puta para uma mãezinha gugu-dadá.

— Ela não é linda? — Huevo perguntou a Itsy Poo. — Não é a coisa mais bonitinha? Mais docinha? Não é a queridinha da mamãe?

Os olhos de Itsy Poo se esbugalharam em sua cabecinha minúscula e ela vibrou de empolgação. Era uma miniatura de alguma coisa, pequena o suficiente para sentar na mão de uma mulher. Mais ou menos do tamanho de um rato, mas sem tantos músculos. Seu pelo marrom de ratazana era comprido, mas não especificamente cheio. Se Itsy Poo fosse uma mulher, ela estaria tomando remédio para hipertensão. O pelo em sua cabeça estava puxado para cima, numa quinha, amarrado com uma pequena fitinha de cetim rosa.

Coloquei a mão dentro da bolsa e Itsy Poo se aconchegou. Ela estava num ninho feito de um xale de caxemira. Estava quentinha e seu pelo esparso era macio como o hálito de um bebê.

— Nossa — sussurrei, verdadeiramente impressionada com a cadela. — Ela é tão sedosa. Tão linda.

— Ela é a bebezinha da mamãe. Não é? Não é? — Huevo murmurava para a cadela.

Um garçom se aproximou da mesa, a mamãe Huevo fechou a bolsa parcialmente e Itsy Poo se acomodou em sua caxemira.

— Martíni, seco — Huevo disse ao garçom. — Três.

— Chá gelado — eu disse.

Sem piscar, a viúva Huevo fixou os olhos em mim.

— Fala sério.

— Eu tenho de dirigir.

— Não posso ficar aqui tomando martínis com alguém segurando um chá gelado. Que tal uma marguerita? Tem suco de fruta. Nem conta. Você pode fingir que é o café da manhã. — Huevo deu uma olhada para o garçom. — Dê uma marguerita para ela. Com *Cabo Wabo* e gelo, com Cointreau por cima.

Havia um punhado de gente bronzeada deitada na piscina. Nenhuma criança. Na verdade, ninguém dentro da piscina. Havia uma brisa suave, mas o sol ainda estava forte e a temperatura devia estar uns vinte graus mais quente do que no lobby do hotel. Eu senti o sangue voltar a pulsar nas pontas dos dedos e os mamilos relaxarem. Tirei o moletom e me esparramei na cadeira. A viúva Huevo não relaxou. Ela estava muito atenta, com as mãos em cima da mesa.

— Então — eu disse —, o que a traz a South Beach?

— Negócios.

Nossos drinques chegaram e Huevo virou o primeiro martíni, expirando quando o álcool chegou ao estômago.

Estendi a mão.

— Alexandra Barnaby.

— Suzanne Huevo.

Seu aperto de mãos era firme. Suas mãos estavam como gelo. Decididamente ela precisava de outro martíni.

Ergui a minha taça de marguerita.

— A Itsy Poo.

— A ela — disse Suzanne. E virou o segundo martíni.

Dei um minuto para que a nova carga de álcool batesse, depois fui direto ao ponto, pois, pelo ritmo que Suzanne Huevo virava seus martínis, eu temia que ela não estivesse longe da incoerência.

— Por acaso você conhecia o homem que foi assassinado? Acho que o nome dele era Huevo.

— Oscar Huevo. Meu marido cretino.

— Minha nossa, sinto muito.

— Eu também. Alguém matou o bastardo antes que eu pudesse chegar a ele. Eu também tinha tudo planejado. Ia envenená-lo. Ia ser lindo e doloroso.

— Você está brincando.

— Parece que estou brincando? Fui casada com aquele babaca por 22 miseráveis anos. Dei dois filhos a ele. Eu me sacrifiquei e sofri por ele. Passei tempo suficiente na esteira para ir até a Lua duas vezes. Fiz lipo nas coxas e pus silicone nos lábios. Tenho botox injetado em meu rosto em quantidade suficiente para matar um cavalo. Tenho implantes duplos de silicone e implantes na boca inteira. E como é que ele me agradece pelo esforço? Ele me troca por um modelo mais novo.

— Não!

Ela comeu algumas azeitonas.

— Ele ia me trocar e me deu os papéis do divórcio. E morreu antes que eu os assinasse. Que tal a justiça?

— Você sabe quem o matou?

— Não. Infelizmente. Eu mandaria um cesto de frutas. Depois lhe daria uma surra por me privar do prazer de ver Oscar morrer diante de mim. — Ela olhou em volta, buscando o cardápio. — Estou faminta. Devíamos pedir alguma coisa para comer. Batata frita. Não como batata frita desde 1986.

— Mas Oscar Huevo não era mexicano? Você não parece mexicana.

— Sou de Detroit. Conheci Oscar em Las Vegas quando Las Vegas era Las Vegas. Eu era dançarina de show.

Eu me estiquei para pegar minha marguerita e fiquei chocada ao ver que estava vazia.

— Ei! — Suzanne berrou para um garçom que passava. — Outra marguerita, e traga mais martínis e queremos batata frita e cebola frita e macarrão com queijo.

— Realmente não sou de beber mais de um drinque — eu disse a Suzanne.

Suzanne fez um gesto me ignorando.

— É só suco de frutas.

Lambi um pouco do sal que sobrou na borda do meu copo.

— Você está aqui para o enterro?

— Não. O enterro será no México, na semana que vem. Ainda não liberaram o corpo. Vim atormentar Ray. Ele está lá naquele iate, como se fosse o dono.

— Ele não é o dono?

— Pertence às empresas Huevo. Oscar Huevo *era* as empresas Huevo, e quando o patrimônio for legalizado, aquele barco pertencerá aos meus dois filhos.

— Que idade têm seus filhos? Eles devem estar chocados.

— Os dois estão na faculdade, mas estão lidando com isso.

— Deixe-me adivinhar. Você está aqui para assegurar que ninguém sacaneie a herança de seus filhos.

— Ray é um escroto. Eu queria ter certeza de que o iate não sumiria misteriosamente. Quero me assegurar de que *nada* suma.

A comida foi servida, junto com os drinques. Suzanne virou o terceiro martíni e caiu matando nos anéis de cebola frita. Seu olho direito caiu, fechando pela metade. Eu estava tentando não encarar, mas era muito chamativo.

— O que foi? — perguntou ela.

— É... nada.

— É meu olho, não é? Está fechando? É esse maldito botox. Nem posso me endoidar sem que alguma coisa dê errado.

— Talvez você precise de um tapa-olho, como um pirata.

Suzanne parou de comer e beber e me olhou. Ela explodiu de rir, um riso que sacudiu o pátio. Era profundo, vinha do estômago, e demonstrou uma Suzanne mais feliz, menos zangada, uma Suzanne menos aplicada de botox.

— Minha nossa — disse ela, passando um guardanapo nos olhos. — Meu rímel está escorrendo?

Para mim, estava difícil saber se o rímel dela estava escorrendo, porque, de alguma maneira, consegui beber a segunda marguerita e Suzanne estava extremamente embaçada.

— Isso é meio constrangedor — eu disse —, mas pareço estar bêbada e você parece um borrão. Nada pessoal.

— Zuzo bem — disse ela. — Você também tá. Né ótimo quando isso acontece? — Ela comeu algumas batatas fritas. E comeu mais anéis de cebola. Depois se esparramou na cadeira e caiu no sono.

Liguei para Hooker.

— Estou com um problema — eu disse a ele. — Estou no pátio do restaurante, no Loews, e estou bêbada demais para me mexer. E o pior é que estou com Suzanne Huevo e ela apagou. Eu estava torcendo para você pegar seu cavalo branco e vir me salvar.

Comi o macarrão com queijo, terminei a batata frita e bebi um bule de café. As pessoas iam e vinham, passando pela área do restaurante, e Suzanne e Itsy Poo roncavam, tranquilamente.

Eu ia pedir mais café quando Hooker apareceu. Ele veio desfilando e se esparramou na cadeira ao meu lado.

— Qual é o problema? — perguntou ele.

— Quatro martínis. Talvez cinco, perdi a conta. Como é que você veio parar aqui? Pus o carro no estacionamento com manobrista.

— Peguei um táxi. — Hooker olhou para mim, sorrindo. — Querida, você está chapada.

— O que foi que me entregou?

— Para começar, você está com a mão na minha perna.

Olhei para baixo. Mas que bom. A minha mão estava na perna dele.

— Não sei o que aconteceu. Não vá arranjando ideia — disse a ele.

— Tarde demais. Estou *cheio* de ideias.

— Espero que uma delas seja um jeito de levar Suzanne de volta para seu quarto.

Hooker comeu uma cebola frita fria.
— Por que não podemos simplesmente deixá-la aqui?
— Não posso fazer isso, ela vai virar um vexame.
— E aí?
— Gosto dela. Nós meio que nos aproximamos.
— Você tentou acordá-la? — ele perguntou.
— Tentei. Ela está fora de órbita.
— Está bem. Fica fria. Já volto.

Alguns minutos depois, Hooker voltou com uma cadeira de rodas.
— Isso é genial — eu disse a ele.
— Às vezes, é a única maneira para conseguir levar a minha equipe de volta para seus quartos à noite. O carrinho de bagagem também funciona bem.

Colocamos Suzanne na cadeira de rodas, pusemos a jaqueta e a bolsa do cachorro em seu colo e Hooker saiu empurrando-a pela porta. Segui atrás de Hooker, dei um passo em falso e trombei numa mesa vazia. Agarrei a toalha branca, tentando me equilibrar, e levei comigo ao chão tudo que tinha em cima da mesa. Xícaras, molheiras, pratos, talheres, guardanapos e um vasinho de flores, tudo escorregou da mesa, junto com a toalha. Eu estava deitada de barriga para o ar, com os braços abertos, a toalha e os pedaços de louça em volta, e a cara de Hooker surgiu à minha frente.

— Você está bem? — perguntou Hooker.
— Estou tendo dificuldade de focar. Estou vendo uns pontinhos. Você não está rindo de mim, está?
— Talvez, um pouquinho.
— Estou parecendo uma tola.
— É — disse Hooker, com um sorriso na voz. — Mas não ligo. Gosto quando você fica de barriga pra cima.

Ele esticou o braço e me puxou, me colocando de pé, e tirou os pedaços de louça do meu cabelo. Eu ouvia os garçons se apressando em volta, arrumando as coisas.

— Ela está bem? — os garçons perguntavam. — Há algo que possamos fazer? Ela precisa de um médico?

— Só perdeu o equilíbrio – disse Hooker, me posicionando atrás da cadeira de rodas, com as mãos nos cabos. – É problema auditivo. Doença de Ménière. Não podemos deixá-la dirigir. É um caso muito triste. – Ele estava com a mão nas minhas costas. – Apenas empurre a cadeira de rodas, querida. Precisamos levar essa boa senhora sonolenta até seu quarto.

Quando entramos no elevador, Hooker revirou a bolsa de Suzanne e achou a chave do quarto, ainda dentro do envelope com o número. Ele nos manobrou dentro do elevador, apertou o botão, nos empurrou para fora ao chegar ao andar e seguiu pelo corredor até a suíte de Suzanne.

A suíte tinha vista para o mar. A decoração era bem South Beach, moderna, ao estilo do Loews. Tecidos em tons pastel e madeira clara. Cortinas transparentes que davam para a varanda. A bagagem dela ainda estava no meio do quarto, as malas nem haviam sido desfeitas.

Pendurei a bolsa do cachorrinho em meu ombro e Hooker puxou a viúva Huevo para fora da cadeira de rodas e a jogou na cama.

— Missão cumprida – disse Hooker. – Senta na cadeira de rodas que empurro você para fora daqui.

— E o Itsy Poo?

— O que é um Itsy Poo?

Abri a bolsa e a cachorrinha pôs a cabeça para fora.

— O que é isso? – Hooker queria saber.

— É um cachorro.

Hooker olhou para a cabecinha com o tufo de pelos e o laço rosa. – Querida, isso não é um cachorro. Beans é um cachorro. Isso é... que diabo é isso? Beans pensaria que isso é um petisco.

— É uma miniatura de alguma coisa. – Coloquei a bolsa do cachorro no chão e Itsy Poo pulou para fora e começou a investigar.

O Loews havia montado um centro completo de boas-vindas, com um tapetinho, tigelas, biscoitinhos, um osso e um mapa para o parque canino. Hooker encheu uma das vasilhas com água e colocou alguns biscoitinhos na outra.

— Isso deve ser o suficiente para o que quer seja esse bicho até que sua dona acorde — disse ele.

— Espete-me com um garfo — eu disse a Hooker. — Não estou muito distante de Suzanne Huevo.

— Não quero dirigir o caminho todo de volta até Little Havana — disse Hooker. — Parece que o movimento está aqui em South Beach. Vou registrar você no hotel e levar o carro para a marina, para poder ficar de olho no iate.

Mesmo antes de abrir os olhos, me senti desorientada. Muitas mudanças de quarto. O motel em Homestead, o quarto de hóspede de Felicia e agora eu sentia algo diferente de novo. Uma cama grande, bem confortável, um corpo morno ao meu lado, um braço pesado atravessado em meu peito. Olhei para o braço. Bronzeado. Pelos louros. Droga. Eu estava na cama com Hooker. Espiei embaixo das cobertas. Eu estava de camiseta e calcinha. Hooker estava de cueca samba-canção. Com uma estampa azul com flamingos cor-de-rosa. Bonitinho.

— Bom-dia — disse Hooker.

— O que você está fazendo na minha cama?

— Dormindo.

— Por que não está na sua própria cama?

Hooker passou a mão devagar no meu peito.

— Você não lembra?

Empurrei a mão.

— Não.

— Você me implorou para dormir com você.

Saí da cama e recolhi minha roupa.

— Acho que não. Eu estava *bêbada*. Não estava *maluca*.

— Fiquei vigiando o barco até meia-noite e não vi o Beans. Acho que ele não está no barco. Você descobriu alguma coisa da viúva pesarosa?

— Seu único pesar é por não ter sido ela mesma a matar Oscar. E não acha grande coisa de Ray. Parece que ela está cercando o barco que seus filhos vão herdar. Disse que as empresas Huevo são proprietárias do barco e Oscar *era* as Empresas Huevo.

– Falei com algumas pessoas ontem à noite quando estava dando um tempo na marina. O papo que corre é que tudo vai para os dois garotos, mas Ray tem a tutela dos bens até que eles façam trinta anos. E até lá tem dez anos de estrada.

– Alguém sabe o que a Suzanne vai levar?

– Segundo se especula... não muito. Alguns milhões, talvez. O grosso dos bens está no México. Não é comunhão de bens.

– Vou tomar um banho, depois vou descer para tomar café.

– Vou tomar café com você – disse Hooker. – Caso você precise de café.

Uma hora e muitas panquecas depois, Hooker e eu estávamos no lobby, esperando pelo elevador, torcendo para que soubéssemos o que fazer a seguir. As portas do elevador se abriram e dois homens saíram. Eram hispânicos. Estavam de terno escuro. Um deles tinha quase dois metros, magro, careca, com marcas de espinhas, feições bem talhadas, olhos de passarinho. O outro era enorme e terrivelmente familiar. O Cavalo e o Careca. Eles não olharam em nossa direção. Estavam com pressa, seguindo para a entrada do hotel.

– São eles – eu disse a Hooker. – São o Cavalo e o Careca.

– Tem certeza?

Meu estômago se apertou num nó dolorido.

– Tenho certeza.

Fomos atrás dos dois e os vimos entrando numa BMW preta. Hooker pegou um táxi e disse ao motorista para segui-los. Não foi uma corrida muito longa. O Cavalo e o Careca estacionaram na marina.

– Nossa, que grande surpresa – disse Hooker.

Ainda era cedo demais para que o barzinho tropical no Monty's estivesse aberto, então nos sentamos num dos bancos perfilados na calçada da marina. O Cavalo e o Careca se aproximaram do ancoradouro Huevo e do iate acenaram para eles entrarem. Eles foram direto ao convés do primeiro andar e sumiram de vista.

Não estávamos preparados para sair do hotel. Sem chapéus. Nem óculos escuros. Sem binóculos. Depois de meia hora, Hooker estava inquieto.

– Detesto ficar assim de bobeira – disse Hooker. – É entediante.

– Concordo. Vamos revezar turnos. Eu fico no primeiro plantão e você volta ao hotel e pega nossos troços. De qualquer forma, precisamos de um carro, caso a gente tenha de seguir alguém. Talvez um desses caras seja o ladrão de Beans.

O sol começava a aquecer Miami. A água junto à marina estava plácida como vidro. O ar estava parado. Nada de brisa para sacudir as palmeiras. Os barcos lentamente ganhavam vida com a diversão. O aroma matinal de café fervendo nas cozinhas dos barcos se misturava ao cheiro mais acentuado de maresia.

Fiquei olhando Hooker seguir ao estacionamento e me estiquei no banco pensando que seria inacreditavelmente legal... se Beans estivesse aqui. Se eu não estivesse sendo caçada por um maníaco sádico com um pinto enorme. Para mim, parecia que Ray Huevo ia superar a perda de seus carros. Estava transtornado por isso agora, mas tinha muita coisa em mente e um negócio para tocar, e eu desconfiava que, se deixássemos as coisas arejarem, estaríamos fora de perigo em um ou dois dias. Ray Huevo nunca se importou antes com os carros como um aspecto do negócio. E Deus sabe que Huevo podia pagar a construção de mais dois carros. Mesmo que tivesse tecnologia ilegal no 69, ele já devia ter se dado conta de que não seria pego por isso.

Era de pensar que algo mais preocupante seria Oscar Huevo embrulhado e enfurnado num armário de estoque. Alguém por aí sabia que o corpo havia sido descoberto e removido. Se fosse do círculo do Ray Huevo, essa pessoa sabia que Hooker removera o corpo. Mas, por outro lado, talvez o assassino não fosse do círculo mais próximo.

Um homem e uma mulher de uniformes brancos debruados em azul se movimentavam no segundo convés, preparando o café da manhã. Duas mulheres saíram exibindo suas cabeleiras louríssimas ao mundo. Elas estavam num tipo de túnica usada só por gente gorda ou que permanece a bordo. Foram seguidas por quatro homens de camisa e calças esporte. Esses homens teriam um café da manhã da pesada. Brutus e Delores os seguiram. Ainda bem que minha barriga estava cheia de panquecas, senão eu poderia me sentir excluída.

Todo mundo ficou ciscando alguns minutos, até que Ray Huevo surgiu. Ele tomou seu lugar e todos o seguiram. O Cavalo e o Careca não estavam entre os convidados para o café da manhã.

Lá pela metade do café, Brutus deu uma olhada em minha direção e registrei que me reconheceu. Ele se inclinou à esquerda para chamar a atenção de Ray Huevo e trocaram palavras. Huevo também olhou na minha direção e senti a raiz do cabelo esquentar. Nosso cruzar de olhares foi breve. Huevo mal me reconheceu, logo desprezando a minha presença e voltando ao papel de anfitrião genial, comendo sua omelete, sorrindo para a loura ao seu lado.

Os garçons de uniforme branco serviam mais café e suco. O chef servia crepes de um carrinho. O sol ia alto no céu. O café da manhã parecia interminável.

Liguei para Hooker.

– Onde você se meteu?

– Estou na casa da Felicia. Voltei para buscar nossas coisas. Acho melhor a gente ficar em South Beach.

– E o Fominha? O que é que o Fominha está fazendo?

– Assistindo a televisão. Eu disse a ele para ficar com Felicia.

– Estou morrendo aqui. Preciso do meu iPod. Preciso de óculos escuros e filtro solar.

– Deixa comigo – disse Hooker e desligou.

Soltei um suspiro e me abaixei mais um pouquinho no banco. O Careca apareceu no convés e o ar ficou preso em meu peito. Ele se curvou para falar com Huevo, que balançava a cabeça. Sim, sim, sim. Ele olhou na minha direção. Droga.

Huevo voltou sua atenção para sua festa de café da manhã e o Careca saiu do barco e veio andando na minha direção. Ele parou ao chegar perto do meu banco.

– Srta. Barnaby?

– Sim?

– O sr. Huevo gostaria que eu a levasse para tomar o café da manhã.

– Obrigada, mas já tomei café.

– Então eu a acompanharei até seu carro.

– Não tenho carro.

Ele ficou mudando o pé de apoio. Eu estava sendo difícil.

– Foi-me solicitado que eu a retirasse desse banco. Gostaria de manter isso de forma civilizada.

– Eu também – disse. E certamente estava falando a verdade. Eu não era exatamente o Batman. Não era nem mesmo o Bruce Willis. Eu era uma lourinha oxigenada covarde.

O Careca esticou o braço e o repeli.

– Não me toque – eu disse.

– Achei que a senhorita poderia precisar de ajuda para sair do banco.

– Tenho uma novidade. Não vou sair deste banco. Estou esperando um amigo aqui. E ele é bem grande e malvado. E tem um cachorro cruel.

– Ora, vamos, senhora, me dê um tempo. Se não colaborar, vou ter de pegá-la, levá-la e matá-la.

– Toque em mim e grito – eu disse.

– Mas que droga – disse o Careca. – Detesto quando o dia começa assim. – Ele agarrou meu braço e me pôs de pé, e soltei um gritinho. Ele estava tentando me arrancar do banco e eu estava lutando e gritando. Um bando de gaivotas e dois pelicanos alçaram voo. Um prato caiu no barco de Huevo.

– *Socorro! Estupro!* – berrei.

Uma onda de rubor subiu pela gola do Careca e tingiu seu rosto. As pessoas começaram a surgir de dentro dos barcos. Um segurança apareceu na porta do escritório do píer. O Careca me soltou e deu um passo atrás.

– Está certo, já chega. Jesus, apenas cale a boca – disse ele. – Só estou fazendo meu trabalho.

— Você deveria arranjar um outro emprego — eu disse a ele —, porque esse é uma droga.

Eu me sentei no banco e cruzei as pernas. Como uma dama. Eu estava ali para ficar. Estava calma. Imperturbável. Olhei para baixo, para o meu peito. Dava pra ver meu coração bater. *Papum, papum, papum.* Todo mundo no barco estava olhando para mim. Acenei mostrando o dedo e sorri. As pessoas no barco voltaram a seus cafés. Exceto por Brutus. Brutus continuou me encarando. Finalmente, Delores lhe deu uma cotovelada e ele parou.

Respirei fundo mais algumas vezes e olhei em volta do banco. O Careca não estava mais à vista. Fiquei sentada ali por mais meia hora e Hooker apareceu.

— Então — disse ele —, como vai indo?

— O Careca deu uma passada aqui e tentou me expulsar, mas eu disse a ele que estava esperando você.

Hooker colocou o chapéu na minha cabeça e os óculos no meu nariz.

— E por que ele queria expulsar você?

— Ray estava dando uma festa de café da manhã e achou que eu estava depreciando o cenário.

— Aquele homem não tem gosto — disse Hooker. — Você sempre embeleza as coisas. — Ele me deu meu iPod e um tubo de filtro solar. Tirou um hidratante labial do bolso e entregou junto com o iPod e o filtro. — Quero manter seus lábios macios... só para garantir.

— Sempre pensando — eu disse a Hooker.

Ele bateu com o indicador na testa.

— Aqui não nasce grama.

Eu me levantei e me espreguicei.

— Preciso de uma folga. Vou dar uma volta.

— Se você for na direção da delicatéssen, podia me trazer um refrigerante. Talvez um sanduíche. E uns biscoitinhos.

Capítulo 7

Eu tinha uma caixa de seis latas de refrigerante dietético, um saco de biscoitos e dois sanduíches de presunto e queijo. Estava em frente ao banco e nada de Hooker. Olhei para o barco. Ninguém no convés. Duas possibilidades. Hooker foi procurar um banheiro ou resolveu seguir alguém. De qualquer forma, fiquei surpresa por ele não ter ligado para me dizer. Segui até o estacionamento e procurei pela caminhonete. Estava bem cheio. Ninguém entrando ou saindo. Ouvi uma conversa atrás de uma van verde. Parecia Hooker. Dei a volta na van e encontrei Hooker no chão, com o Cavalo e o Careca sobre ele. Eles estavam concentrados em chutar Hooker e não estavam olhando na minha direção. O Careca estava de lado. O Cavalo estava de costas para mim.

– *Ei!* – gritei, indo pra cima de Cavalo.

O Cavalo se virou e o acertei na cara com a caixa de latas de refrigerante. Houve um barulho satisfatório de esmagamento e o sangue escorreu do seu nariz. Ele ficou ali, perplexo, por um momento, e o acertei novamente, do lado da cabeça. Depois dei um pulo para trás, antes que um deles pudesse me pegar. Corri para a frente do estacionamento gritando "Fogo! Fogo!".

Ouvi portas de carros abrindo e batendo e um motor ligando. Corri de volta para Hooker e vi o carro dos capangas dar a volta e sair correndo do estacionamento. Hooker estava de quatro. Ele se arrastou para ficar de pé e sacudiu a cabeça.

– Bem, essa foi bem constrangedora – disse Hooker. – Acabo de ser salvo por uma mulher com uma caixa de refrigerante.

– O que você estava fazendo ali atrás com eles?

— Eles disseram que queriam falar comigo.
— E não podiam fazer isso lá no banco?
— Olhando para essa opção agora...

Abri uma lata de refrigerante e dei a Hooker.

— Nossa, você não sabe nada. Não duraria nem dez minutos como mulher. Acho que Huevo realmente não quer ninguém sentado naquele banco.

— São os carros. Ele quer os carros. O tempo todo que eles ficaram me chutando queriam saber onde escondi os carros.

— Você disse a eles?
— Claro que disse. Eles estavam me chutando!
— Eles fizeram algum estrago? Você está bem?
— Lembra-se de quando bati no muro, em Talldega, e capotei quatro vezes? Estou um pouquinho pior que aquilo.
— Costelas fraturadas?
— Acho que não.
— Hemorragia interna?
— Difícil dizer, mas não estou tossindo sangue, então já é um bom sinal. Eles podiam ter chutado com mais força. Não queriam me matar. Só queriam chamar minha atenção, dizendo que Huevo estava falando sério.
— Melhor a gente ir embora. Não quero que eles pensem melhor e voltem para tentar descobrir o que eu sei. Já passei por isso.

Hooker voltou mancando para a caminhonete e sentou no banco de passageiro. Entrei atrás do volante, acionei a tranca das portas e arranquei.

— Acho que devemos voltar ao hotel para nos reorganizarmos — eu disse a Hooker. — E estive pensando sobre o chip. Deve haver gente capaz de destrinchar o circuito e descobrir exatamente o que ele faz.

— Achei que soubéssemos o que ele faz.

— Eu gostaria que fosse algum tipo de tecnologia ilegal, possivelmente controle de tração, mas não posso dizer que *sei* o que ele faz. Estou intrigada pelo fato de que estava simplesmente posicionado no manete, sem uma conexão com o sistema elétrico. E não sei por que existem dois chips.

— Você conhece alguém que possa descobrir?

— Sim, mas não em Miami.

Eu acabara de virar na Fourth, seguindo rumo à Collins. Dirigia no piloto automático, tentando evitar que Hooker visse o quanto eu estava agitada, tentando não cair em prantos por ele estar machucado. Parei numa rua transversal e olhei à direita. Um carro passou pelo cruzamento. Hooker e eu olhamos, vagamente, para o carro à frente. Era outra BMW preta. Totalmente comum, exceto pelo narigão canino colado ao vidro traseiro.

— Beans! — Hooker gritou.

Eu já havia visto. Estava com minha seta piscando para entrar à esquerda e as mãos esbranquiçadas de segurar o volante com força. Tive de deixar dois carros passarem antes de poder seguir. Virei a esquina e nós dois estávamos debruçados à frente, nossos olhos grudados na BMW. Eu a segui por três quarteirões, mantendo-a à vista. A BMW passou por um sinal amarelo, o carro da frente parou no vermelho e ela sumiu de vista.

Quando o sinal abriu, fiz o melhor possível para alcançar a BMW, mas sem sorte. Ela se fora, seguindo ao norte.

— Pelo menos sabemos que Beans está bem — disse Hooker.

Mais do que podia ser dito de Hooker. Seu olho estava inchando e um hematoma roxo surgia na bochecha. Desisti da busca por Beans e segui de volta ao hotel.

— Seria bom você colocar um pouco de gelo — eu disse a ele.

— É, e não faria mal se tivesse um pouco de Jack Daniels em volta — disse Hooker, de olhos fechados, com a cabeça encostada no banco.

Fui para o hotel com o coração apertado e minha cabeça trabalhando para destrinchar a maré de azar e terríveis acontecimentos que vinha acontecendo nos últimos quatro dias. Precisava entender o sentido daquilo tudo. E precisava encontrar um meio de consertar.

Voltei para o Loews, entreguei a caminhonete ao manobrista e ajudei Hooker a chegar ao quarto. Não tínhamos uma suíte como a de Suzanne, mas o quarto era bom, com uma cama king size, escrivaninha e uma mesinha com duas cadeiras.

Hooker despencou numa das duas cadeiras. Dei a ele um sanduíche de presunto com queijo e arranjei um pacote de gelo para seu olho. Sentei na outra cadeira e comecei a traçar o outro sanduíche.

– Você acha que Ray Huevo sabe que o irmão estava escondido dentro do rebocador? – perguntei a Hooker.

– Ele não deu qualquer indicação de que sabia, mas eu não ficaria surpreso. Não parecia abalado pela morte.

Eu estava em pé na janela, olhando a piscina, e minha atenção foi capturada por um vulto branco, preto e marrom.

– Ai, meu Deus – eu disse. – Beans.

Hooker se recostou na cadeira.

– Eu sei. Eu me sinto terrível por causa de Beans. Não sei onde procurar.

– Que tal na piscina?

– Na piscina?

Hooker foi até a janela e olhou para fora.

– Aquele é meu cachorro! – Ele saiu correndo até sua mochila nova e começou a revirá-la.

– O que está fazendo?

– Estou procurando minha arma – disse ele. – Vou pegar meu cachorro de volta.

– Você não pode descer com uma arma! Temos de ser sorrateiros com isso. Para mim, parece que eles estão passando pela área da piscina para irem até o parquinho dos cachorros. Vou descer até o lobby e segui-los de volta ao quarto. Depois a gente espera o cara sair e pega o Beans de volta.

– Vou com você.

– Você não pode ir comigo. Todo mundo o conhece. Vai espantar o ladrão do Beans. Fique firme com o gelo no olho.

Saí correndo pelo corredor, apertei o botão do elevador e segundos depois estava no lobby, escondida atrás de um vaso de palmeira. Liguei para Hooker no telefone celular.

— Você os vê? — perguntei a Hooker.

— Não. Eles passaram pela piscina e sumiram. Espere um minuto. Aqui estão eles. Estão voltando pelo mesmo caminho. Estão quase entrando no hotel.

Ouvi Beans ofegando, antes mesmo de vê-lo. Ele não é um cão de clima quente. Estava ao lado de um cara de short cáqui e camisa polo de linha. Com trinta e tantos anos. Meio barrigudinho. Eles pararam em frente ao elevador e o cara apertou o botão. Quando as portas se abriram, eu me apressei e entrei no elevador junto com eles. Mais duas pessoas vieram.

As orelhas de Beans instantaneamente se levantaram, seus olhos brilharam e ele começou a pular e fazer sua dança da felicidade. O cara tentava controlar o Beans, mas Beans não estava nem aí. Ele se espremia junto a mim, fungando em minha perna, deixando um rastro de baba que ia do meu joelho até quase o final da calça.

— Ele geralmente se comporta tão bem — disse o cara. — Não sei o que deu nele.

— Os cachorros gostam de mim — eu disse. — Deve ter algo a ver com meu cheiro. *Eau de Carne Assada.*

O elevador parou no sexto andar e o cara saiu, mas Beans não saía do meu lado. Ele plantou as quatro patas no chão do elevador, fincando as unhas. O cara puxou a coleira e Beans sentou. É difícil tirá-lo do lugar quando ele cisma de empacar. As outras duas pessoas estavam nervosamente encolhidas num canto.

— Talvez eu deva adotá-lo — eu disse. — Quer se livrar dele?

— Senhora, se eu perder esse cachorro, minha vida não vale nada.

Saí do elevador e Beans levantou e veio para o meu lado.

— Esse não é o meu andar, mas eu vou levá-lo até seu quarto — eu disse ao ladrão de cachorro. — Seu cão parece ter se apegado a mim.

— Eu nunca vi nada assim. É como se ele a conhecesse.

— É, é estranho. Isso acontece o tempo todo.

Caminhamos pelo corredor até o quarto do ladrão de cachorro, ele enfiou o cartão-chave, depois abriu a porta.

Apontei para o sinal pendurado na maçaneta.

— Vejo que você está com um aviso de NÃO PERTURBE na porta.
— É, eu deixo aí para que a camareira não entre. Não posso correr o risco de alguém acidentalmente deixá-lo sair. — Ele deu um passo para o lado de dentro e puxou a coleira. — Venha, garotão. Seja um bom cachorro.
Beans se espremia junto a mim, e afaguei sua cabeça.
— Não acho que ele queira entrar no quarto.
— Ele tem de entrar. Tenho coisas a fazer e não posso levá-lo comigo.
— Eu poderia levá-lo para dar uma volta.
— Obrigado pela oferta, mas ele acabou de passear e fez tudo, se é que me entende. — Ele vasculhou os bolsos e achou um biscoito canino. — Guardo esses para emergência – disse ele. — Não dou muito porque não quero que ele engorde. — Ele atirou um biscoito para dentro do quarto, Beans saiu correndo atrás e a porta se fechou.
Fiquei do lado de fora, esperando e ouvindo, e logo depois Beans deu um latido. Houve um barulho de um corpo sendo derrubado no chão e alguns palavrões.
Voltei ao elevador, regressei ao lobby e liguei para Hooker.
— Tenho um plano. Encontre-me no lobby. E tente não chamar atenção.
Meia hora depois Hooker e eu estávamos num sofá, com nossos narizes enterrados num jornal, os olhos fixos no elevador. Ficamos observando muitas pessoas subindo e descendo, mas nenhuma delas era o sequestrador de Beans. Depois de um tempo, lá estava ele, saindo do elevador. Discou um número em seu celular e foi falando rumo à porta. Saiu do hotel e entrou num carro que o manobrista acabara de trazer do estacionamento.
— Você o conhece? — perguntei a Hooker.
— Roger Estero. Ele trabalha para Huevo. Sua função oficial é relações públicas, mas, na verdade, ele é babá do Brutus. Tenta impedir que Brutus agrida os fotógrafos e quebra galhos indo buscar pizza ou remédio para azia tarde da noite. Acho que ele é pa-

rente do Huevo. Sobrinho ou algo assim. Não é muito inteligente. Se fosse ao menos um pouquinho esperto, não teria um emprego de babá do Brutus.

Esperamos até que Estero se afastasse, depois nos mandamos para o sétimo andar. Encontrei o quarto de Beans e tirei o aviso de NÃO PERTURBE.

– Certo – eu disse a Hooker. – Você liga para o serviço de quarto e diz que quer seu quarto arrumado. Depois, assim que a camareira aparecer e colocar a chave na fechadura, você a distrai e eu entro escondida.

Hooker fez a ligação e nos posicionamos em pontas opostas do corredor. A porta que dava no elevador de serviço se abriu e me escondi no canto. Hooker ficou no fim do corredor, enrolando, com seu cartão-chave. Ouvi o carrinho da camareira vindo. Escutei a porta de Estero. Ouvi Hooker se aproximar dela.

– Olá, querida – disse ele. Por mais que eu deteste admitir, se eu fosse a camareira, teria lhe dado toda a atenção.

Hooker disse a ela algo sobre não conseguir abrir a porta. Ele passou a falar em espanhol e me perdi. Espiei do canto e vi que a porta estava aberta e a camareira estava no fim do corredor, de costas para mim, rindo de algo que Hooker lhe dissera.

Empurrei a porta de Estero e entrei. Beans estava em cima da cama, pronto para atacar, me lançando seu olhar cruel canino. Era a expressão que ele sempre exibia logo antes de me derrubar no chão. Pulei para dentro do banheiro e fechei a porta.

Instantes depois, a camareira voltou. Ouvi a porta se abrir, ouvi Beans pular da cama e atravessar o quarto a galope. Houve um resfolegar audível e a porta foi batida.

Hooker bateu três vezes, depois duas. Nosso sinal. Abri as portas do banheiro e olhei para Beans. Ele estava em pé, com o focinho espremido ao pé da porta de entrada, fungando em busca de Hooker. Babava e gemia. Saí do banheiro, abri a porta para Hooker, que entrou no quarto, e Beans o derrubou no chão e sentou em cima dele. Cão feliz. Hooker feliz.

– Acho que a camareira resolveu que o quarto de Estero não precisava ser limpo – eu disse a Hooker.

– Eu lhe contaria o que ela disse enquanto ia até o fim do corredor, mas foi em espanhol e não tenho certeza da tradução. Acho que tinha algo a ver com partes particulares e roedor voraz.

Ligamos lá para baixo para que o carro fosse trazido, colocamos a coleira em Beans, saímos direto pela porta do Loews Hotel e entramos na caminhonete, que já estava lá.

– Vou achar um lugar para a gente se esconder – disse Hooker. – Você pega tudo e entrega o quarto e eu te encontro aqui, em meia hora.

A caminhonete se afastou e uma limusine preta encostou. O mensageiro ficou alerta e Suzanne Huevo deixou o hotel rebolando. Ela estava vestindo um conjunto preto com sapatos de salto fino pretos. Sua saia era pouco acima dos joelhos e a fenda aberta ia bem mais acima. Estava com uma bolsa de leopardo para Itsy Poo em seu ombro e um broche de diamantes na lapela que não era pouca merda.

– Oh, meu Deus – disse ela ao me ver. – Você é... como é mesmo?

– Barney.

– É, Barney. Da última vez em que estive com você, eu caí de cara num prato de macarrão com queijo. Como é que você conseguiu me levar para o meu quarto?

– Cadeira de rodas.

– Que esperta. Dei vexame?

– Meu amigo nos salvou. A cadeira de rodas foi ideia dele. E levei a mesa inteira comigo ao chão quando levantei. Ninguém a notou na cadeira de rodas.

– Muito bom. Se você estiver livre às seis, podemos tomar outro porre. Como você pode ver, hoje eu sou a viúva pesarosa. Tenho uma reunião com o advogado, uma porra de funeral e depois sigo para um bar.

– Desculpe, estou deixando o hotel. Por quanto tempo você ainda vai ficar aqui em Miami?

— Quanto tempo for necessário. No mínimo este fim de semana. Eles ainda estão com o Oscar na geladeira.

Subi correndo até o quarto, juntei todas as nossas coisas, coloquei-as em duas bolsas de viagem e fechei a conta. Saí do lobby e fiquei em posição, bem ao lado da entrada do hotel. Estava com nossas bolsas nas mãos. Estava estalando mentalmente os dedos, rezando para que Hooker não chegasse dirigindo ao mesmo tempo que Roger Estero. Soltei um suspiro ao ver a caminhonete vindo pela rua e entrando no hotel. Hooker parou à minha frente e Beans ficou me olhando. Ele deu um latido alto e o carro balançou.

Abri a porta lateral e joguei as bolsas no banco de trás. Fechei a porta e estava prestes a entrar ao lado de Hooker quando fui puxada pela alça da minha bolsa de mão. Era Estero e ele não estava feliz.

— Eu devia saber que havia algo errado na forma como o cachorro estava agindo com você — disse Estero.

Puxei a alça.

— Largue a minha bolsa.

— Quero o cão.

— O cachorro é do Hooker. Se você não soltar, vou começar a gritar.

— O Hooker será um homem morto assim que eu contar o que está acontecendo. E eu não me importo com o volume do seu grito, vou pegar aquele cachorro de volta. — Ele cravou os dedos no meu braço e me arrastou até a traseira da caminhonete. — Abra a porta.

Comecei a dar uns gritinhos e Estero tapou minha boca com a mão. Eu o mordi e ele arrancou a mão, levando minha bolsa junto.

Eu ouvi alguém chamando o segurança. Beans estava latindo. Hooker gritava para que eu entrasse na caminhonete. Estero berrava ameaças, tentando me agarrar pela blusa. Um mensageiro se enfiou entre mim e Estero. Eu me enfiei na caminhonete e Hooker arrancou, com a minha porta ainda aberta.

Puxei a porta para fechá-la e me virei no banco para olhar o hotel que ficava para trás.

– Ele ficou com a minha bolsa.
– Quer que eu volte para pegá-la?
– Não! Quero ir para longe daqui.
– O que acha da Carolina do Norte?
– A Carolina do Norte seria bom.
– Você tem planos para o Dia de Ação de Graças?

Tive um momento de cascudo mental. Amanhã era Dia de Ação de Graças. Eu havia esquecido completamente.

– Não – eu disse. – Geralmente vou pra casa ver meus pais, mas eles estão fazendo um cruzeiro este ano. Meu pai ganhou numa rifa, em sua pousada. E você?

– Meus pais são divorciados e as festas são sempre um motivo de guerra. Evito quando posso. Estava pensando em descongelar uma pizza e assistir a um jogo com Beans. Você é bem-vinda para me acompanhar.

– Não acredito que me esqueci do Dia de Ação de Graças.

– Quando voltei para pegar nossas coisas na Felicia, a cozinha dela estava cheia de mulheres fazendo tortas. Ela nos convidou para ficar, mas Fominha precisa ir para casa. Ele pode ver os filhos no Dia de Ação de Graças. É importante pra ele.

– Deve ser difícil ficar separado dos filhos.

– Como perder o Beans – disse Hooker.

Viajar em jato particular não é sacrifício algum. Não tem espera em fila. Nem dor de cabeça com segurança. Nem crianças chutando sua poltrona. O Citation de Hooker é branco, com uma faixa fina preta e dourada que se estende em todo o comprimento do avião e HOOKER escrito na cauda. Muito caprichado. O interior é de couro creme com carpete bege e tem uma pequena cozinha na frente, perto da porta, e um lavatório pequeno e confortável na traseira. Há três poltronas de um lado do corredor e no outro lado mais duas, além de uma cama canina feita sob medida. Eu estava sentada do outro lado do corredor, ao lado de Hooker. Estava passando um filme na televisão, mas minha mente estava em outro lugar. Era o começo da noite e estávamos voando para Concord,

Carolina do Norte. Descemos abaixo da camada de nuvens e os bairros conhecidos começaram a surgir. Casas salpicadas no interior, ao redor de lagos. Sobrevoamos Kannapolis. Fica no interior de Earnhardt. Muito espaço descampado e uma pequena cidadezinha. Um shopping longo na ponta extrema. O lago Norman se estendendo a oeste. Mooresville na ponta nordeste do lago e Huntersville na ponta sudeste. Uma porção de pilotos e membros das equipes morava em Huntersville e Mooresville. Havia condomínios, grandes mansões, clubes de golfe, bares dos rednecks, belos shopping centers e alguns restaurantes de comidas fritas.

O Citation tocou o solo e deslizou pelos 1.700 metros da pista de asfalto. Era um pequeno aeroporto usado apenas por aviões particulares. Os hangares eram perfilados de um lado, com o edifício terminal no centro. O hangar da NASCAR ficava na ponta mais distante. A placa no terminal anunciava que ali era a área da NASCAR. E estava precisamente certa. Há fãs da NASCAR por toda parte, mas na grande Charlotte você não consegue atirar uma vareta sem acertar um. A NASCAR estava em adesivos de para-choques, placas personalizadas, camisetas, bonés, bandeiras, coleiras de cães, jaquetas, abajures, relógios de parede, cuecas samba-canção, bonecas e pijamas.

A Blazer preta de Hooker estava estacionada ao lado do hangar da Stiller Racing. Colocamos Beans na traseira e vimos o Fominha ir correndo pegar seu jipe enferrujado.

– O que aconteceu com sua "vette"? – Hooker perguntou a ele.

– A esposa levou no acordo. Ela pintou de rosa.

– Ah – disse Hooker.

– Estou grato por tudo o que você fez por mim – disse Fominha. – Lamento por ter colocado você em toda essa merda. Não imaginei que fosse se transformar nessa porra toda. – Ele revirou a mochila pendurada no ombro e achou o controle remoto. – Ainda estou com isso. Talvez seja melhor ficar com você... caso algo me aconteça.

Hooker colocou o controle no bolso; entramos na Blazer e seguimos Fominha, saindo do estacionamento.

— Você acha que ele vai ficar bem? — perguntei a Hooker.

— Não. Tenho uma daquelas sensações de Felicia em relação a Fominha. Não acho que seus problemas terminaram.

As matrizes corporativas de muitas das equipes de corrida ficam ao lado do campo de pouso. Hendrick, Penske, Roush, Huevo e Stiller, todas têm áreas que abrigam oficinas de engenharia e fábricas, centros de pesquisa e desenvolvimento, transportadoras, museus, escritórios e os principais locais de montagem, onde os carros são feitos.

A Stiller conserva três carros de campeonato e dois Busch Cars. A qualquer hora, pode haver sessenta novos carros de corrida na loja, com duzentos motores prontos para correr. A iluminação é mais clara que a luz do dia, o piso é imaculado e o estoque é estarrecedor.

Estava fora de temporada até meados de fevereiro e o complexo de corridas parecia uma cidade fantasma.

— Você precisa comprar alguma coisa? — perguntou Hooker.

— Nada que não possa esperar — eu disse. — Estou ansiosa para chegar em casa.

Hooker foi pela 85, rumo norte, e pegou a saída de Huntersville. Se a Disneylândia tivesse sido construída pela Gap, ela seria como meu bairro de Huntersville. É uma cidade planejada com lojas e restaurantes no primeiro andar e apartamentos em cima. Ao redor da cidade há grandes condomínios. Na verdade, é um ótimo lugar para morar, principalmente se você é novo na área. A piada das lojas é que esse lugar é onde os membros das equipes moram quando suas esposas os colocam para fora de casa.

Hooker encostou no estacionamento atrás do meu prédio e seu telefone tocou. A conversa foi curta e ele não parecia feliz ao desligar.

— Era Ray Huevo — disse Hooker. — Sua bolsa foi entregue a ele, que encontrou o manete do câmbio, e, como ele colocou... faltava alguma coisa.

— Isso responde algumas perguntas.

— É. Ray sabia que o chip estava no manete. E ele quer o chip de volta. Disse que nós podemos devolver do jeito fácil ou da maneira mais difícil.

— Ele chegou a explicar qual era a maneira difícil?

— Não, mas acho que pode envolver muito sangue.

— Talvez a gente deva lhe dar o chip.

— Não vai evitar o sangue, pois isso já foi longe demais e sabemos muito — disse Hooker. — Não sabemos apenas sobre o chip, sabemos sobre Oscar.

— Não estou gostando do rumo dessa conversa.

— Acho que estamos muito encrencados. Precisamos descobrir quais são exatamente as funções desse chip e depois ir com ele à NASCAR e à polícia. É melhor viver como um vendedor de sapatos do que ser um piloto de corridas morto.

— Escondemos informações sobre um homicídio — eu disse a ele.

— Vamos lidar com isso.

— Conheço um cara na Universidade de Charlotte que talvez possa nos ajudar. Ele é um maluco por computação. Ele adoraria a chance de verificar um brinquedo novo. Não o vejo há um tempo, mas ele provavelmente ainda está no mesmo endereço. Ele estava morando com os pais e não consigo imaginar que um dia vá embora. É um cara ótimo, mas morreria de fome se não tivesse alguém para cuidar dele. Tenho o telefone dele lá em cima.

— Vou passear com Beans e você faz a ligação.

Moro no segundo andar de um prédio de três andares. Tem um florista logo abaixo de mim e em cima mora Dan Cox. Cox é um jornalista esportivo que cobre a NASCAR. Um cara ótimo. Da minha idade. E parece com aquele personagem, o Gumby. Às vezes, tarde da noite, ouço um barulho estranho lá em cima e imagino ser o Pokey, o cavalinho do Gumby.

Meu apartamento tem dois quartos, um banheiro e um lavabo. Meus eletrodomésticos são novos e o banheiro principal tem um tampo de mármore. Os cômodos acabaram de ser pintados e o carpete não tem manchas. As janelas do meu quarto dão vista para um pequeno pátio e um pouco além para um estacionamento. As janelas da sala de estar ficam de frente para a Main Street.

O Topper's fica do outro lado da rua. Tem uma comida decente e um chope supergelado. Sua decoração é um misto de clube de caça com parque de velocidade. Há mesas grandes com sofás nos reservados, uma porção de mesinhas altas no bar e um balcão comprido de mogno, bem legal.

Quando sento à minha escrivaninha, olho para o Topper's. Na maioria das noites ele fica abarrotado, mas era véspera de Ação de Graças e não havia muito agito. As equipes estavam tirando pequenas férias e visitavam as famílias em Florida Keys.

Foi fácil atrair Steven Sikulski até o laboratório de computação. Eu conhecia suas duas fraquezas. Um novo problema de informática para solucionar e cheesecake. Sikulski era um cara grandão e desengonçado que tinha pinta de arrumador de frutas no supermercado. Aos cinquenta anos, seu rosto não tinha rugas e ele demonstrava uma eterna expressão de não ter nenhuma preocupação no mundo. E talvez não tivesse.

Eu lhe trouxera a New York Cheesecake prometida e agora Hooker e eu andávamos de um lado para outro atrás dele, estalando nossos dedos, esperando que Sikulski resolvesse a charada do chip.

– O chip pequeno obviamente está danificado – disse Sikulski. – É um microprocessador com propriedades sem fio e estou achando que essa porção danificada continha comando para controlar algum tipo de processo mecânico. O circuito não é complicado, mas a miniaturização impressiona. É tudo que posso lhe dizer com uma olhada rápida. O segundo chip é bem mais interessante. Ele envia e recebe dados sem fio. O fato de ter sido encapsulado é fascinante. Indica que ele não é ligado a um sistema de fiação. Que pode desempenhar sua função inteiramente sem fiação. Talvez seja algum tipo de relê. O cérebro base de um circuito roteador complicado. O circuito é bem mais sofisticado do que aquele do chip danificado. E novamente é microminiaturizado. E aqui está a parte boa...

ele traz sua própria fonte de força. Funciona com um verniz que parece ter a função de uma bateria. Não é minha área de *expertise*, mas desconfio que a bateria seja a parte mais empolgante desta belezinha. Se eu tivesse mais tempo, poderia trabalhar no circuito e lhes dizer mais.

— Infelizmente, não temos mais tempo. Tem mais alguma coisa que você possa nos dizer?

— Por eu saber a localização dos chips, e pelo fato de saber sua utilização suspeita, posso lhes dar um exemplo de situação hipotética. Um piloto poderia ajustar a função mecânica do carro, como a velocidade do motor, com um controle remoto. Dessa forma, qualquer um na pista poderia transmitir sinal ao painel do circuito. É como um daqueles carros de controle remoto para crianças, só que esse chip controla um carro de verdade. O intrigante é que há dois chips. Pareceria que o chip pequeno desse conta.

— Qualquer um pode operar esse dispositivo? — perguntou Hooker. — Não precisaria ser o piloto?

— Estou falando hipoteticamente — disse Sikulski. — Controle remoto seria um simples interruptor de liga/desliga. Não há razão para que alguém nas arquibancadas não pudesse operá-lo.

— Haveria uma vantagem em um membro de uma equipe operá-lo? Um observador de equipe, por exemplo.

— Imagino que um observador teria uma noção melhor de quando acioná-lo ou desligá-lo. — Sikulski fechou o arquivo em seu computador. — Vocês entendem, essa tecnologia sem fio poderia ter outras utilidades. É algo totalmente James Bond, um troço de *Missão Impossível*.

Hooker e eu estávamos na casa dele, em Mooresville, diante de sua imensa TV de plasma, assistindo a um jogo, comendo pizza de Ação de Graças. Beans estava conosco no sofá, esperando pelos restos das bordas e parecendo feliz por estar em casa.

Eu também estava feliz por estar em casa, mas não conseguia me livrar da ansiedade que ocasionalmente se remexia em meu peito. Ajudar Fominha parecia a coisa decente a fazer. Só gostaria que tivesse terminado melhor. Se ao menos não tivéssemos esquecido de Beans no rebocador...

— Eu estava tão cansada — eu disse. — Não estava pensando direito.

Hooker olhou para mim.

— Não ouvi a primeira metade disso.

— Estou preocupada.

Hooker passou o braço ao redor dos meus ombros.

— Vai dar tudo certo. Estou sentindo.

— Outra sensação? Você tem tido muitas sensações ultimamente.

— Você não sabe da missa a metade. Sou um poço de sentimentos. Se você deixasse de ficar zangada comigo, eu poderia explicar alguns a você.

— Não estou zangada com você. Estou decepcionada. Você partiu meu coração.

— Eu sei. Desculpe. Você quer o último pedaço de pizza? Isso nos deixaria quites?

— Você dormiu com uma vendedora! Você não pode equacionar isso com o último pedaço da pizza.

— Você não entende muito de homens — disse Hooker. — E essa não é uma pizza qualquer. Tem queijo extra e pepperoni.

Capítulo 8

— Não tem muita gente trabalhando depois do Dia de Ação de Graças – disse Hooker olhando por cima do meu ombro.

Eu estava em minha escrivaninha em meu cubículo no centro do Departamento de Pesquisa e Desenvolvimento da Stiller e era a única pessoa no prédio até Hooker aparecer.

— Como é que soube que eu estava aqui?

— Por eliminação. Você não estava em casa e é cedo demais para o shopping estar aberto.

— Eu queria dar uma olhada nas fitas das corridas. E tenho alguns modelos que quero olhar.

— Tentando juntar provas?

— Sim.

— Alguma sorte?

— Repassei o carro de Shrin e encontrei um chip no motor. Está em pior estado do que aquele que tirei do 69, mas estou torcendo para que Steven possa fazer alguma coisa com ele. Eu o olhei no microscópio, mas só sei o suficiente para identificar alguns vestígios de circuito.

— E quanto ao segundo chip? O irmão gêmeo daquele que você encontrou no manete do câmbio?

— Não desmontei o carro de Nick, mas olhei nos locais óbvios e não encontrei um segundo chip.

— Talvez a gente deva desmontar.

Eu havia virado a noite inteira na cama, com uma longa lista de crimes passando em minha cabeça. Múltiplos roubos de veículos, destruição de propriedade privada, ocultação de provas, agressão, mutilação de um cara morto! Eu não queria aumentar a lista.

– Seria bom se tivéssemos permissão – eu disse a Hooker.

– Vou ligar para o Bingo – respondeu. – Não deve ter problema. O carro é só lixo mesmo.

Bingo é o chefe da equipe de Nick. Ele tem filhos maravilhosos e uma ótima esposa, e provavelmente estaria na mesa de café, comendo as sobras de uma torta de abóbora.

Salvei o arquivo em meu computador e me remexi na cadeira, esperando que Hooker desligasse o telefone.

– Bingo quer estar aqui quando você desmontar o carro – disse Hooker.

– Não quer, não. Ele tem uma família e não vai querer participar disso. Diga a ele que, se encontrarmos algo, nós lhe diremos quando for seguro que ele saiba.

Por volta de meio-dia eu estava quase certa de que não havia um segundo chip. Ou fora removido, ou, por algum motivo, não era parte do programa.

Hooker estava ajudando na limpeza.

– A maioria dos pilotos entende de carro – disse ele, passando um pano numa chave inglesa. – Só entendo mesmo de dirigir. Posso trocar o óleo, conheço a linguagem, sei alguma coisa de engenharia, mas não consigo remontar um carburador. Nunca tive nenhuma aversão, só não tive chance de fazer. Eu dirigia e os caras com quem andava bebiam cerveja. Aí eles consertavam meu carro e eu bebia cerveja.

– Vocês tinham uma divisão de trabalho.

Hooker sorriu.

– É. Bem, éramos todos especialistas.

Lutei para colocar o último pneu de volta no carro e apertei as porcas.

– Adoro tudo de mecânica. Trabalho com carros desde sempre. Gosto do jeito como as coisas se encaixam. Gosto do som, do cheiro. Gosto do desafio de fazer todas as peças funcionarem de forma eficaz. Adoro meu trabalho na pesquisa e desenvolvimento, mas, às vezes, sinto falta de trabalhar na oficina de meu pai.

– Por que você acha que o carro de Shrin não tinha o segundo chip?

Desci o carro no macaco hidráulico.

– Não sei. Acho que alguém pode ter removido, mas isso significaria que um terceiro funcionário da Stiller estaria envolvido, e acho isso difícil de acreditar. O carro foi colocado pela equipe logo no caminhão, então duvido que o Cavalo ou o Careca tenha tido acesso. Estou arriscando o palpite de que, por qualquer razão, o segundo chip não foi necessário.

– Vou encontrar o Steven às quatro horas. Espero que ele me diga algo interessante. E dessa vez vamos nos lembrar de levar o controle remoto. Acho que pode ser útil.

– Isso é *muito* interessante – disse Sikulski, estudando o novo chip. – Isso é diabólico. Para mim, parece que essa pequena pedra preciosa é autodestrutível.

Ele estava com os três chips sob a lente de aumento e com as tripas do controle remoto expostas. Concentrou a atenção no chip que eu havia retirado do motor do 69.

– Os dois chips parecem similares. Mesmo tamanho e mesmos materiais em sua confecção – disse ele. – Ambos estão danificados demais para que se possa fazer uma boa leitura do circuito. Vê esse pequeno relevo, bem aqui, no chip do motor original? Desconfio que isso é uma carga autodestrutível. Não foi ativada. O controle remoto que vocês trouxeram não se comunica com esse chip. Eu provavelmente poderia inserir carga manualmente, mas iria derreter o que ainda resta e provavelmente isso ainda não é o que vocês querem.

Estávamos com mais perguntas do que respostas quando deixamos Steven e não tínhamos muito a dizer no trajeto de volta para Huntersville.

– Vai se sentir mais segura em minha casa? – perguntou Hooker.

– Sim, mas não acho que seja uma boa ideia.

Ele me deixou em frente à minha porta e foi embora. Subi e fui até a escrivaninha olhar meus e-mails. Pouco depois das sete dei um tempo e olhei para o Topper's pela janela. Todos tinham voltado do feriado e o bar começava a encher. Eu suspeitava que Brutus iria ali essa noite para gozar de sua glória. Era o lugar aonde Hooker provavelmente não iria, mas achei que o espetáculo de Brutus tinha algum potencial. No mínimo me distrairia de meus pensamentos horríveis.

Passei um pouco de rímel e brilho nos lábios, coloquei um pouco de laquê no cabelo e atravessei a rua, faceira, rumo ao Topper's, onde sentei numa banqueta alta, no bar, ao lado do meu vizinho de cima, Dan.

– Ele já chegou? – perguntei.

– Brutus? Não. Está esperando para fazer uma entrada triunfal. Ele estará aqui por volta das oito, quando sabe que o lugar vai estar abarrotado. Você veio para ver o show?

– Achei que seria divertido.

– Vai ser doloroso. Tive de ficar bêbado antes de escrever sobre a última corrida. Não posso acreditar que esse cara ganhou. Não há justiça neste mundo. Eu juro, até a metade da temporada parecia que o carro 69 estava dirigindo sozinho.

– Huevo tem um bom esquema naquele carro.

– Huevo tem um esquema *mágico* naquele carro. – Cox olhou em volta. – Onde está Hooker? Ele geralmente está meio palmo atrás de você.

– Hoje ele vai ficar em casa.

– Tinha dois caras procurando por ele mais cedo. Não eram daqui, mas acho que os vi em Homestead. Um cara parecia que tinha sido atropelado por um trem.

Droga! Eu tinha começado a relaxar um pouquinho, pensando que talvez tivéssemos deixado nossos problemas em Miami. E agora voltava a ter aquela terrível sensação de vazio em meu estômago, e meu coração estava batendo rápido demais.

– O segundo cara era menor e careca? E o grandão tinha uma tatuagem de cobra atrás do pescoço?

– É. Amigos seus?

– Não. Amigos, não.

Hooker é o astro de rock da NASCAR. Quando ele está na pista, as câmeras estão sempre em seu rosto, e os fãs o seguem por toda parte. Hooker realmente gosta da imprensa e dos fãs, mas há vezes em que o entusiasmo passa um pouquinho dos limites e ele acaba com metade da roupa rasgada. E, às vezes, num estado de adoração doentia, o fã pode se parecer com um caçador à espreita. Este ano, depois que uma fã bem-intencionada de Hooker invadiu seu condomínio e, tentando fazer um romântico café da manhã para dois, acidentalmente pôs fogo na cozinha, ele se mudou de Huntersville e comprou uma casa grande, num pedaço recluso de terra, em Mooresville. E alguns meses atrás, depois que um ônibus de excursão despejou trinta pessoas em frente ao seu gramado para tirarem fotografias, Hooker colocou portão de segurança, instalou um gorila de esteroide numa pequena guarita e cercou toda a sua propriedade com cerca elétrica. Portanto, eu não estava com medo de Hooker ser pego desprevenido pelos dois capangas de Huevo.

Apesar disso, liguei para avisar:

— Estou no Topper's e Dan disse que o Cavalo e o Careca estiveram procurando por você mais cedo.

— Vou incrementar a cerca com mais alguns volts. Imagino que você esteja ao lado do bar para ver o espetáculo de Brutus.

— É. Pena que você vai perder. Vai ser horrível.

— Querida, você está decaindo com seu divertimento.

Soltei um suspiro, pois era verdade. Desliguei e pedi uma cerveja.

Meia hora mais tarde, Brutus e Delores agraciaram o ambiente com sua presença. Como esperado, metade do bar aplaudiu e a outra vaiou. Dan e eu não fizemos nenhum dos dois.

Dan virou uma mão cheia de amendoim na boca.

— Vou vomitar.

— Você não pode vomitar. Você é um jornalista imparcial.

— Não existe tal coisa. Essa baboseira se vai junto com o capelo de formatura. Mudando ligeiramente de assunto, o que você acha do assassinato de Huevo?

Dei um gole na cerveja.

— Não pensei muito a respeito. Você tem alguma ideia?
— Não. Mas acho que tudo que ouvi até agora está errado. Todos estão intrigados pelas marcas de mordidas, mas acho que elas têm a ver com o assassinato. O perito médico que examinou disse que ocorreram mais tarde, depois que Huevo já estava morto. Acho que foi acidental, que alguém matou Huevo e o embrulhou para mantê-lo no gelo. Provavelmente, apenas usaram o que tinham à mão. O que me leva a pensar que isso não foi planejado.
— Alguém casualmente teria quilômetros de plástico?
Dan encolheu os ombros.
— É um produto comum em casa e tem gente que compra e estoca. Se você faz compras em lojas de atacado, compra em quantidade para economizar dinheiro. As equipes fazem isso sempre. De qualquer forma, minha teoria é que alguém matou Huevo e precisava deixar as coisas arrumadas, por isso o embrulharam. Deixaram-no num canto, esperando que escurecesse para dispensar o corpo, e seu cachorro achou que Huevo parecia saboroso.
— Então, o matador tinha um cachorro grande?
— É isso que estou pensando. E foi um trabalho interno, pois Huevo foi encontrado na caminhonete de Brutus. Alguém estava querendo afirmar algo. E, por falar nisso, se eu soubesse quem é o matador, lhe mandaria uma caixa de Godiva. Colocar o Huevo na Avalanche nova de Brutus foi genial. Ouvi dizer que Brutus vomitou quando viu. Além disso, eles confiscaram a caminhonete como prova.
— Que tipo de afirmação você acha que o assassino estava fazendo?
— Não sei. Às vezes, as pessoas cometem crimes e, na verdade, querem ser pegos, então deixam pistas. Às vezes, é uma viagem do ego e elas querem deixar um cartão de visita. Ou talvez tenha sido um tipo de vingança. Talvez alguém estivesse injuriado por Brutus ter ganhado. Se fosse eu, teria matado *Brutus* e deixado no carro de *Huevo*, mas isso sou eu.
— Mais alguma coisa?

— Segundo a polícia, eles vasculharam todo o estacionamento e não acharam nenhuma prova de que Huevo tenha sido morto ali. Huevo e sua companhia estavam hospedados num dos grandes hotéis da Brickell. Ele teria um café da manhã de negócios, mas não chegou a aparecer.

— Posso ver que você está fascinado por isso — eu disse para Dan.

— Tem história aí. Posso sentir. Estamos vendo apenas a ponta do iceberg. E não acho que o cachorro faz parte do crime, mas eu acho que é por ele que se deve começar a procurar. Se partirmos da suposição de que isso foi um trabalho interno, então é só fazermos uma lista de todo mundo que tem um cachorro grande para ter os dentes do monstro do pântano.

— Você já começou a lista?

O rosto de Dan ficou vermelho.

— Sim, mas até agora só tenho um nome.

— Você provavelmente vai ter de trabalhar na lista com mais afinco.

— Exatamente meus pensamentos. Provavelmente há milhares de pessoas por aí com cachorros enormes, de dentes imensos. Só preciso sair na captura deles.

Brutus e Delores estavam posando para fotografias e dando autógrafos no fundo do bar. Hooker já tivera algumas discussões com Brutus, mas meu relacionamento com ele era bem mais distante e cordial. Até encontrar o chip, eu não tinha qualquer motivo para desgostar nem de Brutus nem de Delores. Portanto, eu continuava sem motivo. Segundo Steven Sikulski, o chip poderia ser operado de qualquer lugar da pista. Falando de forma realista, só havia duas pessoas que podiam estar controlando a velocidade do motor de forma eficaz. Uma seria o piloto e a outra, o observador. Meu dinheiro estava no observador. Eu não achava que Brutus era esperto o bastante para conseguir se dar bem trapaceando nesse nível.

— Um trabalho interno abre muitas possibilidades — eu disse a Dan. — Pelo que vejo, ele não era um cara muito popular. A esposa o detestava. O irmão não parece muito abalado. E ele pisou em muitos calos, em dois países. E detesto acabar com a sua festa, mas não tenho muita certeza quanto ao negócio do cachorro. Se os Huevo estavam envolvidos, foi provavelmente com um pistoleiro contratado. Os Huevo não parecem gente que executa suas próprias mortes.

Dan fez sinal para o garçom trazer outra cerveja.

— Ray Huevo não contrataria. Ele tem gente em sua organização que faria o trabalho com prazer.

Enchi a mão de amendoim.

— Você está dizendo que Ray é meio sinistro?

— Ray é muito sinistro. Escrevi uma matéria sobre a família, um tempo atrás. Era quase impossível obter informações sobre Ray. Ele não fala com ninguém, seu escritório fica num prédio separado, a meio quilômetro do centro das empresas Huevo. Acabei recebendo permissão para entrar no prédio, mas nunca passei do primeiro andar. É o braço de pesquisa e desenvolvimento da Huevo, só Deus sabe o que eles desenvolvem lá. As pessoas que de fato entraram no prédio me disseram que é cheio de laboratórios químicos e tralha de informática e parece ficção científica.

"Acabei não escrevendo nada sobre ele, pois não consegui verificar coisa alguma além do endereço do escritório. O que eu desconfio é que, toda vez que algo nebuloso aparece, acaba apontando para Ray. Ele tem fundos de desenvolvimento que poderiam comprar um país de Terceiro Mundo e metade dos políticos do nosso."

— Você acha que Ray é sinistro o bastante para matar o irmão?

— Acho que Ray é sinistro o suficiente para fazer qualquer coisa, mas não sei qual seria seu motivo para assassinato. Para mim, parece que Ray tem seu próprio pequeno império.

A poeira começava a assentar em volta de Brutus e Delores. A aglomeração já havia reduzido a uns e outros que sempre estavam na área e Delores parecia irritada, como se mal pudesse esperar para chegar em casa e pegar seus chicotes e correntes e dar uma surra daquelas no Dickie.

— Vou dar meus parabéns — eu disse a Dan. — Você vem?

— Falei com eles na corrida. Acho que não aguento uma segunda vez.

Deixei uma nota de cinco no bar e fui até Brutus. Estiquei a mão e sorri.

— Parabéns, você fez uma corrida muito boa.

— Obrigada — disse ele. — Onde está Hooker? Eu gostaria de dar os parabéns a ele, pelo segundo lugar.

— Eu transmito o recado. — Provavelmente devo tirar as balas do revólver primeiro.

— Vi vocês sentados no cais. Que diabos estavam fazendo?

— Só dando um tempo.

— Parecia que vocês estavam nos vigiando.

— Não. Só dando um tempo.

Delores meteu o bedelho, do nada.

— Ah, é? Bem, por que você começou a gritar quando o assistente de Ray a convidou para tomar café? Para começar, foi muita falta de educação sua estar ali quando Dickie e eu éramos convidados no iate. Sabíamos o que vocês estavam fazendo. Estavam tentando estragar nossa diversão. Estavam com inveja porque estávamos num iate, porque fracassados que chegam em segundo lugar não são convidados para iates.

E é por isso que todos amam Delores. Eu queria falar com Brutus a sós, mas Delores não se afastava mais que meio centímetro. Era de admirar que o deixasse pilotar o carro sem ela.

— Minha nossa — eu disse a Delores. — Você está com uma semente preta enorme entre os dentes da frente. Estava comendo aqueles biscoitinhos que eles misturam com os amendoins?

Delores passou a língua nos dentes.

— Saiu?

— Não — eu disse a ela. — Você deveria ir até o banheiro e dar uma olhada. É enorme e preta.

— Uuh — disse ela. E foi para o banheiro.

— Não vi semente nenhuma — disse Brutus.

— Eu queria falar com você. A sós.

— Achei que você fosse a garota do Hooker.

— Sou a observadora dele. E não gostei do que estava vendo no domingo.

— Você quer dizer eu ganhando?

— Não. Quero dizer você trapaceando. Havia controle de tração no 69.

— Pilotei aquele carro pra arrasar. E foi tudo legal.

— Nada daquilo foi legal. O 69 tinha um chip de computador escondido no manete do câmbio e o chip regulava a velocidade do motor.

— Está bem. E o Batman vai ser meu chefe de equipe no ano que vem. Moça, a senhora está pinel. Precisa parar de tomar drogas.

— Você deveria perguntar ao Ray Huevo sobre isso. E, se não era você que estava controlando a velocidade do motor, deveria falar com seu observador.

— O que o Bernie tem a ver com isso?

— O chip é operado por controle remoto, e você e Bernie são os únicos que poderiam efetivamente comandar o controle remoto.

— Não vou perguntar nada a ninguém — disse Brutus. — Vão pensar que estou maluco. E como é que você sabe sobre isso tudo?

Estava bem certa de ter alcançado meu objetivo. Não havia como ter certeza, mas eu apostava que Brutus não sabia sobre o chip. Fui embora do bar e atravessei a rua, rumo ao meu apartamento. Coloquei a chave na fechadura e a porta abriu. A porta não estava trancada. Se isso tivesse me acontecido um ano antes, eu não teria pensado duas vezes. Dez meses atrás, tudo isso mudou e fiquei escolada em arrombamento. Meu irmão tinha se envolvido em muita encrenca, e eu havia ido até a Flórida procurar por ele e me deparei com seu apartamento saqueado. Portanto, encontrar minha porta destrancada, quando eu estava razoavelmente confiante de tê-la deixado trancada, foi meio como um *déjà-vu*.

Recuei e liguei para Hooker do celular.

— Isso provavelmente é bobeira — disse a ele —, mas acabo de voltar do bar, a porta do meu apartamento está aberta e tenho quase certeza de que tranquei.

— Volte ao bar e espere por mim.

Meia hora depois, Hooker apareceu no bar. Só alguns clientes habituais ainda estavam. A maioria assistia a um jogo de hóquei na televisão, presa no alto. Hooker não era novidade para esse pessoal.

Fomos lá para fora e olhamos para cima, para minhas janelas. Nenhuma figura sombria passando pelas cortinas. Verificamos o estacionamento. Nenhum pistoleiro esperando com o motor ligado.

– Certo – disse Hooker. – Vamos lá. Vamos até lá ver se tem alguém em casa.

– Tem certeza? Isso parece meio perigoso. E se realmente houver alguém lá?

– Eu detestaria isso. Estava contando em parecer o herói sem o verdadeiro contato com o bandido.

Hooker me puxou para a sombra e gesticulou para que eu ficasse em silêncio. A porta do apartamento foi escancarada e o Cavalo e o Careca saíram. Eles seguiram para o estacionamento e entraram num carro. O motor foi ligado e eles sumiram na noite.

– Estou com uma câimbra num lugar bem desconfortável – disse Hooker. – A ideia de Fominha de se mudar para a Austrália está começando a me interessar.

Saí da sombra, fui de fininho até minha porta e entrei. Hooker agarrou meu braço e me puxou de volta quando pus o pé no primeiro degrau.

Hooker estava com a arma na mão.

– Deixe-me ir na frente.

Dez meses antes, quando eu e Hooker nos envolvemos no desaparecimento de meu irmão, descobrimos algo sobre nós mesmos. Uma das coisas que descobrimos é que ambos podemos ser heroicos se precisarmos... mas preferimos que não precisemos. Eu estava totalmente tranquila em deixar Hooker ir na frente. Afinal, ele era bom de liderança. E tinha um revólver.

Eu o segui escada acima, o tempo todo na expectativa. Ele parou ao chegar no alto e olhou em volta. Gesticulou para que eu ficasse, depois entrou num cômodo de cada vez, para ter certeza de que não havia ninguém ali.

— Parece que estamos a sós — disse ele ao voltar. — Se estavam procurando alguma coisa, foram bem caprichosos. Nada parece fora do lugar.

Enchi minhas bolsas de viagem e dois sacos marrons de compras com roupas e coisas essenciais. Ainda não tivera chance de comprar comida, portanto havia muito pouco na geladeira com que me preocupar. Apaguei as luzes e passei um dos sacos para Hooker.

— Pelo que posso ver, eles fizeram uma busca decente. As coisas estavam desarrumadas nas gavetas. Minha cama foi desmanchada.

— Estavam procurando o chip — disse Hooker.

— Felizmente estou com o chip no bolso — eu disse.

— Acho que está na hora de procurarmos ajuda. Provavelmente ontem já era hora de buscar ajuda, mas eu estava torcendo para que tudo passasse. Acho que devemos ir para minha casa esta noite. Vamos estar seguros lá. Logo de manhã, ligamos para o Skippy e vemos se ele pode mandar um advogado da NASCAR ou, pelo menos, um cara de relações públicas quando falarmos com a polícia.

Gus Skippy é vice-presidente de um monte de coisas. Ele era originalmente de jornal, e agora era um cara que resolvia todos os problemas para a NASCAR, além de ser psicólogo, babá, ícone de moda e o guru das comunicações que descia o cacete na NASCAR, em milhões de situações que aconteciam durante a temporada. Ele circulava com um cara grandão chamado Herbert, que era conhecido como o prefeito da NASCAR. Ambos eram bons garotos da Carolina, e os dois juntos formavam a dupla estranha da NASCAR.

Descemos a escada, trancamos a porta e caminhamos por uma quadra. Hooker havia tomado a precaução de estacionar distante do meu prédio. Ele estava dirigindo a Blazer preta e Beans esperava, com o focinho pressionado no vidro traseiro.

Hooker seguiu para o norte, para Mooresville, pelas inúmeras estradas paralelas que conduziam à sua propriedade. Ele tinha perto de cinquenta acres e havia colocado a casa precisamente no centro, atrás de um punhado de pinheiros. A casa quase não era visível aos carros que passavam. Ele havia mesclado pequenos lotes e três pequenas casas rurais vieram junto na compra das terras. Duas das casas eram alugadas a membros das equipes. A terceira ficava à beira da entrada da garagem de Hooker e servia como uma guarita. Butchy Miller morava na casa do portão.

A história era que Butchy era o herói local do futebol na época do ensino médio, que acabou se perdendo em esteroides, cresceu desproporcionalmente e ficou com o pinto encolhido até se tornar inútil, desenvolvendo problemas de má-administração da raiva. Ele sempre perdia no pôquer e matava todos de medo, vivos ou mortos. Hooker o considerava o segurança perfeito e o instalou na casa junto ao portão, não por realmente precisar de um segurança, mas por frequentemente precisar de mais um par de mãos no pôquer.

Hooker parou na lateral da estrada e olhou para casa do portão.

– As luzes estão apagadas.

– É tarde. Butchy provavelmente está dormindo.

– Butchy tem medo do escuro. Ele dorme com as luzes acesas. Quando sai, deixa as luzes acesas para não estar escuro quando volta pra casa.

Hooker soltou seu cinto de segurança.

– Fique aqui. Vou dar uma olhada.

Ele correu silenciosamente até a casa e sumiu na sombra. Ressurgiu do outro lado e pude ver que ele estava espiando pelas janelas, dando a volta. Chegou à porta da frente, abriu e entrou. Minutos depois ele surgiu, fechou a porta, correu até o carro e entrou.

– Butchy está morto – disse Hooker, engrenando a marcha, seguindo para a estrada. – Tiro na cabeça. Como Huevo.

– Ai, meu Deus, sinto muito. Ele era seu amigo.

– Não éramos exatamente amigos. Era difícil para qualquer um fazer amizade com Butchy. Era mais como ter um rottweiler paranoico de 150 quilos em sua propriedade. Ainda assim, me sinto mal por ele estar morto. Principalmente porque a culpa provavelmente é minha.

– Ele está embrulhado?

– Não. Está espalhado no chão da sala. Ele tinha um arsenal naquela casa, portanto deve ter sido pego de surpresa. Ou talvez isso tenha sido feito por alguém que ele conhecia.

— Alguém como Bernie Miller?
— Acho que ele não conhecia Bernie. O pessoal da Huevo tende a ficar na deles. E Bernie era novo na área. Bernie entrou em cena como observador de Brutus no início da temporada, assim como você. Ele costumava correr em carros modificados e teve um acidente no ano passado que ferrou seu joelho. Não podia mais pilotar. Arranjou um emprego como observador para a Huevo e o carro 69.

Estávamos passando por uma estrada rural escura.
— Para onde estamos indo? — perguntei a Hooker.
— Não sei. Queria abrir um pouco de distância entre a gente e a cena do crime. Tropecei no alarme de propósito ao sair. Se houver alguém na casa principal, a polícia irá flagrá-los quando chegar para investigar.
— E encontrarão Butchy?
— Sim, a polícia vai encontrar Butchy e cuidar dele. Ele é um garoto local. Todos conhecem Butchy.
— Você não acha que devemos voltar e esperar pela polícia?
— Querida, neste momento estou com mais medo do homem com a arma do que da polícia. Com a polícia, uma coisa vai levar à outra, e eles vão querer que a gente fique na área. Não sei se isso é boa ideia. Receio que possamos virar alvo fácil.

Hooker dirigiu até um motel barato em Concord. Eu nos registrei com nomes falsos e paguei em dinheiro, torcendo para que ninguém tivesse visto Hooker e Beans entrando escondidos. Era um quarto de motel comum, com carpete industrial e colcha florida escuros, para ocultar manchas de vinho barato. Nada de consumo de vinhos Childress por aqui. Esse quarto era mais do tipo de vinho de garrafão. Eu me sentia como se tivesse ficado num zilhão desses quartos desde o início da temporada. Encontramos um balde plástico de gelo, que enchemos de água e colocamos no chão para Beans.

Hooker e eu fomos para a cama e ficamos de um lado para outro, sem conseguir dormir a noite inteira. Desistimos quando o dia raiou e ligamos a TV para assistir ao noticiário local.

A equipe de filmagem estava em frente ao portão da casa de Hooker. Toda a casa estava cercada de fita amarela, restringindo o acesso à cena do crime. A fita seguia pela entrada da garagem de Hooker, limitando o tráfego. O repórter que fazia a cobertura local estava falando sobre Butchy. Morto com um tiro na cabeça. Encontrado em sua sala de estar. Ninguém na casa principal. A polícia estava em busca de Sam Hooker. Procurado para interrogatório.

Hooker estava com a cabeça entre as mãos.

– Eu me sinto realmente mal por Butchy.

Eu me recostei nele.

– Você foi legal com Butchy. Deu-lhe um lugar para morar quando ele não tinha dinheiro nenhum. Deu-lhe emprego quando ninguém o contratava. Você o convidava para jogar pôquer.

– Fiz com que ele fosse morto.

– Não fez, não.

– Dei o ponto de partida.

Eu queria consolar Hooker, mas não tinha uma boa resposta para ele. No momento, estava fraca de ideias inteligentes. Estava cansada. Confusa. Com medo.

Tirei uma touca de tricô de uma das bolsas e enfiei na cabeça.

– Vou levar Beans para dar uma volta, depois vamos tomar café.

Fechei o zíper da jaqueta de inverno por cima da camiseta de mangas compridas e enfiei o cartão do quarto no bolso, junto com as chaves da caminhonete. Prendi a coleira em Beans e o levei para fora do quarto, descendo pelo corredor, em direção ao ar frio da manhã.

O céu era de um azul impecável. O sol ainda não estava à vista. Estava frio o suficiente para que meu hálito fizesse nuvens geladas e eu podia sentir o ar frio colando em minha cabeça, fazendo meu cérebro pegar no tranco. Beans e eu éramos os únicos no estacionamento. Nós o atravessamos até um campo gramado e andei até que Beans esvaziasse. Coloquei-o na caminhonete e fui em busca de café.

Capítulo 9

Hooker estava de banho tomado e barbeado quando voltei ao quarto do hotel.

– Espero que você não se importe – disse ele. – Peguei seu barbeador emprestado. Compensei o tom cor-de-rosa xingando bastante enquanto me barbeava.

– Tudo bem quanto ao barbeador. Quando você começar a pegar minhas calcinhas emprestadas, vamos precisar conversar.

Tirei dois copos de café e dois de suco de laranja de um saco, e o outro estava cheio de sanduíches. Entreguei um sanduíche a Hooker, fiquei com um para mim e dei o resto do saco para Beans.

– Tudo o que você pode querer para o café da manhã, exceto panquecas – eu disse a Hooker. – Um ovo, croquete de linguiça, queijo e um pãozinho.

– Humm... – disse Hooker, com vontade. Comida para gourmet era um desperdício com Hooker.

Terminei meu sanduíche, o suco e o café e tomei um banho. Hooker havia voltado a assistir a televisão quando saí do banheiro.

– Isso não é bom – disse ele. – Eles estão dizendo que a arma do crime usada em Butchy também foi usada em Oscar Huevo. Estou sendo procurado para interrogatório pela polícia local e pela de Miami. E detesto lhe dizer isso, mas eles também estão procurando você.

– Eu?

Como se fosse cronometrado, meu telefone celular tocou. Era minha mãe.

– Acabo de chegar em casa, do cruzeiro, e ouvi seu nome na televisão – disse ela. – Disseram que você está sendo procurada pelo assassinato de dois homens.

– Não. Só estou sendo procurada para interrogatório. E foi tudo um engano. Não se preocupe com isso. Estou bem.

– Não deixe que levem você para a cadeia. Vi um programa sobre isso uma vez. Eles ficam vendo na televisão quando você vai ao banheiro.

Isso era mais informação do que eu precisava naquele momento.

– Minha mãe – eu disse a Hooker quando desliguei. – Ela sugeriu que eu não vá para a cadeia. Acha que eu não ia gostar.

– Se você não quer ir para a prisão, precisamos sair deste motel – disse Hooker. – É fácil demais localizar minha caminhonete aí no estacionamento. Há uma fábrica vazia que está à venda, na estrada para Kannapolis. Está vaga há mais de um ano. Fui dar uma olhada há alguns meses, pensando em comprar para fazer uma loja. Talvez construir meus próprios carros, um dia. Não era ideal para isso, mas pode servir como esconderijo até acharmos que isso tudo passou. Lá não tem alarme, então será fácil entrar. E fica num trecho recluso da estrada.

Acrescentei arrombamento à minha lista de crimes.

O prédio havia sido originalmente uma fábrica de ferramentas e moldes. Quando a fábrica faliu, o lugar foi depenado e usado para estocar óleo de motor e outros produtos automobilísticos. Esses produtos também se foram e agora estávamos num prédio cavernoso e sinistro, escuro e úmido. Ele não estava trancado e uma das portas da garagem havia sido deixada aberta, então só éramos culpados por entrar. Hooker entrou com a caminhonete e estacionou perto da parede, de maneira que ficávamos na sombra, sem visibilidade pelo lado de fora.

– Por um período curto, achei que as coisas podiam voltar ao normal – eu disse a Hooker. – Mas agora elas estão piores do que nunca.

– Um passo para a frente e dois para trás. Vamos tentar repassar umas coisas. Sabemos que Ray estava usando tecnologia ilegal para trapacear. Não temos certeza do motivo, pois Ray nunca pareceu interessado em corridas. Também sabemos que Ray emprega dois capangas que matam gente. Não temos certeza absoluta, mas parece que Ray sabia que o irmão estava no armário. Na verdade, há grande chance de Ray ter matado Oscar.

— Há algo pesado acontecendo. Algo que não entendemos — eu disse a Hooker. — Tem de haver mais coisa acontecendo além de trapaças na corrida.

— Concordo. Precisamos descobrir por que Ray matou o irmão.

— Você acha que a Madame Zarra e sua bola de cristal podem nos dizer?

— Acho que Ray nos diria. Tudo que temos a fazer é raptar Ray e descer-lhe o cacete até ele falar conosco.

Senti meu queixo cair e acho que devo ter feito uma expressão de horror tão grande quanto o que sentia.

— O que foi? — disse Hooker.

— Você tem um plano alternativo?

— No momento, não.

— O que faz você pensar que ele falaria se batêssemos nele?

— Já apanhei muito e *sempre* falo.

— Vamos manter a suposição de que os chips têm algo a ver com os assassinatos. Ray realmente quer aquele chip de volta.

— Se déssemos o chip à NASCAR, ele poderia perder o campeonato — disse Hooker.

— É, mas ele nunca ligou para o aspecto das corridas no negócio. Por que agora se importa tanto com o campeonato? E seu irmão morto levaria a culpa. Ray diria não saber nada a respeito. Sairia limpo. De qualquer forma, a NASCAR daria uma multa, algumas sanções, mas não tirariam o campeonato. Eles teriam de desfazer muitas coisas que já estão em andamento. Fotos e transmissões via satélite e participações na televisão. Sem mencionar os favores no banquete da semana que vem.

— E daí?

— Acho que há algo mais em relação ao chip.

— Como se tivesse um código secreto de James Bond gravado que pudesse destruir o mundo?

— Nada assim tão glamuroso. Eu estava pensando em algo mais como Steven nos disse... uma inovação em tecnologia da computação. Ou uma bateria nova e melhor.

Hooker pareceu em dúvida:

— Você acha que alguém mataria por uma bateria melhor?

— Uma bateria melhor poderia valer muito dinheiro.

Hooker beijou minha nuca.

— O que está fazendo? – perguntei.

— Ficando amistoso.

— Não tem essa de ficar amistoso. A gente não tem mais esse negócio de fazer amizade.

Hooker era um bom amante pelo mesmo motivo que o fazia um bom piloto de corridas. Ele jamais desistia. Não importava se estivesse chegando perto do líder, ou vinte voltas atrás, ele se empenhava da mesma maneira. E se estiver numa velocidade estável é apenas para se reorganizar. Hooker não era um cara que desistia... nem num carro, nem na cama. E, aparentemente, essa característica se estendia a não desistir de relacionamentos fracassados. Ah, mas que inferno, do que é que eu sei? Talvez ele simplesmente não tenha se divertido muito no banheiro essa manhã.

— Suponha que iremos para a cadeia. Imagine que os caras malvados nos encontrem e nos matem? Você não quer ter mais um orgasmo? – perguntou Hooker.

— Não!

Hooker me beijou e, de alguma forma, quando eu não estava prestando atenção, sua mão tocou meu seio. No fim das contas, os pilotos de corrida também não são bons com a palavra *não*. *Não* é uma palavra que eles não compreendem inteiramente.

— Na frente do cachorro não – eu disse a Hooker, empurrando sua mão.

— O cachorro não está olhando.

— O cachorro *está* olhando.

Beans tinha saído da área do bagageiro e viera para o banco traseiro. Eu podia sentir seu hálito em meu pescoço.

— Você ficaria amistosa se o cachorro não estivesse olhando? — perguntou Hooker.

— Não. Você poderia, por favor, conter sua libido? Tenho algumas ideias. Podemos falar com o observador de Brutus.

— Você quer dizer que poderíamos lhe descer o cacete.

— É, está bem. Poderíamos lhe descer o cacete. De qualquer forma, parece haver potencial de informação ali. Ou poderíamos invadir o setor de pesquisa e desenvolvimento da Huevo...

— Fica no México — disse Hooker. — Não que seja impossível ir para o México, mas a polícia provavelmente cercou meu avião. Teríamos de ir em um voo comercial. E isso seria arriscado.

— E quanto a residências? Ray Huevo tem alguma casa na área de Concord?

— Oscar tem uma casa no lago Norman. Não sei o quanto ele a usava. Sei que a sra. Oscar não era muito fã da Carolina do Norte. Às vezes, eu ouvia dizer que Oscar estava na cidade, mas nunca o vi por aí. Acho que era para... cuidar de negócios e sair de Hicksville. Creio que Ray não tenha nada aqui. Talvez haja um condomínio em algum lugar.

— Estou deixando algo de fora?

— Os capangas. O Cavalo e o Careca. Podíamos tentar alguma coisa com eles.

— Como fazê-los confessar o assassinato de duas pessoas?

— É — disse Hooker. — Claro que teríamos de lhes descer o cacete.

— Estou vendo que você está seguindo um padrão nisso.

— Meus talentos são limitados. Basicamente, só sou bom em três coisas. Sei pilotar um carro. Sei descer o cacete em alguém. E você conhece a terceira. Envolve um monte de gemidos da sua parte.

— Eu não gemo!

— Querida, você *geme*.

— Isso é constrangedor. Vamos falar de descer o cacete nos outros. Quem você iria querer pegar primeiro?

— O observador, Bernie Miller. — Hooker discou um número no celular. — Preciso de ajuda – disse ele. — Não, não esse tipo de ajuda, mas obrigado. Posso precisar depois. Neste momento, só preciso de informação. Preciso do endereço de Bernie Miller, observador de Brutus.

Hooker segurou o telefone entre o ombro e a orelha, ouvindo e remexendo no console e no compartimento da porta. Ele arranjou uma caneta e um guardanapo amassado do Dunkin' Donuts e me deu, repetindo o endereço. Ele desligou e engatou a marcha da caminhonete.

— Miller se divorciou recentemente, portanto, com um pouquinho de sorte, ele estará sozinho em casa.

— Para quem você ligou?

— Nutsy. Ele ofereceu seu avião, caso eu precisasse sair rápido do país.

Nutsy pilota o carro Krank's Beer. Ele é um dos pilotos mais velhos e um cara muito bom. Conhece todo mundo e provavelmente já esqueceu mais sobre corridas do que eu conseguiria aprender.

— Aquele endereço que você me deu fica no lago – eu disse a Hooker. – É um bairro bem caro para um observador.

— Talvez ele possa dar a você algumas dicas financeiras enquanto estivermos batendo nele – disse Hooker, ligando a caminhonete e engrenando a marcha.

Não era um trajeto tão longo até a casa de Bernie Miller, mas eu estava tendo um ataque de ansiedade, e a viagem parecia interminável. Era meio-dia quando entramos na rua sem saída em que ele morava. A casa parecia nova. Provavelmente, não tinha mais que dois anos. O quintal estava caprichosamente cuidado, com canteiros de flores e arbustos esculpidos que ainda não haviam atingido seu vigor pleno. Um Taurus cinza estava estacionado na entrada da garagem.

— Então, como fazemos com esse negócio da surra? – perguntei a Hooker. – Simplesmente tocamos a campainha e depois lhe damos um soco quando ele atender?

Hooker sorriu para mim.
— Está entrando nesse astral de brutalidade?
— Só estava imaginando. Talvez essa abordagem seria agressiva demais para um cara com um Taurus cinza estacionado na porta. Essa talvez fosse a abordagem se fôssemos falar com um cara que morasse num trailer.
— Eu já morei num trailer.
— E?
— Só falei para ilustrar — disse Hooker.
— Você tomava muito soco?
— Não. Eu costumava atender a porta de revólver na mão.
Olhei a casa.
— Isso pode atrasar nosso processo de entrevista. Pode ser difícil descer o cacete num cara que atende a porta com uma arma na mão.
Demos um tempo na rua, não na frente da casa de Miller, mas uma casa depois. Hooker passou devagar pela casa de Miller e continuou descendo a quadra até a esquina. Ele fez um retorno em U e voltou pela rua. Encostou junto ao meio fio e estacionou. Agora estávamos do outro lado da rua, em frente à casa de Miller. E uma casa adiante.
— Você não parece muito ansioso para fazer isso — eu disse a Hooker.
— Estou analisando a cena — disse Hooker.
— Achei que você estivesse com os pés frios.
— Não fico com os pés frios. Fico com o saco arrepiado e os músculos contraídos. Diarreia, às vezes. Pé frio, jamais.
Beans levantou, deu duas voltas e se espalhou de novo, com um grande suspiro canino.
— Estamos esperando seu relaxamento muscular? — perguntei a Hooker.
— Não me sinto à vontade com isso. Não gosto do carro que está parado na entrada da garagem. Conheço muita gente que não usa a garagem, mas, de alguma forma, isso parece estranho. E não imagino Bernie dirigindo um Taurus cinza.

A porta da garagem de Miller abriu e nós dois nos abaixamos em nossos bancos. Um motor de carro foi ligado na garagem de Bernie. O Cavalo saiu correndo da garagem e entrou no Taurus. O motor do Taurus foi ligado e o carro deu ré, parando diante da casa de Miller. Um Lexus azul saiu e passou pelo Taurus. Bernie não estava dirigindo o Lexus. O Careca é que estava.

– Isso não está ajudando no meu relaxamento muscular – disse Hooker. – Na verdade, só está piorando.

Seguimos o Taurus e o Lexus até a saída do bairro, virando para sul na Odell School Road. Depois de alguns quilômetros os dois carros saíram da Odell, entrando numa estrada de terra, e sumiram numa pequena floresta. Era o tipo de estrada usada pela garotada para beber cerveja, fumar bagulho e engravidar sem planejamento. Hooker passou pela estrada e estacionou na entrada de garagem de uma casa amarela e branca, estilo colonial. Havia uma bicicleta e uma piscina plástica no quintal da frente. Era novembro e a piscina estava vazia. Estávamos logo adiante, na estrada de terra.

– E agora? – perguntei.

Hooker se remexeu no banco e olhou para trás, para a Odell.

– Ficamos sentados esperando. Acho que a estrada de terra não dá em lugar algum.

Dez minutos depois os dois carros reapareceram, voltaram para a Odell e seguiram para o sul, passando por nós sem olhar para o lado. Hooker engrenou a marcha da caminhonete e os seguiu.

O ar ainda estava fresco, mas o céu já não estava mais azul. Estavam se formando nuvens e ameaçava chover. O Lexus pegou a Derita Road, e o Taurus o seguiu. Passamos pela entrada do aeroporto. O prédio corporativo da NASCAR ficava à direita. Os dois carros continuaram em frente e finalmente viraram na direção da Concord Mills Boulevard e, depois de alguns minutos, entraram no estacionamento do shopping.

O Concord Mills é um shopping gigantesco. Mais de duzentas lojas, 24 cinemas, simuladores de corridas de carro, pistas interna e externa de kart. Era sábado, começo da tarde, e o estacionamento estava abarrotado. O motorista do Lexus nem se preocupou em procurar uma boa vaga. Foi direto até o final da linha de carros, onde havia espaço para estacionar. O Taurus estacionou ao seu lado, os dois homens saíram e foram em direção ao shopping.

Estávamos na fila adiante.

– Isso é estranho – disse Hooker. – Os capangas de Huevo dirigindo dois carros, um dos quais imagino pertencer a Bernie, depois irem fazer compras.

– Talvez não seja o carro de Bernie. Talvez esses caras estejam com Bernie e dirijam seus próprios carros. Talvez Bernie esteja mais atolado nisso do que pensamos.

Uma chuva fina começou a cair no para-brisa. Hooker estava com o telefone numa mão e na outra segurava o guardanapo da Dunkin' Donuts com o endereço e o telefone de Miller. Ele discou o número e esperou.

– Ninguém atende – Hooker finalmente disse.

Olhamos para o Lexus.

– Talvez Miller esteja sublocando a casa para os bandidos – eu disse.

Hooker balançou a cabeça.

– Acho que é possível.

Soltamos nossos cintos de segurança, saímos da caminhonete, fomos até o Lexus e olhamos dentro. Nada de extraordinário. Limpo. Nada de guardanapos da Dunkin' Donuts.

– Belo carro – eu disse, olhando de novo. – Exceto pela goteira na traseira. – Eu me curvei para olhar mais de perto. – Ah, não.

– Ah, não o quê?

– A goteira é vermelha e eu acho que está vazando de dentro do porta-malas.

Hooker veio e se agachou ao meu lado.

– Ah, não. – Ele ficou de pé e bateu na tampa do porta-malas. – Olá?

Ninguém respondeu.

Hooker correu os dedos pela mala.

– Precisamos abrir esse troço.

Tentei a porta do motorista. Aberta. Os imbecis não haviam trancado o carro. Estiquei o braço e soltei a tampa do porta-malas.

— Ah não duplo – disse Hooker quando a tampa abriu.

As gotas vermelhas estavam vindo de Bernie Miller. Ele estava curvado na mala, e haviam atirado nele... todo.

— Gostaria de não estar olhando para isso – eu disse a Hooker.

— Você vai desmaiar ou ficar histérica, não vai?

Mordi o lábio inferior.

— Pode ser.

— Veja pelo lado positivo. Um cara a menos para descer o cacete.

— É, mas é um crime contra a natureza fazer isso com um Lexus. O forro da mala vai ficar arruinado.

Isso era o melhor que eu conseguia demonstrar de coragem. A alternativa era chorar desvairadamente.

Hooker fechou a tampa.

— Esses caras estão progredindo na limpeza de casa. Já que colocaram Bernie em seu próprio carro e o mataram em sua propriedade, acho que vão dar sumiço nele. A pergunta do dia é... por que estacionaram com ele aqui?

Olhei para trás, bem na hora em que o Cavalo e o Careca saíram. Cada um deles estava segurando um copo de café para viagem.

— Parece que estacionaram aqui para pegar cafés triplos – eu disse a Hooker.

— Cara, isso é ruim. Matar um cara e depois estacionar para ir comprar café. Isso é bem *Sopranos*.

A chuva deixara de ser fina e chovia pra valer, e os caras vinham em nossa direção, de cabeça baixa, se molhando. Nós nos abaixamos e nos escondemos atrás de uma van.

— Você deveria dar voz de prisão – sussurrei a Hooker. – Essa é nossa grande chance. Podemos pegá-los com a mão na massa. Onde está seu revólver?

— Na caminhonete.

Os homens de Huevo estavam entre nós e a caminhonete.

— Você tem um plano que não envolva uma arma? – perguntou Hooker.

— Você poderia ligar para a polícia.

Hooker olhou para a caminhonete e sua boca se apertou só um pouquinho, nos cantos.

– Você tem um plano que não envolva um telefone?

Os dois homens de Huevo entraram em seus carros, deram ré e saíram dirigindo. Hooker e eu corremos para a caminhonete e em segundos estávamos seguindo o Lexus. A chuva aumentava e os limpadores de para-brisa trabalhavam sem parar. Eu estava inclinada para a frente no banco, tentando enxergar.

– Eu os perdi – eu disse a Hooker. – Não consigo ver com a chuva.

Hooker ficou preso no trânsito.

– Também não consigo vê-los e não posso seguir. É só começar a chover e fica todo mundo doido.

Eu estava com o telefone na mão, cogitando uma ligação para a polícia. Mas não tinha números de placas para dar. Nem tinha credibilidade. A chuva estava lavando o sangue do asfalto.

Beans estava em pé, ofegante. Hooker abriu uma fresta na janela para ele, mas Beans continuava bufando.

– Ele provavelmente precisa fazer xixi – eu disse a Hooker. – Ou coisa pior.

Hooker saiu do estacionamento, voltou para a Concord Mills Boulevard e encostou ao ver uma ilhota de grama. Cinco minutos depois, Beans e Hooker estavam de volta no carro, e ambos estavam encharcados.

– Que droga – disse Hooker. – Precisamos fazer alguma coisa para reverter esse negócio, porque só piora e eu estou perdendo meu bom humor.

– Talvez você precise de almoço. – A comida sempre resolveu todos os problemas em minha família.

A Concord Mills Boulevard atravessa a Rota 85 e se transforma na Speedway Boulevard. Toda loja de rede de alimentação imaginável tem uma filial naquele pedaço da estrada. Hooker entrou com o carro num drive-thru e pedimos comida para viagem. Depois, espertamente, nos ocultamos por trás dos vidros embaçados e das rajadas de chuva que caíam no estacionamento da Cracker Barrel.

Enchi nosso balde de gelo roubado do motel com água para Beans e dei a ele um monte de hambúrgueres. Hooker e eu tínhamos milkshakes, batata frita e hambúrgueres.

Hooker comeu a última batata e sugou o finzinho de seu milkshake.

– É impressionante como o consumo de grandes quantidades de sal e gordura entupidora de artérias sempre me deixa feliz – disse Hooker.

– Não fique feliz demais. Temos muitos problemas.

– Precisamos encontrar aqueles dois caras.

– Como faremos isso? Nem sabemos seus nomes.

Hooker ligou novamente para Nutsy.

– Preciso de mais algumas informações. Há dois caras procurando por mim. Eles fazem parte da folha de pagamento da Huevo. Provavelmente trabalham para o Ray. Músculos de terno. Um cara é grande e tem uma cobra tatuada na parte de trás do pescoço. Cabelo escuro cortado bem curto. Recentemente teve a cabeça amassada. O outro cara é careca. Quero saber quem são e ajudaria se descobrisse onde posso encontrá-los.

Fomos com a caminhonete de volta para o shopping, onde achávamos que ficaríamos em menos evidência, e esperamos. Hooker e Beans adormeceram, mas fiquei acordada. Minha mente não desligava. Eu estava fazendo listas. Pegar a roupa na lavanderia. Comprar um presente para o chá de bebê de Nancy Sprague. Ligar mais para minha mãe. Perdoar Hooker. Levar o carro para a revisão. Mandar consertar a fechadura da porta da frente do apartamento. Adotar um gato. Limpar o armário do corredor. Fazer as unhas.

Depois de duas horas, acordei Hooker e ele mudou de lugar no estacionamento.

– Você acha que vamos conseguir sair disso? – perguntei a ele.

– Claro – disse Hooker. E voltou a dormir.

Era pouco depois das quatro quando Nutsy ligou. Hooker colocou o celular no viva voz para que eu pudesse ouvir.

— Os nomes dos caras são Joseph Rodriguez e Phillip Lucca — disse Nutsy. — O grandão com a tatuagem é Lucca. O nanico careca é Rodriguez. Eles fazem parte da comitiva de Ray Huevo. Reforço de segurança. Geralmente viajam com Ray, mas Ray está em Miami e esses caras estão aqui. Portanto, não sei o que isso significa. Imagino que não seja boa coisa, já que você está atolado na merda até o pescoço e precisa dessa informação.

— Só quero mandar uns doces com um telegrama — disse Hooker. — Eles têm sido legais comigo.

— É, aposto que sim. Não sei onde estão hospedados. Por aqui, eles estão atuando de forma totalmente independente. Imagino que estejam numa dessas redes de hotéis em Concord.

Hooker desligou e começou a ligar para os hotéis perguntando por Joseph Rodriguez. Ele acertou o ouro na quinta ligação. A recepção ligou para o quarto, mas ninguém atendeu.

— Provavelmente estão à nossa procura — eu disse a Hooker. — Ainda têm duas balas no revólver com nossos nomes gravados.

— Precisamos de outro carro — disse Hooker. — A polícia está atrás da gente, e os bandidos também, e, a essa altura, provavelmente todo mundo tem a minha placa.

Eu detestaria ter de me separar do carro. Era bom e confortável. Olhei em volta, no estacionamento.

— O que precisamos é de uma placa diferente. Apenas troque a nossa com a de alguém. A maioria das pessoas nem sequer notaria que a placa foi trocada.

Hooker revirou o console e achou uma chave de fenda. Quinze minutos depois, tínhamos placas novas, e Hooker estava de volta ao carro, ensopado até a alma. Ele jogou a chave de fenda de volta no console e ligou o aquecedor no máximo.

— Se eu não me secar logo, vou começar a mofar.

Ele engrenou a marcha da caminhonete e pegou a estrada rumo ao estacionamento do motel. Manobrou para entrar numa vaga no final do estacionamento, onde tínhamos uma boa visão da porta dos fundos. Era o melhor esconderijo que poderíamos encontrar.

Tínhamos acabado de nos instalar quando o Taurus entrou no estacionamento. Nada do Lexus. Hooker estava com o revólver na mão. Rodriguez e Lucca saíram do Taurus e se curvaram na chuva. Hooker pôs a mão na maçaneta e outro carro entrou e estacionou. Hooker largou a maçaneta.

– Isso é igual a quando você tem uma prova na escola, não sabe metade das respostas e o alarme de incêndio dispara – disse Hooker. – De certa forma, você é salvo, mas vai acabar tendo de voltar à prova e vai se ferrar totalmente.

Rodriguez e Lucca atravessaram o estacionamento e sumiram no prédio. Eles estavam ensopados e seus sapatos e barras das calças enlameados.

– Parece que eles andaram cavando – eu disse a Hooker.

– É, os rapazes andaram ocupados.

– Você acha que eles também enterraram o carro?

– O carro provavelmente está no fundo do lago Norman.

O telefone de Hooker tocou. Era o Nutsy.

– Sabe aquele terreno que você comprou para uma futura loja? – disse Nutsy no viva voz.

– Na Gooding Road?

– É. Tive de passar por lá, agora há pouco, para deixar meu filho na casa de um amigo. De qualquer forma, acho que aqueles caras sobre quem você estava perguntando estavam no seu terreno. Não tenho certeza de que eram eles, por causa da chuva e tudo o mais, mas pareciam se encaixar na sua descrição. O grandão estava com a cabeça machucada. Eles estavam apenas em pé, perto dos carros. Acho que estavam procurando por você.

– Que tipo de carros?

– Um Taurus e um Lexus azul.

Hooker desligou e pousou a cabeça no volante.

– O que foi? – perguntei. Foi quando me toquei: – Ai, meu Deus, você não acha que eles enterraram o Bernie em seu terreno, né? Como saberiam que era seu?

– Todos sabem que é meu. Não comprei o prédio da fábrica de moldes, mas comprei esse galpão. Não comecei a construção, mas tem uma placa enorme na frente, anunciando que ali é o futuro lar da Hooker Motor Sports. – Hooker ligou o motor. – Vamos ter de dar uma olhada. Seria uma jogada esperta deles, se enterraram o Bernie no terreno. Isso amarraria tudo caprichosamente. Há três homens assassinados. Um deles tem marcas de dentes que se encaixam nos dentes do meu cão. Os outros dois são encontrados na minha propriedade. Todos mortos, incontestavelmente, pela mesma arma. E tenho certeza de que eles confiam que estarei morto e não vou me defender.

Dirigimos por um trecho e Hooker entrou num pequeno shopping, que tinha um Wal-Mart.

Ele estacionou e me deu um pacote de dinheiro.

– Compre uma pá... só para garantir. Eu compraria, mas receio ser reconhecido.

Vinte minutos depois saí da loja, empurrando o carrinho na chuva. Eu tinha duas pás, uma lanterna e uma caixa gigante de sacos plásticos. Tudo só para garantir. Eu também tinha um saco de ração canina e três galões de água para o Beans, além de roupas secas para Hooker. E corri até o mercado ao lado, peguei frango assado, alguns biscoitos e uma embalagem de seis latas de cerveja. Coloquei tudo no banco traseiro e entrei no carro.

Abri o saco de biscoitos e dei um para Hooker.

– Espero que a gente não precise usar a pá. Cavar em busca de um cadáver molhado não está na minha lista de atividades prediletas.

Capítulo 10

A chuva havia diminuído para uma garoa contínua e o céu estava bem carregado, com a luz num meio-termo entre o breu e o crepúsculo. O terreno de Hooker ficava numa estrada rural pontilhada por lojinhas de acessórios para corrida e negócios afins. A estrutura era a de um galpão cilíndrico clássico, menor do que aquele em que havíamos estado antes. Era cercado por uma proteção de cimento que conduzia a três baias na parte dos fundos e uma porta dianteira. Depois dessa proteção havia terra e um gramado selvagem. Depois disso havia mato denso.

Hooker dirigiu até os fundos e estacionou. Saltamos e caminhamos pelo terreno. Paramos ao chegar a uma parte do solo ao fundo que havia acabado de ser remexida. Tinha uma ligeira elevação e o cheiro de terra fresca preenchia o ar. Havia pegadas e marcas de pneus na lama ao redor. Os detalhes já haviam sido ocultados pela chuva.

– Porra – disse Hooker. Mais como um suspiro do que um xingamento.

Eu concordava plenamente.

– Como isso aconteceu? – perguntei a ele. – Isso é um pesadelo.

Hooker se virou e caminhou pela lama, de volta até a caminhonete. Eu o segui, já sem ligar para onde pisava. Estava com lama até os tornozelos. Meu cabelo sucumbira e estava todo emplastado no rosto. Meu jeans estava ensopado até minha calcinha. E o frio penetrava até os ossos.

Beans apareceu quando Hooker abriu a porta lateral. Beans demonstrava sua expressão *E aí?*, aparentando querer fazer parte da aventura.

— Perdão, garotão – disse Hooker. – Lama demais. Você vai ter de ficar no carro.

Aqui está a ironia da coisa: o cachorro teria adorado rolar na lama, mas tinha de ficar no carro. Eu queria ficar no carro, mas tinha de chafurdar na lama.

Peguei uma pá e a lanterna e segui Hooker de volta ao local da sepultura. Fiquei em posição, enfiei a pá no chão e joguei terra para o lado. Continuei cavando e despejando a droga da terra. Olhei para cima e vi que Hooker estava me observando.

— Se você continuar cavando assim, vai distender algum músculo – disse Hooker. – E você está com cara de quem está com a calcinha entrando.

— Estou de fio-dental. Está sempre lá dentro.

— Ah, cara – disse Hooker. – Eu gostaria que você não tivesse me dito isso. Agora só vou conseguir pensar nisso.

— Então, fico feliz por ter lhe dado uma distração, pois as outras coisas que temos para pensar não são agradáveis.

Na verdade, eu estava cavando como um demônio por estar furiosa. Não havia justiça no mundo. Tudo isso havia começado como uma boa ação e boas ações não deveriam acabar assim. Qual era a recompensa por ser uma boa pessoa? Onde estava a satisfação?

Enfiei minha pá na terra e bati em algo sólido. Não era uma pedra. Uma pedra teria tilintado. A batida foi abafada e deixou o ar preso em meu pulmão. Puxei a pá e um pedaço de pano grudou na ponta. Minha mente ficou anestesiada e congelei com a pá um palmo acima do chão. Um terror gélido passou pelo meu estômago, minha pulsação batia em meus ouvidos e as luzes se apagaram. Ouvi alguém chamando o nome de Hooker. Acho que era eu.

Quando recuperei a consciência, estava na traseira da caminhonete, e o Beans estava em pé, acima de mim, ofegante. O rosto de Hooker aparecia ao lado do cabeção canino de Beans. Os dois pareciam preocupados.

— Acho que encontrei Bernie – eu disse a Hooker.

— Eu sei. Você ficou branca e caiu de cara na lama. Quase me matou de susto. Você está bem?

— Eu não sei. Pareço bem?

— Sim. Está um pouquinho enlameada, mas vou deixar você limpa e você vai ficar novinha em folha. Está conseguindo respirar pelo nariz, certo?

— Estou. Agora que o encontramos, o que devemos fazer com ele?

— Temos de removê-lo – disse Hooker.

— Sem chance! Que troço horrível. A chuva, a lama e o cadáver provavelmente está cheio de vermes.

— Estou bem certo de que ainda é cedo demais para vermes, mas ali tem uns rastejantes noturnos bravos. Enormes.

Os sinos voltaram a tocar na minha cabeça.

— Eu me sinto como uma ladra de covas – sussurrei.

— Querida, nós estamos fazendo um favor a ele. Ele não quer ficar enterrado atrás da minha loja. Não gostava de mim. Nós o colocaremos num saco de lixo bem limpinho e o levaremos para um lugar melhor. Podemos até comprar algumas flores para ele.

— Flores seriam legais.

Achei ter visto Hooker revirar os olhos, mas podia estar errada. Eu ainda estava meio zonza.

— Fique aqui com Beans – disse Hooker. – Eu consigo terminar.

Fiquei deitada, totalmente imóvel, desejando que minha cabeça arejasse. Beans se aboletou ao meu lado, quentinho e confortável. Quando voltei a sentir os lábios e as pontas dos dedos, saí da caminhonete. Estava escuro e chuviscando. Sem lua. Nem estrelas. Nenhuma luz na rua. Só vários tons de escuridão para diferenciar o céu e o prédio.

Ouvi Hooker antes de vê-lo. Ele estava arrastando Bernie. E parecia segurar Bernie pelo pé, embora fosse difícil saber, já que Bernie estava ensacado e amarrado com cordas extensoras.

— É um tipo meio estranho de corpo – eu disse a Hooker.

— É, eu não sei como ele ficou assim. Devia estar dobrado no porta-malas quando endureceu. A única coisa que posso imaginar é que seus braços esticaram para fora quando ele começou a inchar.

Pus uma das mãos sobre a boca e disse a mim mesma que essa não era uma boa hora para ficar histérica. Eu poderia ficar histérica mais tarde, quando encontrasse um banheiro e pudesse abafar meus gritos com o barulho da descarga.

Beans estava dançando na traseira da caminhonete, latindo, de olho no Bernie.

– Não podemos colocá-lo ali atrás – eu disse a Hooker. – Beans vai querer brincar com ele.

Ele olhou para o bagageiro no teto e olhamos para Bernie. Ele estava em ângulos estranhos dentro dos sacos plásticos pretos brilhosos.

– Ele é pesado – disse Hooker. – Você vai ter de me ajudar a colocá-lo lá em cima.

Tateei cuidadosamente o saco.

– Acho que isso é sua cabeça – disse Hooker. – Talvez seja melhor você vir até aqui e pegar seus pés.

Trinquei os dentes e me atraquei com o que parecia ser um pé, e, depois de muitas manobras, colocamos Bernie no teto do carro. Não tenho certeza se teríamos conseguido se ele não estivesse tão rígido. Hooker prendeu o corpo com os extensores e nós dois demos um passo atrás.

– Até que não está tão ruim – disse Hooker. – Não dá pra saber que é um corpo. Parece um embrulho, como uma bicicleta ou algo assim. Está vendo, não parece que ele tem guidons?

Pus a mão em cima da boca outra vez.

Hooker jogou as pás dentro da traseira da caminhonete e fechou a porta.

– Vamos nessa.

Dez minutos depois, ainda seguíamos, sem incidentes. Enquanto dirigíamos, os sacos grandes revoavam ao vento, mas os extensores estavam segurando. Estávamos seguindo pelo caminho interno, evitando a rodovia. Hooker explicava que, se ele saísse voando do teto, seria mais fácil recuperar Bernie numa estrada de terra.

– Para onde estamos indo? – perguntei a Hooker.
– De volta para Concord. Meu plano original era deixá-lo em algum lugar onde pudesse ser encontrado com certeza. Na porta do escritório da Huevo, ou talvez de volta em sua casa. Mas agora estou pensando que não quero que ele seja encontrado logo. Com a sorte que estou tendo, o Rodriguez e o Lucca iriam achá-lo. E provavelmente voltariam a enterrá-lo na mesma cova rasa. Não quero ter de desenterrá-lo pela segunda vez.

"Ainda gostaria de deixá-lo numa propriedade da Huevo, mas em algum lugar onde ele pudesse ser mantido no gelo por um tempo. Estava pensando que poderíamos deixá-lo num dos caminhões da equipe. Mantemos os nossos estacionados nos terrenos de nossas oficinas, com eletricidade. O ar-condicionado fica ligado o tempo todo, para que os trailers não fiquem com cheiro ruim e a pintura continue legal. Na Huevo provavelmente funciona do mesmo jeito. Podemos colocá-lo dentro do trailer de Brutus. Ele não irá usá-lo até fevereiro. Só temos de baixar a temperatura."

Olhei para Hooker boquiaberta de estupefação.

– O que foi? – perguntou Hooker. – Você tem alguma ideia melhor?

O terreno da Huevo era imenso. Quilômetros de gramado e arbustos mantidos com perfeição, dois prédios brancos reluzentes que abrigavam os escritórios da Huevo, transportadores, carros, as oficinas que montam os carros. Seguimos por entre os prédios até a área da garagem dos transportadores, e como Hooker havia previsto havia seis ônibus estacionados, ligados na eletricidade. Estavam no escuro, sem qualquer iluminação ligada, nem lanternas. Havia alguns spots de segurança acesos no prédio, mas luz alguma alcançava o local dos ônibus.

Hooker estacionou e nós dois saímos e olhamos para Bernie. Ele não parecia ter piorado nada pela viagem. Seus sacos de lixo estavam intactos.

– Você tira os extensores e vou pegar uma toalha – eu disse a Hooker. – Não quero que Bernie molhe todo o trailer de Brutus.

Os trailers têm tranca digital, mas todos no setor do estacionamento dos pilotos usam o mesmo código universal. Eu estava torcendo para que fosse assim onde os trailers estavam guardados. Digitei a sequência de zeros padrão e soltei um suspiro de alívio quando a porta destrancou. Acendi minha lanterna, entrei e achei o caminho até o banheiro. Peguei duas toalhas grandes, deixei uma em cima da cama e levei a outra comigo.

– Está certo, vamos – disse Hooker.

Pegamos Bernie e ele caiu. Foi bem mais fácil tirar do que colocá-lo lá em cima. Hooker pegou o que parecia a cabeça e eu agarrei novamente os pés de Bernie e tentei arrastá-lo para o trailer.

– A porta do trailer é estreita demais – eu disse a Hooker depois de várias tentativas. – Tente virá-lo novamente.

– Querida, nós já o viramos de todas as formas possíveis.

– É esse troço espetado para fora. Só pode ser seu braço. Ele simplesmente não passa pela porta.

– Vá até lá dentro e veja se você arranja algo para lubrificá-lo. Talvez encontre algo escorregadio.

Peguei a lanterna e vasculhei os armários, mas todos haviam sido esvaziados. Eu estava olhando a geladeira quando ouvi um som parecido com uma bola de beisebol batendo no tronco de uma árvore.

Fui até a porta do ônibus e olhei para Hooker lá fora.

– O que foi isso?

– Não sei, mas acho que agora ele vai entrar.

– O que você está segurando atrás das costas?

– Uma pá.

– Isso é nojento. É profanação dos mortos.

– Sou um homem desesperado – disse Hooker.

Espremos Bernie pela porta, sequei os sacos da melhor forma que pude na escada, arrastamos Bernie até o quarto e o colocamos na cama, sobre a toalha.

– Talvez a gente deva tirar o saco – eu disse. – Detesto pensar que alguém pode encontrá-lo e achar que é lixo.

— Não! – disse Hooker. – Confie em mim. Você não vai querer fazer isso. Ele está bem melhor no saco. *Muito* melhor.

Hooker ajustou a temperatura e fechamos a porta, deixando Bernie lá dentro. Demos uma volta com Beans para que ele pudesse fazer xixi e esticar as patas, depois subimos na caminhonete e seguimos para a fábrica abandonada que Hooker não tinha comprado.

A fábrica estava exatamente como nós havíamos deixado. Nenhuma equipe da SWAT. Nada de luz piscante de carro da polícia, nem fita isolando o local do crime. O esconderijo ainda era segredo nosso. Dentro do prédio estava um breu absoluto e frio. Pelo menos estava seco. Tinha um banheiro que funcionava. Levei para o banheiro meu saco de mercado cheio de roupas e me troquei. Quando saí, Hooker já estava vestido e dando comida para Beans.

Ficamos sentados na caminhonete, comemos o frango assado e bebemos cerveja, depois mandamos os biscoitos pra dentro.

— Temos um plano para amanhã? – perguntei a Hooker.

— Temos. Vamos pegar Rodriguez e Lucca e descer o cacete neles.

— E por que vamos fazer isso?

— Para obter informação. Depois que tivermos a informação, vamos fazê-los confessar tudo. Já tenho tudo bolado. Posso programar meu celular para gravar e enviar a confissão para a polícia.

— Isso é legal?

— Provavelmente não. A polícia terá de dar seus próprios sopapos para tirar a confissão de Rodriguez e Lucca e tornar tudo inteiramente legal. Nosso vídeo será mais do tipo *O guia de como solucionar um crime sem prender Hooker e Barney injustamente*.

Acordei enroscada entre Beans e Hooker. A luz estava fraca dentro do prédio onde Hooker havia estacionado a caminhonete, mas o sol estava reluzente por trás da porta aberta da garagem. Beans ainda dormia, suas costas largas e quentinhas junto a mim, sua respiração constante e profunda. Hooker me segurava na pose de estrangulamento. Sua perna estava por cima da minha, seus braços firmemente ao meu redor, suas mãos dentro da minha blusa, uma delas segurando meu seio.

— Ei – eu disse. – Você está acordado?

— Não.

— Você está com a mão dentro da minha blusa... novamente.

— Minhas mãos estavam frias – disse Hooker. – E seus peitinhos estão tão quentinhos.

— Por um instante pensei que você estivesse sendo amistoso.

— Quem? Eu? – E ele passou levemente o polegar sobre meu mamilo.

— Pare com isso! – Eu me esforcei para me esquivar saindo debaixo dele e me arrastei até sentar. – Estou faminta.

Saí da caminhonete e me lavei o melhor possível na pia. Lavei meu cabelo e passei os dedos, para secar um pouco. Hooker usou minha escova de dentes, mas não arriscou a sorte com o barbeador rosa pela segunda vez, então parecia um pouco um homem das montanhas.

Seguimos para o drive-thru do McDonald's, em Concord, e quando Hooker esticou o braço para pegar os sacos de comida ele foi reconhecido.

— Meu Deus – disse a garota na janela de atendimento. – Você é Sam Hooker. A polícia está atrás de você.

Hooker me passou os sacos e os copos de café.

— Desculpe – ele disse à garota. – Ele é meu primo. É uma semelhança de família. Acontece o tempo todo. Às vezes, até dou autógrafos por ele.

— Ouvi dizer que ele é um cuzão – disse a garota.

Hooker fechou a janela e saiu dirigindo.

— Isso foi muito bom – eu disse a Hooker.

Ele atravessou a Speedway Boulevard e procurou um lugar para se esconder. Era domingo de manhã e o estacionamento do shopping estava vazio. Nada bom para nos ocultarmos. Nós finalmente paramos num dos estacionamentos perto dos restaurantes e mergulhamos na comida.

— Então, quanto você conhece desse troço de interrogatório? – perguntei a Hooker.

— Assisto a CNN.
— Só isso? Tudo o que sabe sobre rapto e interrogatório você aprendeu na CNN?
— Querida, eu piloto carros como meio de vida. Não tenho muita oportunidade para interrogatórios.
— E quanto a descer o cacete nas pessoas?
— Nisso eu tenho alguma experiência — disse Hooker.
— Podemos precisar de equipamentos se formos raptar Rodriguez e Lucca — eu disse. — Talvez fosse bom comprarmos um pouco de corda para amarrá-los. E mangueiras de borracha para que você possa bater neles.
— Não preciso de uma mangueira de borracha, mas a corda pode ser útil. E alguns donuts também não fariam mal.

Hooker encontrou um drive-thru do Dunkin' Donuts e pediu uma dúzia sortida. Quando se esticou para pegar o saco, ele foi novamente reconhecido.

— Ei, você é Sam Hooker — disse a garota. — Pode me dar seu autógrafo?
— Claro — disse Hooker. E assinou um guardanapo e saiu, seguindo para a Speedway.
— Não optou pela história do primo? — perguntei a ele.
— Pareceu bom naquela hora.

Terminamos de comer e Hooker me deixou no Wal-Mart, onde comprei corda, algumas correntes e cadeados, fronhas (porque a CNN mostrou terroristas vestindo fronhas) e uma segunda lanterna. Minutos depois, estávamos de volta ao estacionamento do motel, com um olho na porta dos fundos e outro no Taurus. Nada acontecia.

— Por que não estão procurando a gente? — perguntou Hooker.
— Talvez estejam tirando o domingo de folga.
— Não tem essa de domingo de folga se você é um pistoleiro. Tudo mundo sabe disso. Eu poderia fazer muito estrago num domingo. Poderia resolver ir até a polícia. Poderia falar com a imprensa.
— Tudo por você ser ignorado num domingo?

— Poderia acontecer — disse Hooker.

— Você deveria ligar para eles. Dizer para eles que mexam aquelas bundas moles e venham até aqui.

Hooker sorriu.

— Gostei dessa. Não é má ideia. — Ele ligou para o hotel e pediu para falar com Rodriguez. — Ei — disse Hooker, quando Rodriguez atendeu. — Como é que está? Eu só estava querendo saber como vocês vão indo. Achei que estavam procurando por mim. Ray não vai ficar feliz em saber que vocês estão de bobeira, sentados aí de cueca, tirando o dia de folga.

— Quem é? — perguntou Rodriguez.

— Cruzes — disse Hooker. — Quantos caras vocês estão procurando?

— Onde está você?

— Estou no shopping. Pensei em assistir a um filme. Comer um pedaço de pizza.

— Mas você é muito pretensioso, hein?

— Até agora não vi nada que pudesse me preocupar.

— Bundão.

Hooker desligou.

— Duas pessoas num grupo de três não podem estar erradas — eu disse a Hooker.

Nós nos abaixamos em nossos bancos e esperamos para ver se Rodriguez e Lucca iam trabalhar. Era difícil de acreditar que Hooker estivesse vendo um filme ou comendo pizza, mas, se fosse eu, uma curiosidade mórbida me obrigaria a ir checar.

Cinco minutos depois, Rodriguez e Lucca surgiram na porta dos fundos, entraram no Taurus e partiram.

— Eles saíram do hotel e foram direto para o carro — disse Hooker. — Nem procuraram por nós.

— Provavelmente não acharam que seríamos imbecis o bastante para estarmos sentados aqui.

— Sempre acontece comigo — disse Hooker. — As pessoas estão sempre subestimando minha estupidez.

Havia 24 telas de cinema num anexo do shopping. Hooker ficou olhando o Taurus virar na pista do canto e parar no sinal. O sinal abriu e o Taurus atravessou a Speedway Boulevard.

– Mais uma vez para o shopping – disse Hooker, engrenando a marcha da caminhonete.

Hooker provavelmente podia dirigir de olhos vendados.

Rodriguez e Lucca já estavam do lado de fora do carro, caminhando em direção à entrada do cinema, quando entramos no estacionamento.

– E agora? – perguntei. – Você vai atropelá-los? Ou vai raptá-los com a arma em punho?

– Pilotos de corrida não atropelam as pessoas. Você não perde pontos, mas toma uma multa grande e pega serviço comunitário.

– Mas não tem problema raptá-los à mão armada?

– Na verdade, o livro de regras não cobre sequestro.

Hooker seguiu pela faixa e parou atrás do Taurus.

– Você pode fazer algo para que o carro deles não ligue?

– Claro.

Saí e tentei a porta do Taurus. Destrancada. Soltei a trava da tampa do motor e desconectei a mangueira e alguns fios. Voltei para a caminhonete e Hooker seguiu para uma fileira adiante e estacionou.

– Isso faz parte do plano, certo? Desligar o carro deles para que não possam fugir? – perguntei a ele.

– Querida, eu não tenho um plano. Só queria sacanear.

Meia hora depois, Rodriguez e Lucca vieram desfilando de volta para o carro. Estavam falando e cada um tinha um copo de refrigerante. Lucca estava carregando uma caixa de pizza. Entraram no carro e alguns minutos se passaram. Hooker sorria o tempo todo.

– Não posso acreditar que você esteja curtindo isso – eu disse. – Estamos sendo procurados pela polícia. Estamos prestes a sequestrar dois matadores. E você se diverte com eles.

– Você tem de se divertir com o que encontra, querida – disse Hooker. – De qualquer forma, isso desarma o joguinho deles. Dá a eles algo para pensar além de nós.

As portas do carro se abriram, e Rodriguez e Lucca saíram. Eles abriram a tampa do motor para dar uma olhada.

— Provavelmente não sabem diferenciar uma rosca vedante de uma bomba d'água — disse Hooker.

Eles bateram a tampa do motor e olharam em volta, com as mãos nos quadris, injuriados.

Agora eu começava a gostar.

— Nós os deixamos encafifados.

Rodriguez pegou o celular e fez uma ligação. Ele sacudia muito a cabeça. Olhou para o relógio e não estava feliz. Não sou mestre em leitura labial, mas estava óbvio o que ele falou ao telefone.

— Passo errado — disse Hooker. — Isso não é apenas fisicamente impossível, mas também vai trazer a assistência mecânica até aqui, a qualquer hora.

Rodriguez fechou o telefone e olhou mais um pouco em volta. Ele fixou o olhar diretamente em nossa direção e meu coração parou, antes que ele desviasse.

— Ele não nos viu — eu disse.

— Não devem estar no topo da lista dos matadores mais cotados.

— É, e mataram dois homens. Provavelmente três. Imagine quanta gente eles poderiam ter matado se fossem realmente bons.

— Pelo menos mais três — disse Hooker.

Rodriguez passou a mão na careca e olhou novamente seu relógio. Houve uma discussão, Rodriguez sentou ao volante e Lucca, pinto de cavalo, voltou para o shopping.

— Dividir para conquistar — disse Hooker. — Será mais fácil pegar só um deles. Vamos nessa.

Saímos do carro e caminhamos até o Taurus. Hooker estava com seu revólver numa mão e a outra na maçaneta do Taurus. Ele escancarou a porta e apontou a arma para Rodriguez.

— Sai — disse Hooker.

Rodriguez olhou para Hooker, depois olhou para o revólver.

— Não — disse Rodriguez.

— O que quer dizer com não?

— Não vou sair.

— Se você não sair, vou atirar em você.

Rodriguez olhou Hooker de cima a baixo.

— Acho que não. Você não é atirador. Aposto que nunca atirou em nada.

— Eu caço — disse Hooker.

— É mesmo? E o que você caça? Coelhinhos?

— Às vezes.

Tentei não rir.

— Isso é nojento.

— Mulheres não entendem de caça — Rodriguez disse para Hooker. — É preciso ter colhão pra caçar.

Revirei os olhos.

— Agora que vocês, grandes caçadores, já se entrosaram, que tal saírem do carro?

— Esqueça — disse Rodriguez.

— Está certo — eu disse a Hooker. — Atire nele.

Os olhos de Hooker se arregalaram.

— Agora? Aqui?

— Agora! Simplesmente aperte a porcaria desse gatilho.

Hooker olhou ao redor do estacionamento.

— Tem gente...

— Pelo amor de Deus — eu disse —, me dá essa arma.

— Não! — disse Rodriguez. — Não dê a arma pra ela. Eu saio. Cristo, ela quase matou Lucca com um pacote de latas.

Hooker e eu demos um passo para trás, e Rodriguez saiu.

— Mãos no carro — disse Hooker.

Rodriguez se virou e pôs as mãos no carro, e eu o apalpei. Tirei uma arma da cinta lateral do tórax e uma do tornozelo, e seu telefone celular.

O telefone de Hooker tocou.

— Sim? — disse Hooker. — Ahã, ahã, ahã. — Ele virava de um lado para outro. — Ahã, ahã. Sem problemas. Estarei lá. Estou pronto para embarcar no avião.

— Quem era? — perguntei a Hooker quando ele desligou.

– Skippy. Ele queria ter certeza de que eu me lembrava do banquete. Disse que as acusações de assassinato não me excluem.

Era domingo de manhã e Skippy provavelmente já estava em Nova York preparando uma semana inteira de promoção da NASCAR com os dez primeiros pilotos colocados. E ele estava preocupado com razão, pois só tinha nove caras seguramente instalados em seus quartos no Waldorf. Provavelmente, nesse exato momento, seus dedos voavam sobre seu BlackBerry, compondo um artigo sobre mim e Hooker que pudesse ser enviado para a mídia no último minuto.

Hooker esticou o braço para dentro do carro e abriu o porta-malas.

– Entre – disse ele para Rodriguez.

Rodriguez empalideceu.

– Você está brincando.

Rodriguez estava pensando em Bernie Miller. Pensando no quanto era fácil matar um cara no porta-malas. E eu estava pensando que gostava de ver Rodriguez refletir sobre aquilo. Isso não era cinema. Era a vida real. E matar gente na vida real não era legal. Principalmente quando você é o cara que toma o tiro.

– Eu poderia matar você agora – eu disse. – Seria fácil fazê-lo entrar no porta-malas com duas balas na cabeça.

Não podia acreditar que estava falando isso. Eu precisava arranjar alguém para matar uma aranha. E detestava aranhas. Não estava apenas falando essas coisas valentonas... estava quase acreditando nelas.

Rodriguez olhou para dentro do porta-malas.

– Nunca entrei num porta-malas antes. Vou me sentir um idiota.

Imagino que essa seja uma das situações em que ter colhões não conta muito, não é?

Hooker fez um som de impaciência e levantou o revólver, e então Rodriguez entrou na mala, primeiro a cabeça. Ele estava com a bunda para o ar, parecendo o ursinho Pooh olhando na toca do coelho, e quase morri de rir. Não por ser tão engraçado assim, mas porque eu estava beirando a histeria.

Um bando de estudantes passou ao lado, indo para o shopping.

– Olhe, é o Sam Hooker – disse um deles. – Cara!

– E aí, cara? Pode me dar um autógrafo?

– Claro – disse Hooker, me dando a arma. – Tem caneta? – perguntou ao garoto.

– Qual é a desse cara na mala? – um dos garotos queria saber.

– Nós o estamos sequestrando – disse Hooker.

– É isso aí – disse o garoto.

Os estudantes se foram e fechamos a tampa na cara do Rodriguez.

– Você dirige a caminhonete e eu levo o Taurus – disse Hooker. – Vamos levá-lo para a fábrica.

Religuei a mangueira e os fios do Taurus e corri até a caminhonete. Hooker deu ré no Taurus e partimos.

Capítulo 11

Era o fim da tarde. Havíamos parado no supermercado e eu tinha comprado umas coisas enquanto Hooker passeava com Beans. Depois do mercado, dirigimos até a fábrica deserta e estacionamos os dois carros no fundo de seu interior cavernoso. Agora estávamos em pé, atrás do Taurus, nos perguntando o que deveríamos fazer a seguir.

– Que tal se fizermos o seguinte: – disse Hooker – nós o tiramos do porta-malas e o acorrentamos àquele cano ali. Podemos passar a corrente ao redor de seus tornozelos e trancá-la com o cadeado. Ele poderá se mexer um pouquinho, mas não vai conseguir fugir.

Para mim parecia um plano razoável, então segurei a lanterna e Hooker tateou, à procura da trava do porta-malas. Ele abriu a tampa, olhou para Rodriguez, que chutou com os dois pés, acertando Hooker bem no meio do peito e o derrubando de bunda no chão. Rodriguez pulou como um foguete do porta-malas, caiu no chão e saiu correndo. Tentou passar por mim. Eu o atingi no joelho com a lanterna e ele caiu como um saco de areia.

Hooker estava de quatro, com a corrente nas mãos, tentando passá-la em volta do tornozelo de Rodriguez, mas Rodriguez era um alvo móvel, rolando pelo chão de cimento, segurando a perna, xingando e gemendo. Joguei-me em cima de Rodriguez e ele soltou um resfolegar, mas o segurei tempo suficiente para Hooker dar uma volta da corrente e prender o cadeado.

Saí de cima de Rodriguez e olhei para Hooker, ainda de quatro.
– Você está bem?

Hooker se arrastou e ficou em pé.

— Sim, fora o fato de ter pegadas tamanho 42 em meu peito, estou ótimo. Da próxima vez que eu abrir o porta-malas com um assassino dentro, vou dar um passo pra trás.

Esperamos que Rodriguez ficasse contra a parede, com o joelho esticado.

— Você quebrou a porra do meu joelho — disse ele.

— É só um hematoma — eu disse. — Se tivesse quebrado, estaria inchando.

— Está inchado.

— Tenho certeza de que não está inchado.

— Estou dizendo que essa porra está inchada. Você quebrou a porra do meu joelho.

— Ei! — disse Hooker. — Podemos esquecer o joelho por um minuto? Estamos numa situação infeliz e precisamos que você responda algumas perguntas.

— Não vou responder nada. Vocês podem cortar meu saco que não vou responder nada.

— Aí está uma boa ideia — eu disse a Hooker. — Nunca cortei o saco de ninguém. Deve ser divertido.

— Faz muita sujeira — disse Hooker. — Sangue demais.

— Que tal se a gente o pendurasse de cabeça para baixo até que todo o sangue fosse para a cabeça, depois cortássemos o saco.

Hooker sorriu para mim.

— Pode dar certo.

Rodriguez gemeu e colocou a cabeça no meio das pernas.

— Acho que ele está passando mal — eu disse a Hooker.

— Talvez a gente deva lhe dar uma folga — disse Hooker. — Talvez ele não seja um cara tão ruim. Só está fazendo seu trabalho.

— Você é tão molenga — eu disse a Hooker.

— Estou tentando ser justo.

Eu ainda estava segurando a lanterna e a sacudi um pouquinho.

— Será que ao menos podemos descer o cacete nele?

— Sei que esse era nosso plano original — disse Hooker —, mas acho que podemos lhe dar uma chance de salvar a pele. Aposto que ele nos contaria umas coisas bem interessantes.

Nós dois olhamos para baixo, para Rodriguez.

— Merda — disse Rodriguez. — Vocês estão tirando onda com a minha cara.

— Verdade — eu disse. — Mas isso não quer dizer que não iremos lhe causar muita dor, caso você não colabore.

— E *se* eu colaborar?

— Nada de dor — disse Hooker.

— O que vocês querem saber?

— Quero saber sobre Oscar Huevo.

— Ele não era um cara muito legal. E agora está morto — disse Rodriguez.

— Quero saber como ele morreu.

— Foi um acidente.

Eu estava com a lanterna em Rodriguez, fazendo com que ele apertasse os olhos contra luz.

— Ele tinha um buraco no meio da testa — eu disse a Rodriguez. — Não pareceu acidente.

— Está certo, não foi acidente. Foi mais um golpe de sorte. Oscar e Ray tiveram uma briga feia. Não sei o motivo, mas Ray saiu zangado e decidiu que precisava se livrar de Oscar. Então, eu e Lucca recebemos o trabalho. O problema é que Oscar tinha seus seguranças e não havia muitas oportunidades de fazer com que Oscar sumisse, se é que entende o que quero dizer. Vigiamos Oscar por alguns dias, e temíamos que não fosse rolar quando acabou caindo em nosso colo.

"Oscar tinha uma namorada entocada em South Beach. Ele saía escondido do hotel na Brickell e passava a noite com a garota. Depois um cara, o Manny, ia buscá-lo e trazia de volta, bem cedo, de manhã. Manny deixava Oscar a alguns quarteirões do hotel, e parecia que Oscar estava fora, se exercitando. Oscar estava pegando leve, por conta do divórcio. Achava que não valia a pena causar mais confusão do que já fizera. Então, Manny deveria pegar Oscar, mas ele havia comido uns moluscos estragados e não conseguiu sair do banheiro a tempo. Foi assim que Lucca e eu recebemos a ligação para ir pegar Oscar.

"Quando chegamos lá, a coisa ficou ainda melhor. A namorada abriu a porta e nos disse que Oscar estava no banheiro, com problemas. Acabamos sabendo que ele tomou aquele troço, sabe como é, para ajudá-lo na sacanagem e não deixar que o pinto caísse. Ele estava nu em pelo no banheiro, tentando tudo o que sabia, mas seu pinto não descia. Então, nós o matamos."

– Isso explica muita coisa – disse Hooker.

– É, honestamente pensei que fosse ajudar a situação dele, mas até mesmo depois que atiramos nele seu pinto não descia – disse Rodriguez. – Vou contar um negócio, jamais vou tomar um troço desse.

– E quanto à namorada?

– Nós também a matamos. Uma daquelas necessidades infelizes.

– Deve ter sido uma lambança – eu disse.

– Ei, Lucca e eu somos profissionais. Não somos burros quanto a isso. Atiramos nos dois no banheiro. Mármore, de uma parede à outra. Fácil de limpar. Precisamos usar uma escova, mas, no geral, não foi ruim.

Estávamos discutindo sobre um terrível assassinato duplo e Rodriguez nos contava tudo no mesmo tom que uma pessoa usa ao passar sua receita favorita de lasanha. E eu respondia com o mesmo entusiasmo de um novo cozinheiro. Estava simultaneamente horrorizada e impressionada comigo.

– Conte-me sobre o embrulho plástico – eu disse a Rodriguez. – O que foi aquilo?

– Ray calculava que tinha de se livrar de Oscar *e* de Suzanne. Ele calculava levar Oscar de volta ao México e enterrá-lo em algum lugar que fizesse a viúva Huevo parecer culpada... como em seu canteiro de flores, no quintal dos fundos da *hacienda*. Ray queria fazer parecer que Oscar tivesse ido para o México e brigado com a patroa. E a forma perfeita de levá-lo ao México era no rebocador, já que ele deveria levar o carro de volta até o centro de pesquisa. O negócio é que Ray disse que não podíamos deixar nada sujo. Ele não queria sangue espalhado pelo rebocador. E não queria que Oscar deixasse tudo fedorento.

"Teríamos de colocá-lo num saco grande de lixo, mas só havia sobrado um, na cozinha do apartamento da namorada, então o usamos para a namorada. Aí nos restou o filme plástico de embrulho. Ainda bem que tinha bastante. Dois rolos gigantes. Não sei o que eles faziam com todo aquele plástico. Provavelmente algo excêntrico. Oscar tinha uns gostos estranhos. De qualquer forma, encontramos algumas caixas junto a uma lixeira do condomínio, colocamos Oscar e a namorada em caixas de papelão e os carregamos para fora, como se fôssemos para um depósito. Jogamos a caixa com a namorada na caçamba de lixo e levamos Oscar para dentro do rebocador. Achamos que ele ficaria bem escondido no armário, então jogamos a caixa fora e o enfiamos ali.

"A ideia original era colocar Oscar a bordo do rebocador quando ele fizesse uma parada na estrada, mas havia um problema no motor e acabamos conseguindo transferi-lo na pista de corrida. Fomos até lá quando todos estavam indo embora. Os dois motoristas foram dar uma mijada e tiramos a caixa da caminhonete que estávamos dirigindo e levamos para dentro do rebocador. Foi uma mamata... até você roubar o caminhão."

– Imagino que arruinamos o plano – disse Hooker.

– Totalmente. E você ainda pegou o dispositivo eletrônico. Ray não gostou. Ele precisa muito daquilo. Está uma fera, falando sem parar.

– O que há de tão especial no dispositivo?

– Não sei exatamente. Acho que é uma peça única.

Hooker estava com o telefone na mão.

– Agora você só precisa dizer isso tudo à polícia.

– Sim, claro – disse Rodriguez. – Quantos assassinatos você quer que eu confesse? Talvez eu me safe com facilidade e eles só me fritem umas duas vezes.

Hooker olhou para mim.

– Faz sentido.

– Você poderia mudar a história – eu disse a Rodriguez. – Poderia dizer que Ray matou Oscar. Não nos importamos que você distorça um pouquinho os fatos.

– Certo – disse Hooker. – Só queremos sair limpos, para tocarmos nossas vidas.

– Ray sempre está com gente em volta – disse Rodriguez. – Ele pode ter um álibi.

– Certo, e se você disser que Lucca matou Oscar? Você poderia barganhar um acordo – disse Hooker. – Sempre fazem isso na televisão.

Rodriguez estava de braços cruzados, com a boca fechada. Ele já dissera tudo que tinha a dizer.

Hooker e eu nos afastamos e nos reunimos no canto.

– Temos um problema – disse Hooker. – Rodriguez não vai confessar assassinato à polícia.

– Nossa, mas que surpresa enorme.

Aqui está o negócio: não sou Nancy Drew. Cresci querendo construir stock cars. Solucionar crimes nunca foi uma de minhas vocações. Não tenho aptidão para isso. E, pelo que conheço de Hooker, o mesmo acontece com ele. Então, se você está falando de alguém ferrado e mal pago, somos nós.

– E se a gente fizer o seguinte: – eu disse a Hooker – fazemos uma ligação anônima para a polícia vir buscá-lo. E, quando eles chegarem, vão encontrar a arma do crime com ele.

Hooker olhou para mim.

– Seria o revólver que está enfiado em seu bolso? Esse, cheio de digitais?

Tirei a arma do bolso, cuidadosamente.

– Ahã, este mesmo.

– Isso pode dar certo – disse Hooker. – E tenho um local perfeito para ele.

Quarenta minutos depois, tínhamos trancado Rodriguez dentro do ônibus de Brutus. Nós o enfurnamos lá, acorrentamos ao corrimão da escada e lhe demos seu revólver limpo, que acabáramos de polir para tirar as digitais.

Hooker fechou a porta do ônibus. Pulamos para dentro da caminhonete, saímos da propriedade de Huevo e paramos num pequeno estacionamento do aeroporto onde esperávamos não ser notados. Tínhamos uma visão livre da estrada que conduzia à Huevo Motor Sports. Agora, tudo que tínhamos a fazer era ligar para a polícia e depois era só esperar a diversão começar.

Eu estava prestes a atravessar o estacionamento e entrar no prédio para usar o telefone público quando o ônibus de Brutus veio em disparada pela rua e passou por nós.

Hooker e eu ficamos de queixo caído.

– Acho que deixei uma corrente muito comprida – disse Hooker.

– Realmente precisamos continuar trabalhando com corridas – eu disse a Hooker. – Somos como aquela galera que desistiu da academia de polícia.

Hooker engatou a marcha da caminhonete e arrancou atrás do ônibus.

– Prefiro pensar que ainda estamos aprendendo.

Rodriguez seguiu até uma parada no final da estrada do aeroporto. Ele virou à esquerda e seguiu para a Speedway Boulevard.

Um ônibus padrão tem três metros e meio de altura, quase três de largura e catorze de comprimento. Ele pesa cerca de duas toneladas e meia, é movido a diesel e requer um diâmetro de manobra de 12 metros e meio. Não é complicado de dirigir um veículo de 18 rodas, mas ele é grande e requer alguns cuidados para ser manobrado.

Rodriguez não estava sendo cuidadoso. Rodriguez estava indo rápido demais com o ônibus. Ele sacudia de um lado para outro, deslizando pelo meio das duas faixas da estrada. Ele perdeu o controle, atropelou uma caixa de correio e voltou à pista.

– Ainda bem que ele sabe matar gente – disse Hooker, deixando abrir distância –, porque certamente não sabe dirigir.

Nós o seguimos rumo à Speedway e ficamos na expectativa quando Rodriguez ingressou no tráfego. A Speedway tem inúmeras faixas e é muito movimentada. Estava anoitecendo e os carros saíam do shopping e buscavam restaurantes para um jantar de domingo. O trânsito comum da Speedway era organizado. Nessa noite, Rodriguez estava causando uma devastação. Ele vinha se esparramando pelas faixas, invadindo o acostamento, quase matando todo o mundo ao redor de susto. Empurrou uma van para o lado, forçando-a a sair da pista. Um sedã azul bateu na van e provavelmente mais alguns carros se envolveram na baderna, mas estavam todos atrás de nós.

— Você acha que ele sabe que bateu na van? — perguntei a Hooker.

— Duvido. Ele desacelerou, mas ainda não consegue controlar a estabilidade do ônibus.

Nós nos aproximávamos de um grande cruzamento com um sinal de trânsito.

— Ihhh... — eu disse. — Isso não é bom. Devíamos ter colocado um cinto de segurança em Bernie.

Hooker desacelerou e aumentou o espaço entre nós.

— Freie! — gritei para Rodriguez. Não que achasse que ele me ouviria. Só *não* pude deixar de gritar: — *Freie!*

Quando suas luzes de freio finalmente acenderam, era tarde demais. Ele saiu de traseira e desviou de lado, com a lateral direita do ônibus rasgando um caminhão de ferro-velho. A lateral direita do ônibus foi arrancada, como se fosse com um abridor de lata, quatro carros entraram no lado esquerdo, e o bolo inteiro se deslocou adiante, como um fluxo de lava ou o desastre mais bizarro que você possa imaginar. Houve um último som de esmagamento e o ônibus monstruoso acabou indo parar em cima de um jipe.

Uma manchete piscou em minha cabeça: *Ônibus Sobe em Jipe na Speedway Boulevard.*

Havia de 15 a vinte carros entre nós e o ônibus, sem contar com os carros diretamente envolvidos na batida e os que estavam parados atrás de nós.

— Eu realmente queria dar uma corrida até lá para dar uma olhada — disse Hooker —, mas tenho medo de sair do carro.

— É — eu disse a ele. — Você provavelmente teria de dar uns autógrafos. E a polícia viria e levaria você para fazer uma busca de escavação pelo corpo.

Pus o corpo para fora da janela e me apoiei para ver melhor.

Em meio às luzes de freio e à nuvem de fumaça da estrada havia uma figura solitária correndo por entre os carros amassados. Ele tinha uma corrente e um pedaço de corrimão presos ao tornozelo. Era difícil ver se estava ferido de onde eu estava. Aproximou-se de um carro parado no cruzamento, escancarou a porta do motorista e o arrancou de dentro. Entrou no carro e saiu dirigindo com a corrente pendurada para fora da porta, arrastando pelo asfalto. Pelo que pude ver, ninguém o deteve nem o seguiu. O motorista do carro roubado ficou paralisado, em choque. As sirenes berravam ao longe.

Voltei para dentro e sentei no banco, ao lado de Hooker.

– Rodriguez raptou um sedã prateado e saiu dirigindo.

– Não acredito.

– Foi. Foi mesmo. Ainda estava com a corrente e o corrimão pendurados.

Hooker explodiu numa risada.

– Não sei quem é mais patético... ele ou nós.

Eu me abaixei no meu banco.

– Acho que ganharíamos esse concurso.

Beans estava sentado, olhando em volta. Ele deu um suspiro enorme de são-bernardo, deu duas voltas e se esparramou.

– Isso pode demorar um tempo – eu disse a Hooker. – Eles não vão conseguir liberar isso em 15 minutos.

Hooker esticou o braço e passou o dedo em minha nuca.

– Quer tirar um sarro?

– Não! – Sim, mas não aqui e agora. Eu não ia ceder na via expressa. Seria bom fazer um sexo de reconciliação. Mas certamente não seria no banco traseiro da caminhonete.

– Só uns beijinhos – disse Hooker. Ele colocou a mão sobre seu coração. – Eu juro.

– Você não está planejando pegar em nada?

– Está bem, só uma pegadinha.

– Não.

Hooker deu um suspiro:

– Querida, você é uma mulher difícil. É muito frustrante.

— E não vai ajudar você em nada usar todo esse sotaque texano — disse a ele.

Hooker sorriu.

— Ele me levou aonde eu queria quando conheci você.

— Bem, mas não vai levar lá agora.

— Vamos ver — disse Hooker.

Olhei para ele apertando os olhos.

— Ora, vamos, admita — disse Hooker. — Você me quer muito.

Sorri para ele, e ele sorriu de volta, e nós dois sabíamos o que isso significava. Ele segurou minha mão e nós ficamos ali, de mãos dadas, olhando pelo para-brisa, vendo o show da liberação do trânsito, como se fosse um programa de televisão.

Havia carros de bombeiros e ambulâncias de três comarcas e tanta luz piscando que era capaz de fazer um homem saudável ter um ataque. O helicóptero não resgatou ninguém, e parecia não haver ninguém frenético, tentando salvar uma vida. Portanto, esperava que ninguém tivesse se ferido gravemente. Todos os carros de bombeiro deixaram a cena, exceto um. Foi o mesmo com as ambulâncias. Algumas com as luzes piscando. Nenhuma delas com a sirene ligada, nem em alta velocidade. Outro bom sinal.

Caminhões de reboque e a polícia trabalhavam na outra ponta do acidente, removendo os carros. A estrada ainda estava bloqueada, mas o problema estava diminuindo. Um reboque entrou no meio do acidente.

— Eles vão tentar tirar o ônibus de cima do jipe — eu disse a Hooker. — Vou sair para ver melhor.

Estava com medo de sair do carro novamente. Agora havia muitas luzes. Gente demais olhando em volta. Então, fiquei em pé, ao lado da caminhonete, com o capuz do moletom na cabeça e as mãos nos bolsos, encolhida no frio.

Depois de muita discussão, o motorista do reboque prendeu uma corrente no ônibus e lentamente o puxou para trás. A traseira do jipe havia sido esmagada, comprimindo a fibra de vidro e o alumínio, então não foi preciso puxar muito o ônibus. Ele saiu de cima sem muito barulho e foi ao chão. Balançou um pouquinho, depois ficou imóvel, silenciosamente, em sua condição lastimável.

Agora que o ônibus havia sido tirado de cima do jipe, ficou fácil ver como Rodriguez escapou. O lado direito dianteiro recebera o maior impacto e a carroceria do ônibus tinha sido totalmente arrancada, deixando um buraco onde ficava a porta. Rodriguez provavelmente arrancou de seu banco e viu que o corrimão se soltara.

Hooker estava com a cabeça do lado de fora.

– O que está havendo?

– Eles tiraram o ônibus de cima do jipe. Agora acho que eles vão entrar para investigar. Provavelmente querem ver se não há ninguém lá dentro.

Hooker pôs a cabeça de volta para dentro da caminhonete e se abaixou. Eles estavam prestes a descobrir o pobre Bernie Miller dentro do quarto do ônibus. E ele não era exatamente a Bela Adormecida.

Vi dois policiais entrarem com lanternas. O tempo se arrastava, enquanto eu continuava na expectativa. Os policiais saíram e ficaram em pé ao lado do ônibus. Um deles falava num rádio. Chegaram mais policiais. Alguns caras de terno também se juntaram a eles. Um de uniforme desenrolou a fita amarela isolando a área ao redor do ônibus.

Eu me recostei na caminhonete.

– Eles o encontraram – sussurrei para Hooker.

Hooker olhou para mim.

– Por que você está sussurrando?

– Porque é horrível demais para falar em voz alta.

Um carro da polícia civil de Kojak com a luz no teto piscando passou pelo tráfego e parou junto aos carros batidos. Dois caras de terno saíram, seguidos por Brutus e Delores. Todos eles seguiram para o ônibus e mesmo a distância eu pude ver os olhos de Brutus se arregalando. Ele parou, olhou de boca aberta, com os braços soltos junto ao corpo. Se eu estivesse mais perto, com certeza veria o sangue sumindo de seu rosto, sua respiração ofegante. Ele balançou ligeiramente, e um dos policiais o levou à frente, na direção do ônibus. Eles chegaram à porta e ficaram em pé, conversando. Um dos policiais gesticulava para o ônibus, e Brutus parecia ouvir, mas eu desconfiava que ele não estava registrando nada em seu cérebro.

Entrei novamente na caminhonete e peguei um saco na traseira.

— Estou com meu binóculo aqui, em algum lugar — eu disse a Hooker. — Preciso ver isso. Acho que eles vão levar o Brutus para dentro do ônibus. Aposto que querem que ele identifique o corpo!

Hooker colocou seu capuz e puxou o cordão.

— Essa eu não posso perder.

Achei o binóculo e nós dois saímos e ficamos em pé, perto da lateral da caminhonete. Brutus certamente estava no interior do ônibus com a polícia. Delores estava ligeiramente afastada, com dois policiais uniformizados em sua retaguarda. Um helicóptero da imprensa sobrevoava, e um caminhão com transmissão por satélite de uma das estações de Charlotte estacionou junto aos carros.

Eu estava com o binóculo focado no buraco onde ficava a porta, esperando que Brutus aparecesse. Um policial surgiu primeiro em meu ângulo de visão, depois Brutus. Uma pessoa normal ficaria horrorizada ao encontrar seu observador morto em sua cama. E Bernie estava especialmente horrendo, já que nós o havíamos desenterrado. No auge desse horror, espera-se que você demonstre tristeza ou ao menos um respeito solene pelo morto. Brutus, fazendo jus a quem era, ficou injuriado. E não parecia que ele estivesse injuriado por alguém ter matado seu observador. Brutus estava zangado porque seu ônibus estava destruído. Não sou uma leitora profissional de lábios, mas essa foi fácil. Brutus estava furioso, batendo os pés de um lado para outro, com as mãos nos quadris, gritando palavrões, com o rosto vermelho como fogo e as veias saltando no pescoço.

— Porra, porra, porra! — Ele jogava as mãos para o ar e apontava para o ônibus destruído. — Como aconteceu essa porra? Quem foi o desgraçado que fez isso? Você sabe quanto custa um ônibus desse? — perguntou ao policial.

Ele andava inquieto, gesticulando, e de alguma maneira nossos olhares se cruzaram. Vi que ele me reconheceu. Por um longo instante ele pareceu suspenso, inanimado. Sem ter certeza do que pensar. Sem saber o que fazer. Finalmente, ele fechou a boca, deu a volta e foi até o carro civil. Abriu a porta e entrou no banco de trás. Delores veio andando, com suas botas de salto alto. Os dois policiais à paisana seguiram, com cara de quem talvez devesse verificar suas armas para não ficar tentado a dar um tiro em Brutus.

— Essa pode ser uma boa hora para tentar ir embora — eu disse a Hooker. — Acho que Brutus nos viu.

O trânsito ainda não estava se deslocando à frente, mas alguns carros tinham passado para outra faixa e algumas caminhonetes subiram o meio-fio, chegando ao acesso de outros estacionamentos e saídas. O engarrafamento não estava nem de perto como havia sido e Hooker conseguiu se infiltrar em meio à aglomeração e sair da estrada.

A caminhonete subiu um morrinho e acabou saindo, por sorte, num fast-food. Compramos comida, paramos num posto de gasolina próximo e abastecemos, compramos mais comida na loja de conveniência do posto e zarpamos.

Hooker seguiu rumo ao norte, para variar. Não podíamos voltar para o galpão. Temíamos nos hospedar num motel. Não queríamos envolver amigos. Então, paramos no estacionamento do supermercado, alimentamos Beans e começamos a comer o saco de donuts. Eu estava no meu segundo donut quando o telefone de Hooker tocou. Era o Brutus e Hooker não precisou usar o viva voz para que eu ouvisse. Brutus estava gritando ao telefone:

— Seu filho da puta — gritou Brutus. — Sei que você é responsável por tudo isso. Eu vi você lá, sentado, assistindo. Acha isso engraçado, não é? Você fez isso só para arruinar a minha semana. Sabia que eu tinha um novo ônibus que era melhor que o seu. Então o destruiu. E não foi bastante eliminar o Oscar e seu pobre segurança retardado, você tinha de deixar Bernie na minha cama. Você é um escroto doente.

— Certo, deixe-me esclarecer isso — disse Hooker. — Você acha que matei três homens e providenciei para que seu ônibus fosse destruído por qual motivo?

— Porque você tem inveja de mim. Não consegue suportar que eu tenha ganhado o campeonato. E também sei que você colocou o Oscar na minha caminhonete nova. Vou pegar você por isso. É melhor você ficar esperto.

Hooker desligou.

— Brutus é um idiota.

O telefone de Hooker voltou a tocar.

— Ahã — disse Hooker. — Ahã, ahã, ahã.

— O que foi agora? — perguntei quando ele terminou.

— Skippy, ligando de volta. Ele queria me lembrar que o banquete é black tie.

— É domingo e o banquete é na sexta-feira. Não vai dar.

— Você obviamente nunca foi chamada até um rebocador da NASCAR, depois de uma corrida que acaba de cagar, para enfrentar o Skippy. Lembra-se da vez em que sacudi o Junior em rede nacional? E a vez em que fiquei injuriado e empurrei o Shrub para cima do muro, causando um acidente com sete carros? Acredite, iremos ao banquete.

— Para onde vamos? — perguntei a Hooker. — Onde vamos dormir esta noite?

— Acho que podemos ir para Kannapolis. Imagino que não vão nos procurar por lá. Ninguém vai para Kannapolis intencionalmente.

— É isso? — perguntei a Hooker. — É aqui que vamos passar a noite?

— Você não gostou?

— Estamos estacionados em frente a uma casa.

— É, estamos em meio a uma porção de carros que são daqui. Estamos invisíveis. E meu camarada Ralph mora algumas casas abaixo. Ele vive sozinho numa dessas casinhas caindo aos pedaços e vai sair para trabalhar às seis da manhã. E nunca tranca a casa. Não tem nada que valha a pena ser levado se você não contar com uma geladeira cheia de Budweiser. Então, podemos entrar e usar seu banheiro sem sermos flagrados.

— Isso é ótimo, mas eu preciso de um banheiro *agora*.
— Há uma pequena mata a uns dois quarteirões daqui. Eu estava planejando ir dar uma volta com Beans e me esconder atrás de uma árvore. Você pode me acompanhar.
— Você só pode estar brincando. Mulheres não se escondem atrás de árvores. Não fomos feitas para isso. Nossas meias ficam molhadas.

Hooker olhou adiante, no quarteirão, para a casa de Ralph.
— Provavelmente podemos confiar em Ralph para nos deixar ficar com ele esta noite. Ralph é aquele tipo de pessoa que não poderia ser acusada de acobertar. Ninguém jamais acharia que Ralph sabia o que estava fazendo. Ele é um cara legal, mas sua principal habilidade é abrir uma lata de cerveja.

Hooker procurou o nome de Ralph e discou.
— E aí, cara? — disse Hooker. — Como é que está? Está sozinho? Preciso de um lugar pra cair esta noite.

Cinco minutos depois estávamos na porta dos fundos de Ralph, Hooker, Beans e eu. Eu estava com um saco de roupas. Hooker tinha um saco de porcarias para comer. Beans só tinha a si mesmo.

Ralph abriu a porta e olhou para nós.
— Uau, cara, você tem uma família. — Ele deu um passo para o lado. — Minha casa é sua casa.

Ralph era esquelético de magro. Seu cabelo castanho ia até os ombros. O jeans largo estava assustadoramente pendurado e expunha a cueca samba-canção xadrez. Sua camisa estava amarrotada e desabotoada. Ele estava com uma lata de cerveja na mão.

Hooker nos apresentou e depois ele e Ralph fizeram um daqueles cumprimentos complicados com as mãos que os caras fazem quando não querem se abraçar.

— Estamos meio que nos escondendo — Hooker disse a Ralph. — Não quero que ninguém saiba que estou aqui.

— Saquei — disse Ralph. — É o velho dela que está procurando por ela, certo?

— É — disse Hooker. — Algo assim.

Ralph passou um braço ao redor dos meus ombros.

— Benzinho, você não vai arranjar nada melhor que ele. Ele faz compras no Wal-Mart, se sabe o que quero dizer. Fica por lá na sexta à noite, com seu saco de doces.

Olhei para Hooker.

— Já não faço isso há umas duas semanas — disse Hooker. — Estou mudando.

Ralph coçou a cabeça de Beans, que carinhosamente se recostou nele e o empurrou contra a geladeira.

— Ralph e eu somos amigos desde o primário — disse Hooker. — Crescemos na mesma cidade, no Texas.

— Nós dois corríamos de carro — disse Ralph. — Só que Hooker sempre foi bom e eu nunca tive o instinto assassino.

Hooker pegou duas cervejas na geladeira e me deu uma.

— É, mas Ralph é famoso — disse Hooker. — Ele ganhou o concurso de soletrar no sétimo ano.

— Foi. Naquela época eu era bem esperto — disse Ralph. — Eu conseguia soletrar qualquer coisa. Matava a pau. Agora mal consigo soletrar meu nome. Mas estou vivendo *la vida loca*.

— Ralph foi trabalhar para a equipe de corrida DKT ainda bem cedo, e eles o trouxeram para cá, a capital mundial do stock car. E ele ainda está com a DKT.

— Eu provavelmente poderia ter um futuro brilhante por lá — disse Ralph. — Mas prefiro ficar na minha.

Os eletrodomésticos da cozinha eram verde abacate e tinham pelo menos trinta anos. Uma panela preta parecia estar colada a uma das bocas do fogão. A pia estava cheia de latas amassadas. Era difícil saber a cor exata das paredes e do piso. Não havia espaço na cozinha para uma mesa.

Fomos até a sala de jantar. Mesa de sinuca na sala de jantar. Ralph puxou uma cadeira até a mesa de sinuca e em cima dela havia uma caixa de pizza aberta. Tinha um pedaço de pizza que parecia estar ali havia muito tempo.

— Não tem jogado muita sinuca? — perguntei.

— É, tem épocas — disse Ralph. — Gosto de usar esta mesa como mesa de jantar, porque as beiradas não deixam a comida cair.

Beans foi até a mesa e cheirou a pizza. Ele virou a cabeça para olhar para Hooker, depois olhou para mim, depois pôs as duas patas dianteiras na beirada da mesa e comeu a pizza.

Os móveis da sala de jantar se resumiam a um sofá encaroçado, com um buraco de queimadura enorme numa das almofadas, e uma mesinha de centro que estava completamente forrada de latas de cerveja, copos descartáveis de café, papel amassado de hambúrguer, caixinhas vazias e engorduradas de batata frita e baldes de papelão de frango frito, e havia uma televisão imensa ocupando uma parede inteira.

– Banheiro? – perguntei.

– No fim do corredor. Primeira porta à esquerda.

Enfiei a cabeça na porta e dei uma olhada rápida. Não estava maravilhosamente limpo, mas não havia nenhum homem morto dentro. Então, achei que deveria ficar grata. Havia uma pilha de revistas cheias de orelhas no chão. A maioria de automóveis, algumas de mulher pelada. Na beirada da banheira tinha um frasco de xampu Johnson's Baby. A cortina do chuveiro era decorada com placas de sabonete e listras de mofo. Só havia uma toalha no gancho da parede. Provavelmente, essa era a única toalha de Ralph.

Hooker, Beans e Ralph estavam assistindo a um jogo na televisão quando voltei para a sala. Eles se encolheram para abrir espaço para mim e todos nos sentamos juntos, até meia-noite, bebendo cerveja e fingindo sermos normais.

– Preciso ir para a cama – Ralph finalmente disse. – Tenho que trabalhar amanhã. Onde vocês vão ficar?

– Aqui – disse Hooker.

– Ah, é – disse Ralph. – Agora lembrei. – E lá foi ele pelo corredor, passando pelo banheiro. Uma porta abriu e fechou e tudo ficou em silêncio.

– Quantos quartos Ralph tem? – perguntei a Hooker.

– Dois. Mas ele guarda sua Harley no segundo quarto. Ele está montando a moto e não tem garagem.

– Então, vamos dormir no sofá?

— Ahã. — Hooker se esticou, de barriga para cima. — Pula em cima. Vamos dormir em dois andares. Vou ser bonzinho e deixar você ficar na parte de cima.

Deitei em cima dele e ele resmungou.

— O que foi esse resmungo? — perguntei a ele.

— Nada.

— Foi *alguma coisa*.

— É que eu não me lembrava de você ser assim, tão pesada. Talvez a gente deva cortar os donuts.

— Pelo amor de Deus.

Beans foi investigar. Ele nos olhou com seus olhos marrons caídos, depois subiu em cima de nós e se acomodou com um suspiro, seu imenso cabeção em cima do meu.

— Socorro! — Hooker disse, ofegante. — Não consigo respirar. Estou esmigalhado. E tem uma mola espetando as minhas costas. Tira ele daí.

— Ele está solitário.

— Se não sair, vai ficar órfão.

Cinco minutos depois, todos estávamos esticados em cima da mesa de sinuca.

Capítulo 12

Hooker, Beans e eu estávamos acordados, mas ainda sobre a mesa de sinuca, quando Ralph passou por nós cambaleante rumo à cozinha.

– Dia – disse Ralph.

Olhei meu relógio. Seis e meia. Eu não tinha nenhum bom motivo para me levantar, mas estava desconfortável o suficiente para não querer ficar onde estava. Passei por cima de Hooker e desci. Achava que Ralph ia fazer café, mas ele deu uma ciscada pela cozinha e saiu pela porta de trás. Entrou numa picape que estava estacionada em seu pequeno quintal dos fundos e foi embora, sem se voltar.

Hooker foi atrás de mim.

– Ralph não é uma pessoa muito matinal. Ele dorme de roupa pra não ter de resolver o que vestir quando sai da cama.

– Sem crise. Você acha que ele tem café?

– Ralph só tem cerveja e comida para viagem.

Senti meus ombros caírem. Realmente queria café.

Hooker me abraçou e me deu um beijo no alto da cabeça.

– Posso ver que você ficou arrasada com essas notícias. Nada tema. Vá tomar um banho e Beans e eu sairemos para comprar café.

– Você acha que é seguro tomar banho ali?

– Claro. Só fique de meia.

Quando saí do banheiro, Hooker tinha um café com avelãs à minha espera. Meu favorito. E um copinho de salada de frutas e um pãozinho com requeijão light. Não muito sutil, mas atencioso. Ele também trouxera os jornais.

— "Corpo encontrado dentro de ônibus de um milhão pertencente a piloto de corrida" – eu li. – "A polícia está mantendo as informações em sigilo até que os parentes sejam notificados, mas fontes próximas ao piloto dizem que o falecido fazia parte da equipe de corrida Huevo. O corpo foi descoberto em decorrência de uma bizarra colisão de 17 veículos. O motorista do ônibus fugiu a pé e roubou o carro de um espectador inocente. O ônibus foi seriamente danificado na colisão."

Hooker deu um gole em seu café.

— Diz alguma coisa sobre o motorista? Ele foi identificado?

Li a matéria.

— Não foi identificado, mas dão uma boa descrição dele. Diz que ele estava mancando e parecia ferido. O carro que ele roubou não foi encontrado. No final, há um comentário de Brutus, acusando você de ter planejado todo o desastre.

— Legal. Gostaria de planejar algo pra nos *tirar* desse desastre.

— Eu estava contando com você para um plano esperto.

— Meus planos se esgotaram. Estou num beco sem saída.

— E quanto a descer o cacete na galera?

— Isso acaba não dando certo. E é constrangedor, porque você é melhor nisso do que eu.

— Aqui está uma parte do problema. Na verdade, seria melhor se Ray tivesse cometido o crime. Rodriguez acabaria entregando o Ray. Infelizmente, não há motivo para que Ray se sinta ameaçado o suficiente para falar com a polícia a respeito de Rodriguez.

O telefone de Hooker tocou e olhei o relógio. Era bem cedo para estar recebendo uma ligação telefônica.

— Alô – disse Hooker. – Ahã, ahã, ahã. Obrigado, mas cuidarei disso sozinho. – Ele desligou e sorriu para mim. – O Senhor atua de maneiras misteriosas, querida.

— O que foi agora?

— Era o Ray Huevo. E ele parecia... nervoso. Quer o chip do manete de câmbio. Disse que talvez possa resolver de algum jeito. Ele queria que fôssemos de avião até Miami, para negociarmos pessoalmente, mas eu declinei. Não achei que seria saudável entrar no avião particular de Ray. – Hooker apertou os números no telefone celular. – Preciso de um favor – disse ele. – Preciso de uma carona até Miami.

Estalei os dedos mentalmente, até que ele desligasse.

– Nutsy?

– É. Ele disse que a polícia está vigiando o aeroporto em Concord. Sugeriu que fôssemos de carro até Florence, para pegarmos seu avião lá. Ninguém vai pensar em vigiar Florence. É um trajeto de três horas de carro, então é melhor irmos andando.

Liguei para Felicia da estrada.

– Estamos voltando para Miami – eu disse. – Estava pensado se poderíamos ficar com você novamente. E é segredo. Não queremos que ninguém saiba que estamos aí. Estamos tentando manter a discrição.

– Claro que podem ficar – disse Felicia. – O menino do meu vizinho vai ficar tão contente em ver Hooker novamente. E meu primo Edward estava fora da cidade da última vez. Preciso sair para comprar bonés para ele autografar. Tenho uma lista.

Hooker olhou para mim quando desliguei.

– Ela não vai contar para todo mundo, certo?

– Certo.

Duas horas depois de Concord, o telefone de Hooker tocou novamente e ele fez uma pequena careta ao olhar o visor. Era o Skippy. Hooker ainda estava com o viva voz ligado.

– Onde está você? – Skippy gritou. – Sabe que dia é hoje?

– Segunda-feira? – respondeu Hooker.

– Isso mesmo. E você vai ter de dirigir seu carro ao redor de Manhattan na quarta. E, a propósito, não estou falando que você foi responsável, mas o corpo no ônibus foi um toque sutil. Pelo que sei, o Dickie cagou nas calças quando viu. Quando prenderem você e derem o direito a apenas um telefonema, assegure-se de que seja para mim. – E Skippy desligou.

Florence é uma bela cidadezinha com um pequeno aeroporto de pouco movimento comercial pela manhã. A Guarda Nacional utiliza o aeroporto e ele também serve de base para alguns aviões particulares. E uma vez por ano, quando as corridas são em Darlington, o aeroporto fervilha.

Era perto de onze horas quando Hooker parou no estacionamento. Tiramos Beans, pegamos nossas bolsas de roupas e caminhamos diretamente do carro até o Citation de Nutsy. Era o único avião na pista. Era do mesmo modelo que o de Hooker. Eu havia ligado antes, e eles estavam prontos para partir no segundo em que estivéssemos a bordo.

Um avião particular parece um luxo excessivo, mas a programação dos pilotos de campeonato é tão insana que fica realmente impossível ser de outro jeito. Há sessões de reuniões corporativas, gravações de comerciais, eventos de caridade e, claro as corridas. Quarenta corridas por ano, em 22 circuitos espalhados pelo país. Além disso, todos esses pilotos têm esposa e namoradas e filhos e cães e pais orgulhosos que precisam ser visitados.

Assim como o avião de Hooker, o de Nutsy levava sete passageiros e dois pilotos. Hooker e eu sentamos de frente um para o outro. Beans tentou se espremer numa poltrona, mas não conseguiu ficar confortável e finalmente se acomodou no corredor.

Um Citation levanta voo rápido. Num minuto você está na pista, depois *ZZUM*, está acima das nuvens, já nivelando. A poltrona do Citation era infinitamente mais confortável do que a mesa de sinuca de Ralph. Adormeci instantaneamente e só acordei quando estávamos descendo para pousar em Miami. Ouvi a descida do trem de pouso, olhei pela janela e vi os telhados vermelhos e as superfícies aquáticas do sul da Flórida. É estranho como a mente funciona. Estava sendo procurada pela polícia e por dois matadores e tudo em que conseguia pensar era no banquete que aparecia à minha frente. Eu precisava fazer as unhas. Precisava cortar o cabelo. Precisava de um vestido. Se não voltasse a meu apartamento, não teria a maquiagem certa.

Desembarcamos e éramos uma família corriqueira no saguão do aeroporto, com nosso cachorro na coleira e todos os pertences do mundo em sacos de supermercado, além da minha única bolsa de viagem. Hooker estava com a barba por fazer, já num bom tamanho, e eu me sentia como uma criança pedindo esmola ao seu lado.

Olhei do outro lado, para o balcão das locadoras de carros.

– Que chances temos de nos alugarem um carro? – perguntei a Hooker.

– Boas chances – disse Hooker. – Nutsy deixou seu cartão de crédito no avião. Só preciso engabelá-los quanto à minha carteira de motorista.

Dez minutos depois, estávamos na estrada, numa caminhonete.

– Vamos ver o Ray agora? – perguntei a Hooker.

– Não. Vamos até Little Havana para esconderemos o chip do manete na casa de Felicia. Parece que esse é o único chip que interessa ao Ray. Depois iremos vê-lo.

Não havia ninguém quando chegamos à casa de Felicia, mas, como sempre, a chave estava no vaso de flores, ao lado da porta dos fundos. Entramos e Beans saiu correndo na frente, pulando por todo lado, animado, derrapando no chão da cozinha, provavelmente se lembrando das panquecas e do churrasco de porco de Felicia. Subimos até o quartinho e Hooker pregou o chip atrás da foto de Jesus.

– Não dá pra ficar mais seguro que isso – disse Hooker.

Depois de dormir no carro e em cima de uma mesa de sinuca, eu estava pensando que o quartinho parecia o paraíso. A cama confortável com lençóis limpos, o banheiro imaculado no fim do corredor...

– Talvez devêssemos testar a cama – disse Hooker. – Ver se é muito pequena.

– Pelo amor de Deus.

– Ah, mas você fez *aquela* cara...

– Eu estava pensando no banheiro.

– Para mim está bom – disse Hooker. – Água quente, sabonete escorregadio...

– Pelo amor de Deus.

– Você não para de dizer isso. E parece tão desanimada. Estou aqui morrendo. Preciso de alguma coisa para me incentivar. Joga um osso, tenha dó.

Fingi suspirar profundamente.
— Talvez possamos ficar juntos uma hora dessas.
Hooker parecia ter sido tocado pela varinha de condão de uma fada.
— Mesmo? A que hora dessas?
— Depois de sermos inocentados de assassinato e do grande roubo de carros.
— Você acha que dá pra encurtar isso para daqui... *a uns 15 minutos*?
— Achei que estava incentivando você.
— Você acha que preciso de mais incentivo do que deixar de passar o resto da vida na cadeia?
— Está bem. Certo. Ótimo. Então, apenas esqueça. Não falei pra valer mesmo. — Então, me virei, saí do quarto e desci as escadas. Não estava com toda essa raiva, mas achei que seria uma boa frase de saída.

Hooker veio logo atrás de mim.
— Tarde demais para retirar o que disse. Você prometeu.
— Não prometi. Eu disse talvez.
Estávamos na sala de jantar e Hooker me empurrou contra a parede e se encostou em mim para me beijar. Foi um beijo cheio de língua, Hooker me apertou até que não houvesse mais nenhum espaço vazio entre nós e ficou óbvio que ali havia mais de Hooker do que cinco minutos antes.

— Conte-me sobre o talvez — disse Hooker. — Era um *provavelmente sim* ou *provavelmente não*?
— Não sei. Ainda estou pensando.
— Você está me matando — disse Hooker. — Você é uma ameaça maior do que Ray Huevo. E, falando nisso, estou gostando da sua mão na minha bunda.
Merda! Ele estava certo. Eu estava com a mão na bunda dele.
— Desculpe — eu disse. — Foi um acidente.
Hooker estava sorrindo.
— Não foi acidente não, querida. Você está com tesão por mim.
Eu sorri e o empurrei para longe.
— Você está certo, mas ainda é um talvez.

Quando chegamos à cozinha, Hooker encheu uma vasilha de água para Beans. Beans enfiou o focinho e bebeu ruidosamente. A água espirrava para os lados enquanto ele bebia e escorreu de sua boca quando levantou a cabeça.

Limpei a água com toalhas de papel, enquanto Hooker ligava para Ray Huevo.

– Estou na cidade – disse Hooker. – Quer conversar?

Houve uma negociação e Hooker desligou.

– Vou encontrá-lo na praia, em meia hora – disse Hooker. – Na Lincoln Road. Declinei um encontro no barco. Não quero ser jogado pela proa novamente. E esse encontro é entre mim e Ray. Quero que você e o Beans fiquem aqui.

– E por qual motivo?

– Não confio em Ray. Não quero colocá-la em risco.

– Agradeço pela atenção, mas de forma alguma você vai sem mim. Estamos nisso juntos. E suponhamos que desçam o cacete em alguém. Acha que vou perder isso?

– Meu medo é que possa ser eu – disse Hooker.

O combinado era deixarmos Beans na casa de Felicia e eu ir com Hooker. Desde que chegáramos em Miami, Hooker estava só de camiseta e jeans. Eu estava de jeans e uma blusa de mangas compridas e gola rulê, uma pinta bem chamativa para South Beach. Você podia andar pelada em South Beach sem causar qualquer alvoroço. Uma gola alta gritava "turista recém-saída do avião". Hooker estacionou o carro alugado na rua e entrei numa loja e troquei a gola rulê por uma regata.

O Ritz-Carlton fica no fim da Lincoln Road e uma calçada de tijolinhos circunda o hotel, dando acesso à praia. Pegamos esse caminho e caminhamos até a areia. Era um dia azul de tirar o fôlego em Miami. Vinte e seis graus, com uma leve brisa. A praia ali é larga, de areia branca. O Ritz tem suas cadeiras em azul real alinhadas em fileiras. E uma fileira de barracas. Havia alguns corpos bronzeados e oleosos nas espreguiçadeiras. Os funcionários iam de uma pessoa a outra, servindo drinques, entregando toalhas. O oceano lançava ondas espumantes. Ninguém estava nadando.

Olhei por cima do ombro de Hooker e vi três homens saindo do caminho de tijolinhos e entrando na areia. Ray Huevo, Rodriguez e Lucca. Rodriguez estava de muletas. Estava com um band-aid no nariz e os olhos roxos. O hematoma de Lucca, causado pelo pacote de cerveja, estava ficando verde. Ray Huevo estava impecável.

Huevo veio em nossa direção. Rodriguez e Lucca ficaram para trás.

– Como está o joelho dele? – perguntei a Huevo.

– Sobreviverá. – Ele deu uma olhada para Rodriguez. – Por um tempo.

Hooker e eu trocamos um olhar que dizia "ui".

– Por motivos de segurança, preferia que essa fosse uma conversa entre nós dois – disse Huevo.

Assenti e os dois se afastaram de mim. Eles ficaram próximos à beirada da água e a conversa se perdia na maré. Depois de alguns minutos, deram meia-volta e retornaram.

Huevo inclinou a cabeça quando passou por mim.

– Terei vagas abertas para a segurança, caso você esteja interessada numa promoção.

Olhei para Hooker.

– O que ele quis dizer com isso?

– Ele não está feliz com Rodriguez e Lucca. Eles não param de matar os outros. E, pior, não param de tomar tapa de mulher.

– Essa seria eu.

– É. Por isso ele quer sacrificar os dois pelo chip que encontramos no manete do câmbio. Disse que Lucca e Rodriguez são uma garantia. Se dermos o chip a Ray, ele entrega Lucca e Rodriguez à polícia e finge que o rebocador nunca foi roubado.

– Difícil de acreditar que o chip seja assim, tão valioso. Principalmente agora que Oscar está fora de campo. Ray pode muito bem fazer o que quiser.

Hooker sacudiu os ombros.

– Foi o que ele disse. E, como um gesto de confiança, ele irá entregar Lucca e Rodriguez antes de lhe darmos o chip.

– Mas que doçura.

— Não totalmente. Ele está com o Fominha. — Hooker me entregou uma foto de Fominha, em pé, com as mãos para trás, parecendo nada feliz, com Rodriguez de um lado e Lucca do outro. — Recebemos o Fominha de volta quando Ray receber o chip e verificar a autenticidade.

— Nunca deveríamos ter deixado Fominha sozinho.

— Tarde demais — disse Hooker. — De qualquer forma, nós o teremos de volta quando dermos o chip a Ray. — Hooker cheirou meu pescoço e me beijou atrás da orelha. — Acho que precisamos comemorar.

— Acho que a comemoração seria prematura.

— Querida, eu *realmente* preciso comemorar. Faz muito tempo que não comemoro. Na verdade, faz tanto tempo que provavelmente seria apropriada uma comemoração prematura, porque também será prematuro quando...

— Pare! — Eu estava com a mão levantada. — Vamos comemorar com um petisco de cebola frita no bar.

Hooker só ficou me olhando.

— Cebola frita no bar — ele repetiu. — Claro, seria bom. Essa seria minha segunda opção.

O Ritz tem um bar fabuloso, localizado bem na beira da praia. Fica logo atrás do caminho de pedestres, posicionado numa caverna cimentada e ornamentada com palmeiras. Tem uma boa sombra e a ostentação de South Beach. Não está exatamente bombando às três da tarde, então não tivemos problema em arranjar banquetas junto ao bar. Já estávamos na metade de nossos anéis de cebola frita e cervejas Budweiser quando uma figura conhecida surgiu na calçada. Era Suzanne passeando com Itsy Poo.

— Aquilo anda — disse Hooker. — Quem podia imaginar?

Suzanne olhou para mim, por cima dos óculos escuros.

— Barney? Ei, amiga, achei que você tinha se mandado.

— Voltei, senti falta do calor.

Suzanne colocou Itsy Poo em sua bolsa e se juntou a nós no bar.

— Você tem andado nas manchetes.

— É tudo um mal-entendido.

— Nosso amigo em comum, Dickie Bonnano, parece achar que Hooker é responsável por tudo de mal que acontece no mundo.

— Faço o melhor que posso — disse Hooker —, mas não posso assumir responsabilidade por *tudo*.

— Imaginei que você não tivesse matado Oscar — disse Suzanne —, mas estava meio que torcendo para você ter armado para Dickie, com o defunto e a batida.

Suzanne estava totalmente vestida de Dolce & Gabbana, com uma camisa de estampa de leopardo, um cinto largo de pedrarias, calças brancas apertadas e sandálias douradas de amarrar. Eu estava vestida de Wal-Mart e Gap. Hooker ainda não tinha se barbeado. Parecia um bebum de Detroit, criado por uma família de lobos.

— Achei que a esta altura você já tivesse ido embora de South Beach — eu disse a Suzanne.

— Gosto daqui. Pensei em ficar por um tempo. — Ela acendeu um cigarro e deu uma longa tragada, deixando a fumaça sair pelo nariz, no estilo dragão.

— Você ainda está no Loews? — perguntei a ela.

— Eu me mudei para um condomínio. Majestic Arms. — Ela deu outra tragada no cigarro. — Aluguel corporativo, então é deserto, mas a localização é ótima e tem serviço completo. E, mais importante, Itsy Poo adora. — Suzanne colocou o rosto dentro da bolsa. — Você não *adola*, Itsy Poo? *Adola* sim! Eu sei. *Adola* o novo condomínio.

Hooker comeu o último anel de cebola frita e me lançou um olhar que dizia que ele ia vomitar se algum dia perguntasse a Beans se ele *adolava* algo.

Voltei minha atenção a Suzanne.

— Como vai indo a batalha pelo barco?

— Tem sido horrível, mas está prestes a melhorar. Homens como Oscar e Ray sempre subestimam as mulheres. — A boca de Suzanne se curvou num sorriso desagradável. — Não é algo inteligente de se fazer com uma cadela como eu.

Hooker instintivamente cruzou as pernas.

– Parece que você tem um plano – eu disse para Suzanne.

Ela deu uma tragada, inclinou a cabeça para trás e soprou um círculo perfeito de fumaça.

– Tenho um plano e meio. – Ela deslizou a bunda, descendo da banqueta. – Preciso ir. Estou com um bolo no forno. Lembre-se, estou no Majestic se quiserem dar umas risadinhas.

– Você acha que ela realmente está com um bolo no forno? – perguntei a Hooker quando Suzanne seguiu pela calçada.

– Se está, você não vai me ver comer.

– E agora?

– Ray tinha um compromisso e achava que não demoraria, depois ia cuidar de Rodriguez e Lucca. Aparentemente, há um comprador para o chip chegando num voo esta noite, e Ray não quer desapontá-lo. Então, provavelmente acabaremos com esse pesadelo antes deste dia terminar.

Apoiei a testa no bar e respirei fundo. Estava tão aliviada, quase às lágrimas.

– Precisamos voltar e pegar o chip?

– Não. Não quero que ele esteja com nenhum de nós dois até saber que estamos fora de perigo. Ray disse que ia me ligar quando estivesse com tudo no lugar. Ele espera voltar a entrar em contato até as oito da noite, no mais tardar.

O telefone de Hooker tocou.

– Claro – disse Hooker. – Churrasco de frango seria bom. Mas só nós, certo? Não queremos que ninguém saiba que estamos aqui.

– Felicia? – perguntei.

– É – disse Hooker, colocando o telefone de volta no bolso. – Ela queria saber se estaríamos de volta para o jantar.

Ficamos sentados no bar por mais um tempo, depois partimos para Little Havana. Todas as luzes da casa de Felicia estavam acesas quando chegamos. Havia carros estacionados em fila dupla na rua e gente aglomerada diante de sua varanda, até a calçada. Hooker diminuiu a velocidade em frente à casa e todos aplaudiram.

– Que bom que dissemos a Felicia para manter isso em segredo – disse Hooker. – Do contrário teríamos que alugar o Orange Bowl pro jantar.

Demos a volta até os fundos e estacionamos numa vaga que foi guardada para nós, com uma placa na lata de lixo. O aviso dizia RESERVADO PARA SAM HOOKER.

– Atencioso – disse Hooker com um suspiro resignado.

Felicia estava na porta dos fundos.

– Estávamos esperando por vocês! Acabei de tirar o frango da brasa. E tenho pão frito quentinho.

Pude ver Beans pulando atrás de Felicia. Ele viu Hooker sair do carro e empurrou Felicia, passou por ela e desceu as escadas. Deu um latido e pulou em Hooker, derrubando-o no chão.

– Acho que ele sentiu sua falta – eu disse a Hooker.

– Olhe, cãozinho! – disse Felicia, abanando um pedaço de pão. – Tenho um presentinho pra você.

Beans ergueu as orelhas e virou a cabeça na direção de Felicia. Ele enrugou o focinho e saiu de cima de Hooker, galopando na direção de Felicia. Ela atirou o pão para dentro da cozinha e Beans foi atrás.

Hooker se levantou, seguiu para a porta da cozinha e olhou lá dentro.

– Tem um monte de gente – Hooker disse a Felicia.

– Só o pessoal da família. E ninguém vai contar que vocês estão aqui. É um segredo.

– Fico aliviado – disse Hooker.

– Hooker chegou! – Felicia gritou para dentro da casa.

Outro aplauso.

– Estamos servindo no estilo bufê – disse Felicia. – Sirva-se.

Todas as superfícies planas tinham comida. Eu me servi e olhei para Hooker. Ele tinha um pedaço de frango numa mão e uma caneta Sharpie na outra. Autografava bonés e viseiras e comia churrasco. Quem disse que um homem não consegue assumir tarefas múltiplas?

– Olhe para ele – Felicia me disse. – É um docinho. Ele é legal até com o tio Mickey. Todos o amam. Ele pensa que o amam por ele ser um bom piloto, mas todos o amam porque ele é uma boa pessoa.

Rosa estava ao lado de Felicia.
– Eu o amo porque ele tem uma bundinha linda.
Elas se viraram para me olhar.
– O quê? – perguntei.
– Por que *você* o ama? – Rosa queria saber.
– Quem disse que eu o amo?
Rosa deu uma garfada na sua carne de porco.
– Você só pode ser maluca se não o amar.

Lembro-me de quando estava no ensino médio e tinha uma queda terrível por um cara que trabalhava na oficina do meu pai. Eu passava por lá depois da escola e ele flertava comigo e dizia que ia me ligar. Então, eu ia pra casa e ficava esperando e ele não ligava. Eu esperava e esperava. E ele nunca ligava. Então, um dia, fiquei sabendo que ele tinha se casado. Durante todo o tempo em que ele dizia que ia ligar, ele era noivo. Essa era a sensação dessa noite. Eu estava esperando pelo telefonema. Dez por cento da minha mente estava ouvindo a Rosa, mas os outros noventa por cento estavam voltados ao pânico de que a ligação não acontecesse. Lá no fundo, eu era um gato diante de um rato. Com o rabo balançando, olhos fixos, sem piscar, o corpo inteiro vibrando, enquanto esperava pela ligação que consertaria minha vida.

Oito horas e nada de ligação. Hooker me olhava, do outro lado da sala. Hooker era melhor nisso do que eu. Ele conseguia dividir as coisas. Sabia enfocar algo e deixar o restante de lado. Quando Hooker está na pista de corrida, sua mente trabalha para vencer. Hooker só tem uma sequência de pensamento. Como chego na frente e me mantenho lá. Quando eu corria, outros pensamentos me invadiam. Eu não tinha controle sobre os pensamentos que ficavam e os que poderiam ser deixados de lado, para outra hora. Por que o bonitinho da oficina não me ligava? E se eu batesse e quebrasse o nariz? E sempre havia listas. Dever de casa de álgebra, roupa para lavar, limpar meu quarto, encontrar a chave de casa, ligar para Maureen, estudar francês... E agora Hooker escolhera o momento para desfrutar dos amigos da Felicia e da comida, e minha mente optara pela obsessão pelo telefonema.

Oito horas, gesticulei para Hooker. Ele olhou para o relógio e pediu licença para as pessoas ao seu redor. Olhou em minha direção e parou para atender ao telefone.

O ar ficou preso em meus pulmões. Agora era.

Hooker estava de cabeça baixa, concordando... sim, sim, sim. Ele ergueu a cabeça, nossos olhares se cruzaram e não gostei do que vi. Hooker estava se concentrando para ouvir acima do barulho da sala, falando bem perto do telefone. Ele desligou e sinalizou para que eu fosse até a cozinha. Abri caminho por entre o aglomerado e o encontrei na sacada dos fundos.

Havia algumas pessoas reunidas no quintal, rindo e conversando. Fumantes que saíram da casa de Felicia. Eles sorriram, mas não vieram pedir autógrafo. Fumar tinha prioridade.

Hooker me puxou passando por eles, rumo à caminhonete. Sentou atrás do volante me colocando ao seu lado, e fiz a pergunta:

— Era a ligação?

— Era o Rodriguez. Ray Huevo sumiu. Ele disse a Rodriguez e Lucca para esperarem por ele no carro depois que conversou conosco. Disse que demoraria no máximo meia hora. Não voltou mais. Eles não sabem com quem ele ia se encontrar nem onde seria o encontro. Ligaram porque acharam que tínhamos raptado Ray. Acho que andaram por aí, à nossa procura, e finalmente desistiram e ligaram. Não estão em pânico, porque o comprador ficou de chegar às nove. Não sei quem é o comprador, mas Rodriguez e Lucca estão com medo.

Fiquei perplexa. De todas as coisas que eu esperava ouvir, isso não chegava nem perto.

— Estou aturdida — eu disse a Hooker.

— Então, eu ganho, porque estou totalmente aturdido.

— Talvez Ray tenha amarelado e se mandado. Talvez esteja no Rio.

— É possível, mas ele parecia ter outros planos quando falou conosco.

— Algo deve ter dado errado em seu encontro — eu disse. — Talvez ele esteja nadando com os peixes.

— Deus, espero que não. Precisamos que ele nos tire desse desastre.
— E quanto a Fominha?
— Eu falei com Fominha — disse Hooker. — Ele estava lá com Rodriguez e Lucca. Pareceu agitado.
— Ao menos ele não está morto.
— Ainda não, mas estou preocupado. Rodriguez e Lucca têm um histórico de resolver os problemas matando as pessoas.
— É estranho que ninguém saiba com quem Ray ia se encontrar. Ele tem uma equipe que coordena sua agenda. Eles fazem as ligações, leem os e-mails. Até os bandidos, com segredos, têm gente ao redor a quem confiam informações. Portanto, acho que o encontro não devia ser importante o suficiente para mencionar à equipe, ou foi algo espontâneo, arranjado no último minuto.
— Rodriguez disse algo sobre o comprador do chip? Quem é? Por que o chip é tão importante?
— Não — disse Hooker. — Apenas que o comprador estaria chegando às nove. Pelo que sei, ele podia estar vendendo essa bateria para o coelhinho de pilha. Ou, que tal, talvez o chip seja um dispositivo para uma experiência alienígena.
— Essa você tirou do *Jornada nas estrelas*.
— É, esse foi um filme ótimo. Tinha baleias e tudo o mais. — Hooker enfiou a chave no contato e ligou o motor. — Vamos até o aeroporto. Quero ver quem está chegando esta noite.

Capítulo 13

Hooker estava esticado em sua poltrona, com as mãos atrás da cabeça e os olhos fechados diante da luz do terminal.
– A vigilância não funciona se você ficar de olhos fechados – eu disse a Hooker.
– Você está de olhos abertos?
– Sim.
– Então já está bom.
Estávamos estacionados ao lado do terminal principal e não havia muito movimento.
– O avião está atrasado – eu disse a Hooker.
– Se estiverem vindo de fora do país, vão precisar passar pela alfândega e pela imigração, e ficam numa outra parte do aeroporto. Depois que forem liberados pela alfândega, eles voltam ao avião, que vai taxeá-los até aqui. Já passei por esse processo neste aeroporto, e geralmente é bem rápido, mas o avião ainda precisa passar do ponto A para o ponto B.
Às nove e meia, três homens e duas mulheres, todos uniformizados, saíram do terminal. Os homens de uniforme e dois caras de terno carregavam bagagem. Três malas pequenas de rodinhas e uma pasta de laptop. Estavam viajando com pouca bagagem. O terceiro homem estava sem malas. Eram todos caucasianos. Os homens uniformizados eram jovens, com vinte e poucos anos. Comissários de bordo. Os três homens de terno tinham de quarenta a cinquenta anos. Não reconheci nenhum deles. Isso não queria dizer muita coisa, pois eu *nunca* reconhecia ninguém. Está bem, talvez se o Brad Pitt passasse ao lado. O premier russo, a rainha da Inglaterra

ou nosso vice-presidente (qual é mesmo o nome dele?), o embaixador da Bulgária, todos estariam a salvo comigo.
— Você acha que esse é nosso homem? — perguntei a Hooker.
— Parece ser o único avião pousando às nove horas.
— Você reconhece algum desses caras?
— Não. Eles parecem homens comuns, de negócios.

Uma limusine de seis lugares encostou, a bagagem foi guardada e os três de terno entraram. Seguimos atrás, a uma distância de dois carros. Seguimos a limusine indo para sul, pela Rota 95, depois para leste, pela 395, passando pela MacArthur Causeway. As luzes de South Beach estavam diretamente à nossa frente. Quatro navios gigantescos estavam ancorados nas docas da baía Biscayne, à minha direita. Achava que a limusine pegaria a Collins e seguiria para o Loews, o Delano ou o Ritz. Em vez disso, ela virou na Alton.

— Ele vai para o barco — eu disse a Hooker. — O que isso significa?

— Acho que ninguém disse a ele sobre o desaparecimento de Ray.

A limusine encostou no estacionamento da marina e ficou dando um tempo diante do caminho que leva ao píer. Com os faróis ainda acesos. E o motor ligado. Hooker desligou os faróis e parou numa sombra no fundo do estacionamento.

Dois membros uniformizados da tripulação vieram correndo do ancoradouro. Eles eram seguidos por alguém que também estava de uniforme, mas claramente tinha um nível hierárquico superior. Talvez o capitão ou chefe de equipe. O motorista da limusine saiu e abriu o porta-malas. Os três de terno saíram e, depois de uma rápida conversa, a bagagem foi entregue aos tripulantes e todos seguiram para o barco. O motorista da limusine pegou o carro e foi embora.

— Parece que esses caras foram convidados para ficar no barco e o convite está de pé — disse Hooker.

Hooker e eu saímos, silenciosamente fechamos as portas do carro, contornamos o estacionamento e encontramos um banco escuro, no caminho da marina, de onde podíamos ver o movimento. O problema era que não parecia haver movimento algum. Os três homens haviam desaparecido no barco e tudo estava quieto.

– Isso é meio chato – disse Hooker. – Devíamos fazer alguma coisa.

– O que você tem em mente?

Ele chegou mais perto de mim.

– Não – eu disse.

– Você tem alguma ideia melhor?

– Quero ver o que está acontecendo dentro do barco. Vamos andar até o píer e olhar pelas janelas.

Passamos pelo portão em que estava escrito SOMENTE PROPRIETÁRIOS E CONVIDADOS e andamos pelo deque de madeira. O barco de Huevo ainda estava amarrado bem ao final do píer. Os dois conveses estavam acesos, mas as janelas das cabines eram de vidro fumê e não dava pra ver muita coisa. Um membro uniformizado da tripulação mantinha guarda.

Hooker tirou o celular do bolso e ligou para o número do barco. Podíamos ouvir o telefone de Huevo tocando, bem baixinho, dentro do salão. Uma voz masculina atendeu e disse que Ray Huevo não estava disponível. Hooker não deixou recado.

– Ele pode estar ali dentro – eu disse, desejando que fosse verdade.

– Improvável.

– Mas não é impossível. Talvez possamos ver mais do outro lado.

– Querida, o outro lado é a água.

– É, precisamos de um barco.

Hooker olhou para mim.

– E como você arranjaria um?

– Podemos pegar um emprestado. Há uma porção de barquinhos por aqui. Aposto que ninguém se importaria se pegássemos um emprestado, por alguns minutos.

– Você quer roubar um barco?

– Pegar *emprestado* – eu disse.

— Está certo — disse Hooker, pegando minha mão. — Vamos dar uma volta e olhar por aí.

Chegamos ao último píer e Hooker parou em frente a uma lancha, de porte médio. Estava escuro dentro. Ninguém em casa.

— Conheço o cara que é dono desse barco — disse Hooker. — Ele só vem aqui nos fins de semana. E mantém um barquinho menor, amarrado na traseira. Deve ser fácil *pegar emprestado*.

Entramos no barco e fomos até a popa para passar para o barquinho que estava amarrado, como Hooker havia previsto. Passamos para o barquinho, Hooker soltou a corda e virou a chave. O motor ganhou vida e Hooker arrancou.

— Fique de olhos abertos — disse Hooker. — Não quero trombar em nada.

Havia uma lua prateada no céu. Os píeres estavam acesos e alguns barcos estavam com as lanternas acesas também. Poucos barcos tinham luzes internas ligadas, mas não havia muito reflexo de luz sobre a água. O ar estava parado. Sem vento. Quase sem ondas.

Barcos às vezes iam e vinham, mas, naquele momento, não havia nenhum passando. Paramos ao lado do barco de Huevo e mantivemos distância, observando. Não havia muita coisa acontecendo. As janelas e as portas estavam fechadas e não havia som algum.

— Ai, ai — eu disse. — Decepcionante.

Hooker estava inquieto dentro do barquinho. Ele havia se virado para a traseira e futricava dentro de um baú.

— Posso conseguir causar algum movimento. Ao menos fazer com que todos saiam no convés, para podermos contar quantos são.

Olhei por cima de seu ombro, para dentro do baú.

— O que você tem em mente?

Hooker tirou uma arma de cano chato de dentro do baú.

— Sinalização de emergência. Eu poderia mandar uma labareda por cima do barco deles e fazê-los sair.

Ele segurou o revólver com as duas mãos, os braços esticados, ergueu-o para que a chama fizesse um arco e apertou o gatilho. Uma labareda foi disparada, com um ruído alto, atravessando o céu noturno. A chama graciosamente fez um arco curvo, se distanciando de nós, chegou ao ápice de sua trajetória, desceu em direção ao iate de Huevo... e entrou por uma das janelas do primeiro convés.

— Ihhh... — disse Hooker.

A chama explodiu com um rompante de luz que dançava pelo salão principal, como fogos de artifício no Quatro de Julho. O som saía pela janela de vidro escuro e podíamos ouvir as vozes em pânico das pessoas do lado de dentro.

Hooker e eu ficamos ali estupefatos, em silêncio absoluto. Houve uma pequena explosão e o estalar de fogos, depois uma chama amarela saiu pela lateral do salão.

— Ai, que merda — sussurrou Hooker. — Se eu não tivesse má sorte, não teria sorte alguma.

— Você tem muita sorte, tem a *mim*.

— Não tenho você. Você nem dorme comigo.

— É verdade, mas estou com você aqui, agora.

Hooker fez aquela cara.

— Não — eu disse.

— Que tal você amarrar a âncora no meu tornozelo e me jogar na água?

— Tenho uma ideia melhor. E se fugíssemos antes que alguém nos veja sentados aqui?

Cinco minutos depois estávamos atrás do barco grande, prendemos a corda e saímos do barquinho. Havia veículos de emergência no local, no quarto píer adiante. De incêndio e resgate. Polícia. Um monte de gente. Luzes piscando. Aquele ruído incompreensível da frequência da polícia. Ninguém prestava atenção em Hooker e em mim. E graças a Deus não havia fumaça nem chamas saindo do barco de Huevo.

Hooker ficou recuado, na sombra, mas eu fui até o píer. Um dos três homens que haviam chegado de avião, mais cedo, tinha saído e estava na calçada de cimento, vendo a movimentação. Eu me aproximei dele e gesticulei para o barco.

— O que aconteceu?

Ele sacudiu os ombros.

— Alguma coisa entrou pela janela e começou um incêndio. Não queimou muito. Tudo no barco é à prova de fogo.

Por um instante, fiquei surpresa. Estava esperando um sotaque estrangeiro. Talvez russo. Seu sotaque era de Nova Jersey.

— Nossa — eu disse. — Era uma bomba incendiária?

— Não sei. Estão investigando. Eu estava no andar de baixo e, na verdade, não vi nada.

Eu olhava a aglomeração enquanto conversava, procurando por Ray Huevo.

— Não pude deixar de notar que você não está vestindo roupas de Miami. Acaba de chegar à Flórida?

Ele baixou o olhar, para as calças de lã.

— Cheguei mais cedo. Foi um dia longo.

— Deixe-me adivinhar. Jersey?

— Faz muito tempo.

— Mas é originalmente de lá, certo?

— É, acho que nunca dá para se livrar realmente da porção de Jersey que você traz por dentro.

Estendi a mão.

— Alex.

— Simon.

— Onde você mora agora?

— No mundo.

— Isso resume bastante — eu disse.

— Meu empregador viaja e eu viajo com ele.

— Seu empregador também é de Nova Jersey?

— Sim, originalmente.

Ele estava me olhando e havia uma expressão em seus olhos e em sua boca que eu já havia visto antes. Era o mesmo olhar que Hooker... sempre tinha.

— E agora? — perguntei.

— O mundo.

— Ah, sim. Esqueci.

Podia ver que ele estava pesando seu desejo de permanecer anônimo contra o desejo de arranjar uma companheira para brincar com o *Zé*. Ele se mexia ligeiramente, chegando um pouquinho mais perto de mim, e eu soube que o *Zé* já estava aceso.

— Nos últimos anos estivemos baseados em Zurique — ele disse.

— Isso explica o terno.

— Tivemos alguns problemas ao chegar e não tive chance de trocar de roupa. E quanto a você? Mora aqui?

— Às vezes. Mas moro mais no mundo.

— Está tentando zombar de mim? — ele perguntou.

— Estou tentando flertar com você — eu disse. Eu tinha de usar as poucas armas que possuía em meu arsenal, certo? Só torcia para que Hooker estivesse armado e de olho.

Ganhei um sorriso dele.

— Legal — disse ele.

E, só para constar, eu estava inteiramente consciente de que ele teria dito *legal* mesmo se eu estivesse coberta de perebas e tivesse um rabo igual ao de Francis, a Égua Falante.

— Então, o que você faz em Zurique? — perguntei.

— Sou despachante.

Em meu bairro, em Baltimore, um despachante é alguém que garante que as coisas sejam providenciadas tranquilamente. Por exemplo, se o dono de um bar não está entregando o dinheiro para sua proteção em dia, um despachante pode ir falar com ele e quebrar suas rótulas, como incentivo.

— Um despachante — eu disse. — E que tipo de coisas você despacha?

— Você faz muitas perguntas.

— Só estou puxando assunto. Li em algum lugar que os homens gostam quando você demonstra interesse em seu trabalho.

Mais sorrisos.

— O cara para quem trabalho é do ramo de importação e exportação e eu facilito o trâmite.

— O que ele exporta? Carburadores?

— Talvez devêssemos levar essa conversa a algum outro lugar — disse ele. — Como um bar.

O plano de jogo noturno. Embebedar a trouxa.

— Claro — eu disse.

Andamos por uma curta distância e subimos a escada que levava ao bar anexo do Monty's. Puxamos duas banquetas e pedimos os drinques. Olhei por cima do ombro de Simon e vi Hooker observando de um beco, sinalizando que ia se enforcar.

– Com licença – eu disse. – Já volto.

Segui Hooker pelo beco e virei a esquina.

– Que foi tudo aquilo? – perguntei a ele.

– Você pediu um drinque?

– Foi.

– Ah, cara, você vai ficar bêbada e depois vou ter de salvar você do King Kong ali. Ele tem uns 15 quilos de vantagem. E vai ser horrível.

– Não vou ficar bêbada.

– Querida, você é a pior bebedora que eu já vi. Fica bêbada só com o cheiro ao abrir uma garrafa de merlot. O que você pediu? Aposto que pediu um daqueles drinques frufrus, com frutas e um guarda-chuvinha.

– Pedi cerveja.

– Cerveja light?

Apertei os olhos.

– Você quer que eu tire informação desse cara ou o quê?

Hooker estava de mãos nos quadris. Infeliz.

– A única razão por eu concordar com isso é porque sei o quanto você é boa em dizer não.

Voltei ao bar.

– Então, converse comigo – eu disse para Simon. – Conte-me sobre essa importação e exportação. Imagino que você importe e exporte carros de corrida.

– Carros de corrida?

– Você está visitando o barco de Huevo, então presumi que fosse envolvido com corridas.

– Nem um pouquinho. As Empresas Huevo têm um dedo em muitas frentes.

Ele estava bebendo Jack Daniel's com gelo. Virou a dose e olhou para mim. Eu bebericava minha cerveja como uma dama. Ele parecia querer me dizer para andar logo, mas se controlou e pediu outro Jack.

— O que você faz? — ele perguntou.

— Vendo roupa íntima feminina.

Não faço a menor ideia de onde veio isso. Simplesmente saiu. E a julgar pela expressão em seu rosto, foi uma boa escolha. Bem melhor do que dizer a ele que eu era mecânica, por exemplo.

— Como da Victoria's Secret? — perguntou ele.

— É, isso mesmo. Sou uma dama da Victoria's Secret.

Ele virou o segundo Jack.

— Sempre quis conhecer uma dama da Victoria's Secret.

— Bem, este é seu dia de sorte.

Ele cutucou meu joelho com o dele.

— Gostei da forma como isso soou. Quanta sorte acha que terei hoje?

— Você pode ter uma sorte danada. — Não.

Eu me remexi na minha banqueta e olhei o caminhão dos bombeiros partindo. A ambulância já havia ido. O único veículo de emergência que ainda estava por ali era o carro da polícia. A maior parte da aglomeração já se dispersara e os membros da tripulação se movimentavam no primeiro convés.

— Parece que todos estão de volta no barco — eu disse. — Tomara que não tenha havido muito estrago.

Feito mágica, um terceiro Jack apareceu.

— Não me incomodaria se a porcaria desse barco queimasse inteira — disse Simon. — Essa transação está virando uma causa perdida. Se fosse eu, desistia e ia para casa.

— Seu empregador não se sente dessa forma?

— Meu empregador está em missão.

— Aposto que Ray Huevo não está nada feliz com esse incêndio. Estou surpresa por ele não ter saído do barco, como todo mundo.

— Ray não está lá. Está fora da cidade. Ele e seus dois palhaços.

O bartender estava à nossa frente, polindo os copos, e disse:

— Se você está falando de Rodriguez e Lucca, acabo de vê-los no estacionamento. Levei um saco até a lixeira e passei por eles.

Simon voltou a atenção ao bartender:
— Tem certeza?
— É, eles estavam sentados no carro deles, uma BMW preta.
Sim! Excelente. Hooker e eu poderíamos surpreendê-los e salvar Fominha.
— Preciso falar com eles – disse Simon.
Não! Nada bom. Isso poderia significar *fazê-los desaparecer misteriosamente se não dessem a resposta certa*. Isso acabaria com minha possibilidade de resgatar Fominha. E eu precisava que a polícia encontrasse Rodriguez e Lucca com a arma do crime.
— Provavelmente é só alguém parecido – eu disse.
— Vi a tatuagem no pescoço dele – disse o bartender.
— Muitos bandidos têm tatuagens – eu disse a ele. – Olhe esse cara ao meu lado. Aposto que ele tem uma tatuagem.
— Não em meu pescoço – disse Simon. Ele levantou e deixou duas notas de vinte no balcão. – Benzinho, vou ter de deixá-la.
— Poxa, mas que pena – eu disse a ele. – Eu tinha planos. Ia fazê-lo muito feliz. Ia fazer coisas que você nem saberia nomear.
Ele deslizou um guardanapo em minha direção.
— Dê-me seu número e ligo quando sair do trabalho.
— É, mas vai passar o clima. Vou ter esfriado. Não fico quente pra sempre, sabe.
— Não vai demorar.
— Está certo, não faço isso para todo mundo, mas vou deixá-lo olhar dentro da minha blusa se você esquecer os caras do estacionamento. É pegar ou largar.
— É só isso? Olhar dentro da blusa?
— Ei, tem coisa boa aqui escondida embaixo dessa blusa.
— Olho dentro da sua blusa – disse o bartender. – Até jogo uma cerveja aí dentro.
— De qualquer forma, por que você está tão interessado naqueles caras do estacionamento? – perguntei a Simon.
— Quero falar com eles.
— Só isso?
— É, mais ou menos.

– Não pode falar com eles numa outra hora?

Ele sorriu para mim.

– Nossa, mas você me quer mesmo. Acho que não tem saído muito, não é? Quando foi a última vez em que alguém passou um salame em você?

Nossa, isso gerou uma bela tela mental. Que mulher não tem fantasias românticas com um homem que se refere ao pênis como salame?

– É, faz tempo – admiti. E era verdade. – Acho que por isso estou tão faminta pelo seu... é... salame.

– Eu gostaria de atendê-la – disse Simon, descendo da banqueta –, mas preciso fazer isso primeiro.

Pulei da banqueta e atravessei o estacionamento até Hooker.

– Temos um problema – eu disse a ele. – O bartender acabou de dizer ao despachante do comprador do chip que Rodriguez e Lucca estavam no estacionamento.

– Despachante?

– O gorila do bar. Eles são americanos, mas moram em Zurique. E Ray definitivamente desapareceu.

Nós nos agachamos num arbusto no final do estacionamento e ficamos olhando Simon bater no vidro do motorista com o cano do revólver e convencer Lucca e Rodriguez a saírem do carro. Eles ficaram ali em pé, conversando por alguns minutos. Pareciam amigáveis. Simon gesticulou que eles fossem para o barco e Rodriguez sacudiu a cabeça, dizendo que não. Rodriguez não achava que seria boa ideia.

Bum! Simon atirou no pé de Rodriguez.

– Porra – disse Rodriguez. E sentou com força no asfalto.

Dei um pulo para trás quando o tiro foi disparado e me senti meio tonta. É difícil ficar olhando alguém levar um tiro tão friamente. É claro que eu tinha batido no joelho do pobre do cara com uma lanterna, mas pareceu diferente na hora. Abaixei a cabeça e fiquei respirando fundo.

Mesmo a distância, no escuro, eu podia ver que Lucca estava mudo, de olhos vidrados.

– Faça algo – sussurrei para Hooker. – Não podemos nos dar ao luxo de deixar que Rodriguez e Lucca desapareçam. Precisamos deles.

– Querida, o gorila tem uma arma.

– Você também.

– Sim, mas o gorila gosta de usar a dele. A minha é só para eu me exibir.

– Chame a polícia!

Hooker apertou os números da emergência.

– Há um assalto acontecendo aqui no estacionamento da marina de South Beach – Hooker sussurrou ao telefone. – Quem é? Você quer meu nome? Meu nome é Dickie Bonnano. E você precisa se apressar ou alguém pode ser morto ou raptado. – Hooker fechou o celular e o colocou no bolso.

– Você não falou ao atendente sobre o tiro – eu disse.

– Achei que isso estivesse incluído no assalto.

– Nem todos os assaltos envolvem tiros. Tiros são muito mais sérios do que um simples assalto.

– Não necessariamente. Você pode apanhar até morrer num assalto. E pode só levar um tiro de raspão, no dedão do pé, num tiroteio.

– A polícia está a caminho? – perguntei.

– Acho que sim.

– O que quer dizer com acha que sim? O que o atendente disse?

– Ela disse que eu deveria ficar calmo.

Simon também tinha feito uma ligação telefônica e três minutos depois seu companheiro de viagem entrou em cena. Eles revistaram Lucca e Rodriguez e os colocaram no banco de trás da BMW.

– Onde está a polícia? – eu disse, me sentindo um pouco em pânico. – Não estou ouvindo nenhuma sirene. Não vejo nenhuma luz piscando. Você deveria ter falado à atendente sobre o tiro. Deveria ter sido mais assertivo.

– Fui assertivo. Só não dei chilique.

— Bem, talvez precisasse ter dado um chilique, pois não vejo nenhum policial.

— Bem, talvez, da próxima vez, *você* deva fazer a porcaria da ligação.

— Pode contar.

— Então está bem.

— Certo.

Estávamos nos encarando, os dois de pé, com os narizes colados, de mãos nos quadris.

A boca de Hooker se curvou nos cantos, ameaçando o começo de um sorriso.

— Nós acabamos de brigar?

— Discutir.

— Achei que fosse uma briga.

— *Não* foi uma briga.

— Pra mim, pareceu uma briga.

— Esqueça. Não vamos fazer sexo para fazer as pazes.

— Mas valeu a tentativa — disse Hooker.

Simon e o outro cara entraram na BMW, que saiu pelo estacionamento. Hooker e eu entramos em nosso carro alugado e seguimos para o norte.

— Fiquei sabendo de algo interessante de Simon.

— O cara do bar?

— É. Ele disse que eles não são ligados às corridas. Disse que Ray tem um dedo em outras coisas.

A BMW seguiu pelo tráfego e, para variar, nós a perdemos de vista depois de algumas quadras e alguns sinais.

— Certo — disse Hooker. — Minha visão da situação é a seguinte: se Fominha estiver no porta-malas, eles o encontrarão e provavelmente seu status não mudará muito. Pelo menos, não por um tempo. Quanto a nós, estamos ferrados.

— Mais alguma coisa?

— Precisamos encontrar Ray. E temos de identificar o comprador do chip. E, antes de fazermos essas coisas, precisamos voltar à casa de Felicia, porque saí sem nada.

Capítulo 14

Acordei com Hooker em cima de mim e Beans soltando aquele bafo de são-bernardo na minha cara. O mais perturbador era que não me importei com nenhum dos dois. Saí de baixo de Hooker, fui até o banheiro dos Ibarra, tomei um banho rápido, me vesti e peguei uns sacos plásticos enormes na cozinha para levar Beans para passear.

Era pouco depois das sete e o bairro de Felicia estava começando a se movimentar. Havia caminhões e carros de segunda mão descendo as ruas, as pessoas se enfileiravam nos pontos de ônibus, os cães latiam nos quintais e os gatos estavam sentados em parapeitos, tomando o primeiro sol da manhã. A língua falada era o espanhol, os odores de cozinha eram cubanos e os tons de pele eram mais escuros que o meu. O ritmo de vida dava uma sensação normal e confortante, o ambiente parecia exótico.

A sobrinha de Felicia estava administrando o fogão quando voltei. Hooker estava à mesa com um monte de crianças e um homem mais velho que eu não conhecia. Beans entrou embaixo da mesa para esperar por comida que caísse no chão.

– Termine seu café da manhã – Lily disse à mais nova. – O ônibus vai chegar e você não vai estar pronta novamente.

Hooker tinha café, suco e um burrito à sua frente. Ele segurava o burrito com uma mão e o telefone com a outra.

– Claro – disse Hooker ao telefone. – Pode apostar.

Eu me servi de uma caneca de café e me sentei à mesa.

– Era o Skippy – Hooker me disse quando desligou. – Ele queria me lembrar que é terça.

Fiquei surpresa por Skippy estar acordado tão cedo assim. Skippy era conhecido por ir às reuniões na pista de pijama se fossem marcadas para antes das nove.

– Skippy está começando a parecer nervoso – disse Hooker. – Há toneladas de compromissos agendados com a mídia para amanhã, incluindo o desfile dos carros que começa na Times Square.

Não seria bom para Hooker perder o desfile de carros. Os dez melhores pilotos entram neles e pilotam em Manhattan. É televisionado e fotografado, milhares de fãs se aglomeram ao longo do trajeto do desfile.

– Talvez devêssemos ir a Nova York.

– Vou ser preso e indiciado com acusações múltiplas de... – Hooker olhou para as crianças na mesa – mau comportamento.

– Você não tem certeza disso – eu disse a Hooker.

– Mesmo que eu só seja intimado para interrogatório, isso irá gerar muita mídia negativa. E, se resolverem me segurar, você ficará sozinha para nos tirar deste desastre.

Lily colocou um burrito imenso na minha frente e voltou a encher minha caneca de café. Comi metade do burrito e dei a outra metade para Beans.

Quarenta e cinco minutos depois, Hooker e eu estávamos no estacionamento da marina. A BMW preta havia regressado e estava caprichosamente estacionada entre dois outros carros. Paramos a caminhonete na beirada do estacionamento, distante da BMW, e saímos para dar uma olhada, levando uma chave de roda conosco.

– Nada de sangue pingando do porta-malas – disse Hooker, em pé, junto à traseira do carro. – Isso pode ser um bom sinal.

Hooker bateu na tampa e disse *olá*, mas ninguém respondeu. Tentei a porta e estava trancada, então Hooker enfiou a chave junto à tranca e o porta-malas abriu. Vazio. Nada de sangue. Hooker amassou a tampa para fazer travar.

Espiei do lado da janela do motorista.

– Não há sangue nos bancos, nem espirrado no para-brisa. Está faltando um tapete na traseira. Rodriguez provavelmente sangrou muito. Há algumas manchas no carpete, mas nada grande. Talvez eles só tenham levado Rodriguez ao médico. Talvez não os tenham matado, nada assim.

– Não consigo decidir se estou aliviado ou decepcionado.

Atravessamos o estacionamento até a calçada de cimento que se estendia ao longo da marina. Dois píeres adiante, o iate de Huevo estava agitado, com os membros da tripulação trabalhando para limpar a bagunça causada pelo fogo. Havia cinco homens de calças compridas e camisas sociais de mangas curtas conversando no ancoradouro, não muito longe do barco. De tempos em tempos, um dos homens gesticulava para lá e todos olhavam naquela direção. Dois dos homens seguravam pranchetas.

– São corretores de seguros – eu disse a Hooker.

Depois de alguns minutos, os três homens de Zurique surgiram no salão principal e deixaram o barco sem olhar para trás, com dois membros da tripulação os seguindo, carregando bagagem.

– Aposto que eles estão vindo em nossa direção – disse Hooker. – Acho que eles vão seguir até o estacionamento. Precisamos desaparecer.

Saímos da calçada e logo sumimos em meio aos arbustos e às palmeiras que formam uma faixa verde entre a calçada e o estacionamento. Serpenteamos ao redor das palmeiras, contornando o estacionamento, e nos escondemos atrás da caminhonete.

Os homens de Zurique e os carregadores de bagagem não estavam muito atrás de nós. Eles atravessaram o estacionamento rumo à BMW, foram até o porta-malas e ficaram olhando os amassados que acabáramos de fazer. Olharam em volta. Sacudiram a cabeça, com raiva. Tentaram abrir o porta-malas. Estava emperrado. Colocaram a bagagem no banco traseiro e entraram no carro.

– Eles estão indo embora – sussurrou Hooker. – Estão indo para casa. O que isso significa?

– Não estão indo para casa. A casa deles fica em Zurique e agora está fazendo muito frio por lá. Se estivessem indo para casa, estariam de terno. Esses caras estão todos de camisa de mangas curtas. Acho que só estão deixando o barco. Provavelmente tudo está cheirando a fumaça.

Esperamos até que a BMW saísse do estacionamento, depois entramos na caminhonete e os seguimos até a Collins. Dessa vez foi mais fácil. Nada de sinais. Menos tráfego. Eles seguiram até um pequeno hotel, onde entregaram o carro ao manobrista, deram a bagagem ao mensageiro e seguiram para a recepção.

— Eu realmente gostaria de saber quem são esses caras — disse Hooker. — Talvez um de nós pudesse falar com o cara da recepção e jogar um charme incrível para tirar a informação dele.

Revirei os olhos.

— Não posso simplesmente ir até o balcão da recepção e começar a fazer perguntas.

— Você poderia se levantasse um pouco a camiseta para que o recepcionista visse um pouco de pele exposta.

— Você está bancando o gigolô — eu disse.

— E daí?

Peguei a maçaneta.

— Se eu não estiver de volta em dez minutos, pode entrar atirando para me salvar.

Puxei a camiseta de dentro do jeans e amarrei um nó logo abaixo dos seios, deixando bastante pele exposta. Atravessei a rua faceiramente e entrei na recepção rebolando a bunda, no estilo de Suzanne.

Era uma recepção bem pequena, com chão de mármore preto e branco, palmeiras em vasos e um balcão *art déco*. Um homem vestido impecavelmente se virou atrás do balcão. Suas unhas estavam polidas, o cabelo tinha um corte perfeito e a pele era irretocável. Ele estava usando um broche de arco-íris na lapela. Desfiz o nó da camiseta e a enfiei de volta na calça. Seria preciso mais do que uma barriga de fora para atiçar esse cara. A barriga teria de trazer um equipamento anexo que eu não possuía.

— Oh, docinho — ele me disse. — Você é perfeita demais para se cobrir. Isto aqui é South Beach. Você malha, não é?

— Às vezes.

— O que posso fazer por você? Se está querendo arranjar uma grana para o aluguel, talvez eu tenha algo para você.

Está certo, eu até entrei meio nua e balançando os quadris... ainda assim era meio chato ter sido logo vista como uma prostituta.
— Não sou barata — eu disse a ele.
— Claro que não! Embora uma manicure não fosse má ideia. E você está precisando pintar a raiz do cabelo.
Enfiei as mãos nos bolsos.
— Três homens acabaram de entrar. Um deles estaria à procura de... uma dama? Aquele de camisa azul e um toque grisalho nas têmporas?
— Ele não pediu. Apesar disso, o sr. Miranda já ficou aqui antes e no passado utilizou nossos serviços para obter companhia feminina.
— Achei tê-lo reconhecido. Fiquei com ele ano passado. Ele esteve aqui para o Orange Bowl, certo? Lembro-me dele porque ele tem um... você sabe... torto.
— Você não detesta isso? — perguntou o recepcionista. — Você cobrou extra?
— Como é mesmo o primeiro nome dele?
— Anthony.
— Anthony Miranda. É. Foi esse cara. — Peguei uma caneta emprestada no balcão e escrevi um número falso num folheto do hotel. — Aqui está o número do meu celular — eu disse ao recepcionista. — Diga a Anthony Miranda que Dolly deixou um alô. — Saí rebolando pela recepção, atravessei a rua e entrei na caminhonete.
— Anthony Miranda — eu disse a Hooker.
— Mais alguma coisa?
— Só isso. Apenas um nome. Eu provavelmente teria descoberto mais coisa, mas precisaria fazer as unhas.

Hooker voltou ao estacionamento da marina, estacionou e colocou Skippy no viva voz.
— Preciso de ajuda — Hooker disse a Skippy.
— Não sacaneia.
— Preciso de informação sobre um cara. Anthony Miranda. Sabe alguma coisa sobre ele?

— Não.

— Bem, então procure no Google e me ligue de volta.

— O que aconteceu com os velhos tempos, quando tudo que preocupava a NASCAR eram as marias-gasolinas dos boxes e os quartos de hotel destruídos? Nem o Earnhardt Sênior teria ligado para que eu pesquisasse no Google para ele. E ele era um *piloto*.

— Isso não dá pra discutir — disse Hooker, desligando.

— Você é um bom piloto — eu disse a Hooker. — Só é uma merda como detetive.

Uma limusine entrou no estacionamento e deu um tempo em frente ao caminho que levava à marina. A porta da limusine abriu e Suzanne Huevo saiu. Ela estava vestindo um conjunto amarelo, com o cabelo preso, a bolsa do cãozinho no ombro, e as orelhas pesavam com os diamantes.

— Inspeção de danos — disse Hooker.

Suzanne desapareceu pelo caminho, e a limusine ficou por ali. Cinco minutos depois, Suzanne ressurgiu e entrou na limusine, que partiu.

Hooker engrenou a marcha da caminhonete.

— Tenho mais é que segui-la. Seguimos todo mundo e não temos mais nada para fazer.

A limusine desceu a Collins e entrou num condomínio logo depois do Ritz. Suzanne desceu e entrou no prédio. A limusine foi embora.

— Ora, veja — disse Hooker. — Isso não acrescentou muita coisa. Então é aqui que ela está morando agora.

— Você tem alguma outra ideia?

— Tem um Starbucks virando a esquina. Podíamos tomar um café com uma daquelas tortas de amora com glacê.

— Eu quis dizer se você tem alguma ideia de como nos tirar da lista dos Mais Procurados.

— Neca — disse Hooker, engrenando a marcha, seguindo para o Starbucks. — Não tenho nenhuma ideia.

Dez minutos depois, eu saía do Starbucks com dois copos grandes de café e duas tortas de amora. Empurrei a porta de vidro, olhei do outro lado da rua, exatamente a tempo de ver a caminhonete saindo, seguida pela BMW preta.

Minha primeira reação foi incredulidade. Por um instante, a Terra parou de girar em seu eixo e nada se moveu. O tempo parou. E uma dor terrível cresceu em meu peito e eu não podia respirar. E minha visão embaçou por trás das lágrimas. E eu soube que era verdade. Hooker se fora. Os bandidos o haviam levado. E esses bandidos estavam acima de Lucca e Rodriguez. Lucca e Rodriguez eram assassinos. Eu desconfiava que Simon e seu parceiro fossem profissionais polidos.

Eu me sentei no degrau de cimento e coloquei a cabeça entre as pernas, puxando o ar. Componha-se, pensei. Não é hora de desmoronar. Assoei o nariz num guardanapo do Starbucks. Dei um gole no café tentando me acalmar, procurando pensar.

– Aqui está o que tem de ser feito – eu disse a mim mesma. – Você precisa encontrar Hooker antes que o machuquem. Você precisa de ajuda. Ligue para Rosa e Felicia.

Ainda estava nos degraus em frente ao Starbucks quando Rosa encostou no meio-fio. Eu estava alerta pelos dois copos de café e um pedaço de torta. Já conseguira conter a inundação de lágrimas, mas estava me sentindo terrível pelo fato de Hooker ter sido levado pelos bandidos. E eu estava determinada a pegá-lo de volta em condições de uso.

Rosa estava dirigindo um Toyota Camry rosa-choque que havia sido customizado com um aerofólio traseiro com a pintura de uma labareda em rosa, vermelho e verde fluorescente. Felicia estava no banco ao seu lado. E Beans estava no banco de trás, com o focinho colado no vidro, olhando para mim.

Entrei no banco ao lado de Beans e minha atenção foi captada por um arsenal que abastecia os bolsos atrás das poltronas. Três semiautomáticas, dois revólveres, uma arma de choque elétrico e uma lata de spray de pimenta do tamanho de uma lata de cerveja. Além de algo que parecia uma arma de cano serrado, que estava no chão.

Felicia me viu olhando as armas.

— Nunca se sabe — disse ela. — Melhor estarmos preparadas, certo?

Preparadas para quê? Para a Terceira Guerra Mundial?

— O que fazemos agora? — perguntou Rosa. — Estamos prontas para pegar aqueles filhos da puta. Você sabe para onde levaram Hooker?

— Não. Mas sei onde estão hospedados. É num hotelzinho branco, na Collins, que tem uma varanda grande, com cadeiras de balanço. Achei que poderíamos começar a procurar por lá.

— Conheço o hotel — disse Rosa, entrando no tráfego. — O Pearl.

Eu me recostei e liguei para Skippy.

— Estou ligando por Hooker — eu disse. — Você conseguiu alguma coisa sobre Anthony Miranda?

— Acontece que há uma porção de Anthonys Mirandas. Um baterista, um policial de Nova York, um cara dono de uma exportadora de Zurique...

— É esse cara. O exportador.

— Eu sabia que seria o exportador. Pelo que li, ele exporta armas e equipamento militar tecnológico ilegal.

— Não são boas-novas. Eu estava torcendo para que fosse chocolate.

— Onde está Hooker? — perguntou Skippy.

— Sabe aqueles caras imitadores de astros de cinema? Talvez você queira tentar arranjar alguém que sirva de dublê de Hooker... em todo caso.

— Estou ficando velho demais para essa merda — disse Skippy. E desligou.

Rosa estacionou na rua, a meio quarteirão do Hotel Pearl. Deixamos Beans no carro, tomando conta das armas, e Rosa, Felicia e eu entramos na recepção ao estilo de "lá vêm as piranhas".

O mesmo cara impecável estava na recepção e ele arregalou os olhos quando entramos.

— Oh, minha nossa — disse ele. — Isso talvez seja demais.

— Anthony está nos esperando — eu disse a ele.

— Ele não mencionou nada...

Rosa estava vestindo um suéter vermelho com decote em V que mostrava boa parte dos peitos, tão apertados que um homem poderia morrer sufocado se enfiasse o nariz ali.

– Fomos convidadas para o *brunch* – disse Rosa.

– Ele não fez nenhum pedido de *brunch* – disse o atendente.

– Amorzinho – disse Rosa –, nós *somos* o *brunch*.

– Mas eles não estão aqui. Todos eles saíram há meia hora. Algo sobre nosso café não estar de acordo com seu padrão, e foram procurar um Starbucks.

Então, talvez Rodriguez e Lucca tivessem contado sobre Hooker e os compradores do chip de Zurique esbarraram com ele acidentalmente. Mas que droga.

– Anthony disse que deveríamos subir e nos preparar – eu disse ao atendente. – Ele disse que você nos colocaria em seu quarto.

– Oh, não. Eu não poderia fazer isso, de jeito algum.

– Está certo, então vamos nos aprontar aqui – disse Rosa. E ela tirou o suéter.

– Irc – disse o recepcionista. – Não, não, não. Vocês não podem fazer isso aqui na recepção.

– E lá vou eu também – disse Felicia, desabotoando a blusa lilás florida.

O atendente cobriu os olhos com as mãos.

– Não posso olhar. Não estou vendo.

– A menos que você queira ver a calcinha de Felicia no chão, acho melhor me dar a chave – eu disse.

Ele empurrou um cartão em minha direção.

– Pegue. *Pegue e vá!* Saia do meu lobby. Quarto 315.

Felicia, Rosa e eu seguimos até o elevador e subimos até o terceiro andar. Entramos no quarto e vasculhamos tudo.

– Esse cara não tem imaginação – disse Felicia. – Olhe as cuecas samba-canção. São todas da mesma cor. Sem nenhum desenho.

Liguei o laptop. Nada em cima da mesa. Nada interessante no HD. Entrei em seu programa de e-mail. Limpo. Nada na agenda.

– Não há nada aqui – eu disse. – Ele deve exportar tudo usando um pen-drive. – Olhei em volta procurando um, mas não havia.

– Há um pequeno cofre no armário – disse Rosa. – Ele provavelmente tem coisa ali dentro, porque está trancado. Não há nada nos bolsos dos paletós.

O telefone de Felicia tocou.

– É minha sobrinha – disse Felicia, me entregando o telefone. – Hooker está lá com três homens e quer falar com você.

– Oi – eu disse a Hooker. – Como vai indo?

– Poderia estar melhor. Estou aqui com três cavalheiros interessados num chip de computador. Acontece que não está mais atrás do quadro de Jesus.

– Pedi a Felicia que pegasse. Pensei que pudesse precisar dele para pagar seu resgate.

– Cara, que alívio. Então, você está com o chip aí?

Olhei para Felicia.

– Você está com aquele pequeno chip que estava atrás do quadro de Jesus, certo?

– Sim e não – disse Felicia. – Eu o peguei quando estava procurando as armas, coloquei em cima da mesa e Beans o comeu.

– O quê?

– Como é que eu ia saber? Eu saí da sala por três segundos e, quando voltei, o Senhor Cão Sorrateiro estava com a língua em cima da mesa e o chip não estava mais.

Perdi a voz.

– Poderia ser pior – disse Felicia. – Ao menos sabemos onde ele está. Você só precisa esperar que ele faça cocô.

– Alô? – disse Hooker. – Você ainda está aí?

– O chip está temporariamente indisponível – eu disse a ele. – Deixe-me falar com Miranda.

Houve uma movimentação do outro lado e Miranda veio ao telefone.

– Ouça – eu disse –, temos um pequeno problema aqui e o chip está temporariamente indisponível, mas sabemos exatamente onde está e vamos pegá-lo assim que possível. Mas o negócio é o seguinte: se um fio de cabelo de Sam Hooker estiver fora do lugar, você *jamais* terá esse chip.

— Agora aqui está a *minha* proposta. Dê-me o chip ou você terá um namorado morto.

— Tecnicamente, ele não é meu namorado.

— Você tem 24 horas — disse Miranda. Ele me deu seu número de celular e desligou.

— Temos 24 horas para trocarmos o chip por Hooker — eu disse a Rosa e Felicia.

— Talvez possamos dar umas ameixas ao cãozinho para acelerar as coisas — disse Felicia. — Dá certo comigo.

— Talvez possamos esperar os bandidos voltarem e descemos o cacete — disse Rosa.

Achei as duas ideias boas.

— Vamos dar o fora daqui — eu disse. — Uma de vocês pode ficar vigiando o hotel e a outra vem comigo, para comprar ameixas.

— Não quero fazer a vigilância — disse Rosa. — É só ficar sentada esperando.

— Também não quero fazer isso — disse Felicia. — Quero estar onde estiver o movimento. Vou ligar para meu sobrinho Carl. Ele pode ficar vigiando. Ele está saindo de um emprego e ainda não tem outro. Ficaria feliz em fazer algo.

— Carl — disse Rosa. — Eu o conheço. Ele não foi pego por porte de droga?

— Foi, mas agora está limpo. Ele mora numa pensão a algumas quadras daqui e a esta hora provavelmente está sentado, assistindo a televisão. Ele era empacotador num supermercado, mas trocaram os sacos de papel por sacolas plásticas e ele não pegou o jeito.

Dez minutos depois estávamos saindo do hotel e atravessando a rua com Carl. Ele era parrudo, com um metro e oitenta, pele morena, cabelos escuros até os ombros, jeans grande demais e um dente reluzente de ouro na frente. Nós o sentamos num banco, na calçada, e lhe demos a descrição dos homens e dos carros, incluindo Hooker. Ele tinha um telefone celular, uma garrafa de refrigerante, óculos de sol espelhados e um boné... tudo que precisava para manter vigilância em Miami.

– Carl não parece muito inteligente – disse Rosa quando voltamos ao Camry.

– Ele fritou um pouco os miolos com as drogas, mas vai ficar bem – disse Felicia. – Ele é muito consciencioso. Encontrou Jesus.

– Ele parecer tê-Lo encontrado num salão de bilhar – disse Rosa.

– Há uma loja de conveniência ao lado da marina – eu disse a Rosa. – Talvez a gente consiga comprar ameixas lá e podemos olhar o estacionamento à procura da BMW preta.

Beans estava sentado ao meu lado, no banco traseiro, soltando seu bafo quente canino no pescoço de Felicia.

– Alguém dê uma balinha ao cãozinho – disse Felicia. – Ele precisa muito de uma bala de menta. Da próxima vez, nada de burritos para ele no café da manhã.

– Vamos comprar bala quando comprarmos as ameixas – eu disse a ela.

– Eu o trouxe porque precisamos ficar de olho o tempo todo para não perdermos o *grande acontecimento* – disse Felicia.

Eu não queria pensar no *grande acontecimento*. Nem podia imaginar como encontraria um pequeno chip em meio ao *grande acontecimento*. Ia precisar de um macacão anticontaminação e uma máscara de gás.

Rosa seguiu até o fim da Collins, passou pelo Joe's Stone Crabs e entrou no estacionamento junto ao Monty's. Ela andou para cima e para baixo entre as fileiras para olharmos os carros, mas não vimos a BMW.

– Ainda quero dar uma olhada no barco – eu disse. – E gostaria de deixar Beans esticar as patas.

Felicia se virou e olhou Beans de frente.

– Você tem que fazer cocô? – ela perguntou a ele.

– Ainda está cedo – disse Rosa, embicando o Camry numa vaga e desligando o motor. – Ele ainda nem comeu as ameixas. E, de qualquer forma, isso não funciona assim, *pá, pum*. Não é como sexo!

– É, se você comer bastante ameixas – disse Felicia. – E você deveria parar de fazer sexo com homens *pá, pum*. Isso é sexo de gente casada. Se eu fosse divorciada como você, colocaria o despertador primeiro para mim. Nada de *pá, pum*.

— É como lançar os dados — disse Rosa. — Você arremessa e às vezes ganha um pá, ou um pum. Por isso Deus deu duchas de massagem para as mulheres.

Saímos todos do carro e caminhamos em direção à marina.

— É melhor você ter cuidado com o que diz sobre Deus — disse Felicia. — Ele ouve, sabia? Se eu fosse você, rezaria umas ave-marias esta noite só para garantir.

— Imagino que você nunca tenha usado a ducha de massagem no chuveiro?

— Bem, claro, mas não envolvo Deus nisso. Acho que a ducha deve ter sido inventada pelo demônio. Deus inventou a posição papai e mamãe.

Estávamos na doca, olhando os ancoradouros. Tudo estava correndo como o habitual, exceto pelo iate de Huevo ter sumido. Levei Beans até o píer, onde o iate ficava ancorado, e abordei um cara que se preparava para zarpar num Hatteras.

— Onde está o barco de Huevo? — perguntei.

— Acabou de sair. Está indo para Fort Lauderdale para reparos. Houve um incêndio no salão principal.

Um lugar a menos para procurar Hooker.

Subimos os degraus, passamos pelo bar ao ar livre e caminhamos ao redor do prédio até a delicatéssen do outro lado da rua. Fiquei com Beans do lado de fora e, dez minutos depois, Felicia e Rosa surgiram, com dois sacos de comida.

— Nossa — eu disse. — Tudo isso é para Beans?

— Não — disse Rosa. — As ameixas e os sacos plásticos grandes são para ele. As luvas de borracha são para você. A salada de macarrão, a torta de chocolate, os sanduíches de almôndegas e o refrigerante são para o restante de nós.

Sentamos num banco do lado de fora da loja e Felicia abriu a caixa de ameixas.

— Alguém quer uma ameixa? — perguntou ela. — Ameixa faz bem. Tem muito ferro.

Declinamos, nos poupando para a torta de chocolate.

– E quanto ao cãozinho? – Felicia disse para Beans. – O cãozinho quer uma ameixa?

Beans estava sentado ereto, com os olhos brilhando e as orelhas em pé. Ele cheirou a ameixa que Felicia tinha nas mãos, depois a pegou, delicadamente. Ficou segurando na boca por um tempinho, babando, sem saber ao certo o que fazer com a ameixa. Depois abriu a boca e a ameixa caiu.

– Compramos um sanduíche de almôndegas para ele – disse Felicia. – Só para garantir. – Ela desembrulhou um dos sanduíches, enfiou ameixas no meio das almôndegas e deu para Beans.

Beans o devorou.

– Agora só temos de esperar que o cocô venha – disse Felicia entregando nossos sanduíches e passando garfos plásticos para o macarrão.

Comemos nosso almoço, bebemos refrigerante e Felicia ligou para o sobrinho, para saber se houvera algum progresso.

– Ele disse que não houve progresso – disse ela. Enfiou as embalagens amassadas e os garfos usados num saco que tínhamos deixado para lixo e olhou em volta. – Onde está a caixa de ameixas? Estava aqui no banco, ao meu lado.

Todos os olhos se voltaram para Beans. Ele estava sentado na grama, não muito distante de nós. Estava babando, os olhos pareciam sonolentos e havia um pedaço do papelão da caixa de ameixas colado na boca.

– Ai, meu Deus – disse Rosa. – Ele comeu *um monte* de ameixas.

Beans levantou, ergueu o rabo e houve um som como o de ar saindo de um balão. Pulamos do banco e nos afastamos.

– Ele conseguiria até arrancar tinta de um prédio – disse Rosa.

Felicia estava abanando o ar com o saco de lixo.

– Está cheirando a burrito. E olhem para ele. Acho que ele está sorrindo.

Sentia que deveria estar fazendo mais para encontrar Hooker, mas não sabia por onde começar. Talvez averiguando se havia alguma propriedade. Peguei meu telefone e liguei para Skippy.

– Eu estava pensando se você poderia me conseguir mais alguma informação – eu disse. – Quero saber se Anthony Miranda possui alguma propriedade na região de Miami. Uma casa ou um prédio comercial, qualquer coisa.
– Quero falar com Hooker.
– Ele não está aqui.
– Onde ele *está*? – perguntou Skippy.
– Ele foi meio que... sequestrado.

Houve silêncio do outro lado da linha, e temi que Skippy tivesse desmaiado ou tido um ataque do coração.

– Você está bem? – perguntei.
– Estou ótimo. Meu saco está tão contraído que minhas bolas deram um nó.
– Não é tão ruim quanto parece – eu disse a Skippy. – Poderei ter Hooker de volta assim que o cachorro fizer cocô.
– Nem vou perguntar – disse Skippy. – Você tem um número telefônico para onde eu possa ligar quando conseguir a informação sobre Miranda?

Eu lhe dei meu número e desliguei.

– Talvez a gente deva voltar ao hotel e ver se Carl precisa de um intervalo para ir ao banheiro ou almoçar – disse Felicia.

Voltamos ao estacionamento, entramos no carro e Rosa seguiu para a Collins. Depois de três quadras, Beans fez o barulho do balão novamente, Rosa encostou o carro no acostamento e saímos para esperar o ar melhorar.

Estávamos em pé, não muito longe do Joe's Stone Crabs. Uma limusine preta parou diante de nós e Suzanne saiu.

– Ai, meu Deus – disse ela ao me ver. – Barney. Como vai você? Onde está Hooker?
– Ele foi sequestrado.
– Nossa – disse Suzanne –, mas que pena. Há tanta coisa acontecendo esses dias. Com licença um minuto. Preciso ir pegar meus caranguejos.
– Quem é essa? – Rosa queria saber. – Ela parece uma cachorra. Já gosto dela.

Suzanne carregava um saco grande ao sair.

— Então, o que você anda fazendo? — ela me perguntou, dando o saco para o motorista.

— Estou tentando encontrar Hooker. Essas são minhas amigas, Rosa e Felicia.

— Você foi à polícia? — Suzanne perguntou.

— Não. Parece que Hooker e eu estamos sendo procurados por vários assassinatos. Oscar, o observador de Brutus, o cara da segurança de Hooker... e, a esta altura, provavelmente já acrescentaram Ray também.

— Isso é ridículo. Ray não está morto — disse Suzanne.

— Tem certeza?

— Claro, Ray está comigo. Quer vê-lo?

Capítulo 15

Felicia, Rosa e eu entramos no Camry, abrimos as janelas e seguimos a limusine preta até o condomínio de Suzanne. Entregamos o carro para o manobrista e pegamos o elevador até o 12º andar. Durante todo o tempo eu estava morrendo de vontade de sair pulando para cima e para baixo, e gritar, até ficar vergonhosamente empolgada por ter achado Ray. Como eu não fazia a menor ideia do que estava acontecendo e não queria ferrar tudo, mantive a boca fechada e as mãos idem, ao lado do corpo, tentando parecer calma.

– É só uma locação temporária, até que eu esclareça tudo – disse Suzanne, enfiando a chave na fechadura. – Mesmo assim, não é ruim e tem uma vista ótima.

O apartamento se estendia até a parte de trás do prédio, com janelas do teto ao chão, de frente para o mar. A decoração era moderna, quase tudo branco, com toques de cores pastel. A cozinha era de alta tecnologia e parecia nem ter sido usada.

– Onde está Itsy Poo? – perguntei a Suzanne.

– Ela vai para um grupo de brincadeiras às terças. Depois ganha um banho de banheira e pedicure.

Beans estava encostado no meio das minhas pernas como se entendesse o que pedicure significava e não ligasse muito.

Suzanne colocou os caranguejos no balcão da cozinha.

– Sigam-me, senhoras, e vou lhes mostrar o que mães zangadas fazem para se divertir.

Todas nós entramos marchando no banheiro, que era do tamanho da metade de um campo de futebol. A cama dela era uma daquelas com quatro postes e véus de gaze. O carpete era branco.

As madeiras eram claras. Os móveis eram estofados em branco e as cortinas estavam abaixadas, e achei que isso provavelmente seria para manter o sol do lado de fora, para que ela não ficasse cega com a claridade da brancura.

– Esta unidade tem banheiro feminino e masculino – disse Suzanne. – Meu banheiro é pela porta da direita. E o dele é aqui.

Suzanne pegou uma chave na cômoda, destrancou a porta do banheiro dele e deu um passo para trás. Ray estava como um prisioneiro no pequeno cômodo, ainda com as roupas que havia vestido na reunião da praia. Estava preso por um sistema elaborado de correntes ao redor dele e do vaso sanitário e dos canos embaixo da pia. Suas mãos estavam livres para fazer o que precisasse, mas ele não tinha corrente suficiente para fazer o que realmente *queria* fazer... que era enforcar Suzanne. Tinha um travesseiro e uma colcha, uma pilha de revistas e uma bandeja com restos de comida para viagem.

– Agora vocês são todas cúmplices de rapto – disse Ray. – Se não me tirarem daqui, irão para a cadeia pelo resto de suas vidas.

– O que ele fez? – perguntou Felicia. – Traiu você?

– Não. É meu cunhado – disse Suzanne. – Sem a menor educação, ele matou meu marido antes que eu tivesse a chance de fazê-lo. E agora está pretendendo dar calote na herança de meus filhos.

– Você não tem provas – disse Ray.

– É sempre um erro se meter a besta com uma mãe – disse Suzanne.

– Então, foi para cá que Ray veio depois que falou comigo e com Hooker – eu disse.

– Foi fácil – disse Suzanne. – Eu disse que queria conversar com ele em particular sobre a transferência do barco para seu nome. Ele veio até aqui. Eu o peguei com uma arma de choque elétrico, o amarrei e ficou tudo em cima. Acho que o imbecil nem disse a ninguém que vinha aqui.

– Pergunte a ela sobre o chip – Ray disse a Suzanne.

– Cale a boca.

– *Pergunte a ela!*

– O que é que tem o chip? – perguntei a Suzanne.
– Ray e Oscar têm um produto de P&D que vale muito dinheiro. Eles não sabiam, mas eu estava de orelha em pé.
"Sabia que estava pronto para ser vendido e que Oscar o estava usando nos carros. Isso o fez ganhar um campeonato, porém, mais que isso, era uma forma chamativa de demonstrar a tecnologia a potenciais compradores. Eu estava disposta a ser uma boa esposa corporativa e manter minha boca fechada. Estava até disposta a ser uma boa ex-esposa corporativa e manter minha boca fechada. *Não estou disposta a ser uma viúva que fica sentada olhando o canalha do irmão depenar a empresa.* "As sobrancelhas congeladas de Suzanne se juntaram ligeiramente." Então, tive de trazer Ray para cá, para um interrogatório, certo, Ray?"

Ray lhe lançou um olhar mortal. E Suzanne ignorou.
– E agora o protótipo desapareceu, e Ray não quer me dizer onde foi parar – disse Suzanne.
– Eu disse a você onde está o chip – disse Ray. – Jesus, por que você simplesmente não pergunta a ela?

Suzanne mantinha os olhos em Ray.
– Ray tem uma história ridícula e insultante que ele construiu, sobre o desaparecimento do produto. Seu argumento é que você e Hooker estão com ele. E ainda fica melhor. Ele alega que vocês conseguiram pegar esse produto ao roubar um rebocador. O mesmo rebocador que deveria levar Oscar de volta ao México.
– Você está falando do dispositivo eletrônico que estava no manete de câmbio? – perguntei a ela.

Suzanne se virou para mim, de queixo caído, os olhos tão arregalados quanto é possível com o botox.
– Achei que ele estivesse mentindo. A história é insana. Quer dizer, quem acreditaria em algo assim? Não me diga que é verdade!
– É verdade – eu disse.

Suzanne jogou a cabeça para trás e soltou uma gargalhada. Ela olhou para Beans.

— Acho que as marcas de dentes em Oscar agora fazem sentido. Você deveria dar a ele um biscoitinho extra por essa.

— Ele achou que o sr. Defunto fosse um grande brinquedo de mastigar — disse Felicia. — Por dentro, ele é só um cachorrinho.

— Então, onde está a placa de circuito? — perguntou Suzanne. — Está com você?

— Não exatamente. Mas eu sei onde está.

— E está segura? Você pode pegar para mim?

— Sim.

Suzanne deu um suspiro de alívio.

— Você não pode imaginar quanto tempo e dinheiro foram dedicados à confecção daquele troço. É o futuro dos meus filhos.

— Então, não era sobre o barco?

— Não totalmente. O barco era apenas parte. Até a época em que a tutela de Ray terminasse, não teria restado nada na empresa. Ray teria acabado com todo o capital.

Ray não dizia nada. Eles obviamente haviam tido essa conversa antes e não terminara bem para Ray.

— Há algumas coisas que eu não entendo — eu disse a Suzanne. — Sei o valor do controle de tração num carro, mas tenho a impressão de que isso vai muito além de ganhar um campeonato. Por que essa pequena placa de circuito é tão importante?

— A tecnologia tem potencial amplo de utilização — disse Suzanne. — Tudo naquele pequeno circuito é exclusivo da Huevo. O conceito, a programação, a tecnologia sem fio e a composição da bateria. Todo o desenvolvimento, e nunca foi visto antes... em lugar algum. Se o circuito caísse em mãos erradas, poderia acabar sendo desvendado e a tecnologia poderia ser vendida. Só a bateria vale centenas de milhões de dólares. A tecnologia sem fio irá revolucionar a indústria aérea.

— Então você o queria de volta para que não fosse duplicado?

— É mais complicado que isso — disse Suzanne. — O idiota do Oscar se divertiu produzindo um microprocessador que podia facilmente ser inserido num motor, regulando sua velocidade. Era ilegal e fazia uso da nova bateria e da tecnologia sem fio, mas era um programa simples que se autodestruía a cada semana, quando enviado o sinal. Ao mesmo tempo, Oscar havia estabelecido uma parceria com um corretor de tecnologia.

— Anthony Miranda?

— Sim. Miranda tinha um cliente no exterior que estava disposto a pagar o preço máximo, em dólares. Infelizmente, parte dessa tecnologia poderia ser utilizada de formas ruins pelo cliente de Miranda. Eu teria entrado em cena mais cedo, mas não sabia dessa parte até chegar à Flórida.

"De qualquer forma, um protótipo da placa de circuito foi produzido para Miranda. Ele foi programado para demonstrar a tecnologia sem fio que poderia ser utilizada em aeronaves. Então, o gênio do Oscar trouxe duas placas de circuito diferentes para a Flórida e, de alguma maneira, conseguiu colocar a placa errada no carro 69."

— Foi Rodriguez — disse Ray. — Ele pegou o pacote errado. Eu estava com os dois pacotes etiquetados e guardados no cofre do hotel. O cara do Miranda estava vindo de avião, no dia seguinte da corrida, para pegar o protótipo para a demonstração. Eu nem soube do engano até um dia depois da corrida, quando fui pegar o pacote do Miranda.

— Espere um minuto — eu disse. — Deixe-me entender isso direito. Rodriguez colocou a placa de circuito errada no 69?

— O chip que na verdade controla a função do motor é inserido diretamente no motor, mas como o sinal estava sendo transmitido ao carro, a certa distância, achamos que o sistema seria mais confiável se instalássemos um segundo chip que captasse o sinal e o repassasse ao primeiro. Pelo fato de termos ligado o chip de segurança com o material da nova bateria, mantivemos o chip perto de nós, até o último instante. E, como precaução final, ele estava programado para se autodestruir. Além disso, só usamos o segundo chip nos carros Huevo. Na manhã da corrida, Rodriguez estava com pressa e pegou o pacote errado no cofre. E colocou o chip no manete sem examiná-lo.

— O protótipo do circuito podia controlar o carro?

— Não – disse Ray. – E também não estava programado para se autodestruir.

— Então você está me dizendo que, na verdade, Dickie ganhou a corrida?

Essa foi a primeira vez que Ray sorriu.

— Sim – disse ele. – Não é demais? Quem poderia pensar que ele conseguiria dirigir aquele carro?

— Por que você não se apressou para confeccionar outro chip para Miranda?

— Não tem como se apressar. O protótipo da placa de circuito e a bateria poderiam ser reproduzidos... mas não tão rápido. Certamente não dentro do espaço de duas semanas a que estávamos comprometidos. A programação para a demonstração estava combinada.

— Por que você não reprogramou?

— Imagine que Miranda é o Darth Vader – disse Ray. – E você tem de dizer ao sr. Vader que vocês precisavam reprogramar a demonstração. Miranda é impiedoso. Ele não tem qualquer tolerância com erros. E quando o chip não foi entregue conforme prometido, sua mente paranoica logo gritou que ele havia sido passado para trás. A suposição de Miranda era que eu estivesse vendendo o chip para outro lugar. E as coisas ficaram horríveis.

— Alguém se importa se eu comer alguns caranguejos? – perguntou Felicia.

— Ai, meu Deus – disse Suzanne. – Eu me esqueci dos caranguejos. Vamos todos para a cozinha e vou pedir para mandarem uma jarra de birita aqui para cima.

— Ei! – disse Ray. – Preste atenção aqui. E quanto a mim?

— O que é que tem você? – perguntou Suzanne.

— Estou acorrentado!

— Não choramingue, Ray – disse Suzanne. – Não é atraente.

— Falei a você tudo o que queria saber – disse Ray. – Você só está me mantendo aqui porque é uma maluca. Não é culpa minha que tenha se transformado numa bruxa velha e Oscar largou você, docinho.

Suzanne foi bufando para cima de Ray e todas nós pulamos sobre ela e a arrastamos do banheiro.

– Não é uma boa ideia se atracar com ele – eu disse a ela. – Preciso que ele esteja vivo e lúcido para colocar Rodriguez e Lucca como suspeitos de assassinato. – Olhei para Ray. – Você ainda vai fazer isso, certo?

– Claro – disse Ray. Rabugento, mas esperançoso.

– Infelizmente, Rodriguez e Lucca desapareceram e podem estar mortos, então você terá de bolar um jeito de inserir isso em seu plano – eu disse a ele.

Olhei para Suzanne.

– Você se importa de mantê-lo aqui mais um pouco? Ele provavelmente ficará mais seguro aqui do que na rua, onde Darth Vader pode dar de cara com ele.

– Claro. Estamos nos divertindo juntos. E sei que pode parecer grosseiro que eu toque no assunto, mas quero a placa de circuito. Ela pertence às Empresas Huevo.

Rosa, Felicia e eu olhamos para Beans.

– Ele a comeu – eu disse.

– Só larguei por um minuto – disse Felicia. – E ele deu uma lambida na mesa, e aquela coisinha sumiu. E agora estamos esperando que ele faça cocô.

Suzanne ficou totalmente imóvel.

– Está falando sério?

– Sim – juntas, nós três respondemos.

Ela ficou com as mãos espalmadas nas duas bochechas, sem expressão.

– Deixe-me entender isso direito. Estamos esperando o cachorro cagar meu circuito de bilhões de dólares.

– Sim – juntas novamente respondemos.

– Isso não tem preço – disse Suzanne. – Venho mantendo Ray aqui por dois dias porque a história que ele estava me contando era insana demais para acreditar e, no fim, um são-bernardo comeu a placa de circuito. Há mais alguma coisa que eu deva saber?

— Miranda está mantendo Hooker como refém, em troca da placa. E há outro homem desaparecido. Um amigo meu, que também está envolvido. Jefferson Davis Warner.

— Aqueles caras pegaram o Fominha? — perguntou Felicia. — Não sabia disso. Isso é terrível. Ele é tão meiguinho. Aposto que está com medo.

— Ray sabe onde ele está — eu disse a todos. — Não sabe, Ray?

— Nós o tínhamos no barco, conosco. Depois o transferimos para o carro — disse Ray. — Rodriguez o mantinha bem perto. Ele estava no porta-malas.

— Ele não está no barco e não está no carro — eu disse.

— Então não sei onde ele está — disse Ray. — Você tem de perguntar para Rodriguez.

Meu telefone tocou e olhei o visor. Skippy.

— Desculpe — disse Skippy. — Verifiquei com uma porção de fontes, mas não apareceu nenhuma propriedade. O cachorro já fez cocô?

— Não.

— Arranjei um ator que está a postos e, se você não chegar muito perto, ele pode passar por Hooker. Tudo que ele tem a fazer é entrar no carro e seguir o cara que estiver à sua frente, na velocidade do desfile. Talvez a gente se safe, contanto que ele não tenha de falar. Se ele abrir a boca, estou fodido.

A linha ficou muda e coloquei meu telefone de volta no bolso. Estava entre a cruz e a espada. Queria dar a placa para Suzanne e seus filhos. Realmente queria. Porém, mais do que isso... eu queria Hooker a salvo.

— Sei que aquela placa pertence a você — eu disse a Suzanne —, mas não posso sacrificar Hooker por ela.

Ray estivera sentado na tampa do vaso sanitário durante todo o tempo, ouvindo tudo.

— Se você me incluir, posso ajudar — disse ele. — Posso falar com Miranda. Posso fazer um acordo que beneficie a todos... até Hooker.

— Deita e morre — disse Suzanne. E ela fechou e trancou a porta do banheiro na cara de Ray.

Seguimos Suzanne para fora do quarto até a cozinha.

– Se eu o soltar, ele vai me matar – disse Suzanne. – Exatamente como fez com Oscar. Eu *sei* que ele matou Oscar. Tenho espiões por toda parte, ouvindo atrás das portas, lendo memorandos antes que sejam destruídos. Ray resolveu dar um golpe, e Rodriguez foi o matador escalado. Rodriguez pegou o chip errado porque havia acabado de detonar Oscar e a piranha da namorada, e ele estava atrasado. Rodriguez estava com Oscar empacotado na traseira do carro quando parou no hotel para pegar o chip. Estava com pressa e não prestou atenção.

– O que você vai fazer com o cara do banheiro? – Rosa queria saber.

– Não sei – disse Suzanne. – Eu o trouxe pra cá porque fiquei sabendo que Miranda estava vindo para a cidade, pessoalmente, para pegar o protótipo. Achei que poderia pegar o chip antes de Miranda e usá-lo para colocar Ray na linha. Depois de ter Ray aqui por um tempo, percebi que nada o mantém na linha. Ele é maluco. Não sente remorso algum por nada.

– Talvez precise de uns sapatos cimentados para ir nadar – disse Rosa.

– Antes de tudo, precisamos achar um jeito de pegar Hooker sem dar a placa de circuito – eu disse. – Depois nos preocupamos com Ray.

– Podemos *forçá-los* a nos dar Hooker – disse Felicia. – Simplesmente entramos lá e atiramos neles.

– Quantos homens estão com Hooker? – perguntou Suzanne.

– Miranda e mais dois, com certeza – eu disse. – Rodriguez e Lucca desapareceram. Eles podem estar com Miranda, mas é mais provável que estejam jogando pôquer com Oscar.

– Podemos pegá-los – disse Rosa. – Quatro contra três.

– Estou dentro – disse Suzanne.

Essa era uma ideia ridícula que me dava um medo de arrepiar os cabelos. Não éramos do exército ou algo assim. Éramos um grupo formado por uma ex-garota de shows de Las Vegas, uma

enroladora de charutos, uma avó que vendia frutas e uma mecânica que não era nada boa com armas.
— Alguma outra ideia? — perguntei.
Silêncio. Nenhuma outra ideia.
— Nossa, parece um bom plano — eu disse —, mas não podemos executá-lo, pois não sabemos onde eles estão. — Graças a Deus.
— Isso está resolvido — disse Suzanne. — Deixamos que Ray nos leve até eles. Três de nós partimos e uma fica para trás, para ficar tomando conta de Ray. A que ficar para trás abre a porta para ver se Ray está bem, e fica com pena dele, então abre as algemas para que ele possa comer alguns caranguejos. E ela deixa Ray fugir. Depois nós apenas o seguimos.
— Não sei — eu disse. — Parece perigoso que uma fique para trás.
— Na verdade, parece uma *loucura*!
— Mole, mole — disse Felicia. — Eu posso fazer isso. Olhe para mim. Sou uma vovó. Ele irá acreditar que o deixei partir. Mas vocês têm de prometer que virão me buscar antes de pegarem os bandidos. Não quero perder nada.
Quem *era* essa mulher? Ela se transformava numa exterminadora sob o luar?

Rosa estava ao volante do Camry, Suzanne estava com um revólver ao seu lado e eu estava no banco de trás, com Beans. Estávamos do outro lado da rua do condomínio, aguardando a ligação de Felicia para nos dizer que Ray havia fugido. Felicia já estava sozinha com Ray havia vinte minutos e eu estava estalando meus dedos mentalmente, temendo que algo tivesse dado errado.
A ligação veio no exato instante em que Ray saiu pela porta da frente como um raio e pegou um táxi.
— Felicia disse que saiu tudo perfeito — disse Rosa, seguindo o táxi de Ray. — Contou que demorou tanto porque ele a trancou no banheiro. E ela acha que depois ele comeu alguns caranguejos. E ela disse que ele pegou seu celular e é bom que não esteja fazendo ligações para o México.

O táxi seguiu para o sul pela Collins e todas nós soubemos seu destino. Ray estava indo para o barco. Ele não sabia sobre o incêndio. Não sabia que o barco havia partido. Não tinha certeza se Rodriguez e Lucca estavam soltos. Ele provavelmente estaria ligando do celular de Felicia, de dentro do táxi, nada feliz por eles não estarem atendendo. Mas que diabos, do que é que eu sei? Talvez eles estivessem atendendo. Talvez estivessem com Hooker, ou talvez estivessem se escondendo em Orlando, com o Mickey.

O táxi encostou no estacionamento e deixou Ray. Rosa deu um tempo na rua, e corri pelo jardim ao lado do Monty's para que pudesse espionar Ray quando ele seguisse pelo caminho até a marina.

Fiquei posicionada junto à lateral do prédio, bem na hora em que Ray saiu do estacionamento e ficou ali em pé, olhando o espaço vazio no ancoradouro. Ele gesticulou com a mão e gritou *Onde está a porra desse barco?*. E voltou ao telefone. Zangado. Apertando os números. Falando com alguém. Ele estava com a mão no quadril, de cabeça baixa, tentando não dar um ataque com a pessoa do outro lado da linha. Ergueu a cabeça e olhou em volta. Não em minha direção. De qualquer forma, estava injuriado demais para ver qualquer coisa. Ele andava de um lado para outro, falando. Depois desligou e ligou para outro número. Dessa vez a conversa foi bem mais calma, mas eu podia ver a raiva revolvendo por baixo da superfície. Não estava falando com um subalterno, pensei. Talvez estivesse falando com Miranda. Ao menos essa era minha esperança, porque agora que estávamos comprometidas com um plano eu queria seguir em frente.

Era o início da tarde. Não havia uma nuvem no céu. Uma brisa leve vinha do oceano, remexendo a água e as palmeiras. Estava fresco o suficiente para vestir mangas curtas. Em outras palavras, o clima estava perfeito. E a Flórida seria um paraíso não fosse o fato de eu estar sendo procurada para interrogatório sobre múltiplos assassinatos, e Hooker estar sendo mantido como refém, e se Beans não estivesse com um chip de bilhões de dólares circulando por seus intestinos.

Ray olhou para o relógio e acenou com a cabeça. Olhou na direção do estacionamento. Acenou outra vez, depois guardou o telefone. Alguém viria buscá-lo, pensei. Seria interessante ver se seria Rodriguez ou Lucca.

Meia hora depois, eu estava de volta ao Camry com Rosa, Suzanne e Beans. Ray estava esperando na entrada do estacionamento.

A BMW preta passou por nós e parou junto ao meio-fio. Ray entrou e o carro se misturou ao tráfego. Simon estava dirigindo. Rosa os mantinha à vista e passou por eles quando a BMW parou em frente ao Pearl. Ela fez uma conversão proibida e estacionou a meia quadra de distância, de frente para o hotel. O pisca alerta da BMW foi ligado e Simon saiu e entrou no lobby. Cinco minutos depois, Felicia ligou e disse que seu sobrinho avisou sobre a BMW. Dez minutos depois, Simon saiu com a bagagem, sentou atrás do volante e arrancou.

— Eles deixaram o hotel — disse Rosa. — Imagino que achem que um hotel chique não é lugar para dar um tranco num refém.

Eu sabia que Rosa estava apenas usando a frase como uma expressão, mas a ideia de Hooker tomando um tranco deixou meu estômago enjoado.

A BMW seguiu para o norte pela Collins, virou na Seventeenth Street e pegou a Venetian Causeway. Estávamos dois carros atrás, vigiando cuidadosamente. A BMW virou num bairro residencial, na Di Lido Island, seguiu para o norte e parou junto à entrada de uma garagem.

— Bela casa — disse Rosa, olhando para a casa através dos portões de ferro. — Aposto que eles têm dobermans.

— Isso não vai ser fácil — disse Suzanne. — Vamos ter de escalar uma cerca de quase dois metros para entramos nesse lugar. E não fazemos nem ideia de quantas pessoas há dentro da casa.

Estávamos estacionadas mais abaixo, na rua, discutindo sobre nossas opções, quando meu telefone tocou.

— Aqui é Anthony Miranda — disse ele. — Sei onde está localizada a placa de circuito e não vejo motivo para esperar mais. Você tem uma hora para me entregar a placa ou o cão.

Ray era um tagarela.

– E se eu não fizer a entrega em uma hora?

– Começo a cortar os dedos da mão de seu amigo.

– Isso é repulsivo.

– É negócio – disse Miranda. – Nada pessoal. Há um pequeno estacionamento junto a uma loja de conveniência na esquina da Fifteenth Street com a Alton Road. Meu representante estará lá para coletar o que é de minha propriedade. Uma hora.

– Também espero coletar o que é de minha propriedade. Não vou entregar nada até que Hooker seja solto.

– Hooker será solto quando eu estiver de posse da placa de circuito.

– Junto com Fominha?

– Junto com Fominha.

Desliguei e olhei para as moças.

– Tenho uma hora para levar a placa de circuito para Miranda. Se não entregar, ele vai começar a cortar os dedos de Hooker.

– Será difícil para ele dirigir sem dedos – disse Rosa.

– Tenho uma ideia – disse Suzanne. – Se conseguíssemos fazer Beans cagar a placa, poderíamos desabilitá-la. Removemos a bateria e arruinamos o circuito. Então podemos dá-lo a Miranda e teremos cumprido suas exigências sem lhe dar a tecnologia. Não é culpa nossa que a placa de circuito tenha sido danificada, certo? Quer dizer, ela passou por muita coisa.

Olhamos para Beans. Ele estava ofegante e babando. Levantou a bunda do banco um pouquinho e soltou um pum. Saltamos do carro e abanamos o ar.

– Você acha que isso estava com cheiro de ameixa? – perguntou Rosa. – Acho que senti um toque de ameixa.

Entramos de volta no carro e Rosa saiu da De Lido e pegou a estrada rumo ao Belle Island Park. Ela encostou numa área gramada, saí do carro com Beans e comecei a andar com ele.

– Você quer fazer cocô? – perguntei a ele. – O Beansy vai fazer um totozinho?

Ele deu uma mijada de sete minutos e babou bastante, mas não fez cocô.

— Ainda não está na hora — eu disse a todas. — Ele não está pronto.

Suzanne olhou o relógio.

— Ele tem 45 minutos.

Rosa dirigiu até o condomínio de Suzanne, que entrou correndo para tirar Felicia do banheiro. Quando elas saíram, trouxeram mais ameixas.

— Peguei emprestadas com minha vizinha — disse Suzanne. — Na verdade, ela as come. Dá para imaginar?

— Não sei se isso é boa ideia — eu disse. — Ele já comeu muita ameixa.

— Sim, mas olhe como ele é grande — disse Felicia. — Ele pode comer um monte de ameixas. Talvez não a caixa inteira desta vez. Talvez só metade da caixa.

Dei algumas ameixas para Beans e ele começou a passar a pata na porta.

— Ele está pronto! — disse Felicia. — Leve-o para fora! Pegue os sacos!

— Ele precisa de grama — eu disse a elas. — Ele só faz na grama.

— Ocean Drive! — Suzanne gritou.

Rosa estava com o carro engatado.

— Tudo em cima. Segurem firme. Só estamos a duas quadras de distância.

Ela seguiu como um foguete rumo à Collins, virou à esquerda na Ocean e parou junto ao meio-fio. Todas nós saímos e corremos com Beans até a parte gramada do parque, entre a estrada e a praia. Beans chegou à grama, parou bruscamente e se agachou. Eu estava com um saco plástico embrulhando minha mão. Pronta para pegar. Felicia estava com Beans na coleira. Suzanne e Rosa tinham sacos extras.

— Sabia que as ameixas iam funcionar — disse Felicia.

Beans abaixou a cabeça, fechou os olhos e uma caixa de ameixas, junto com só Deus sabe o que mais, explodiu de seu traseiro numa esguichada que alcançou um raio de três metros.

Todas nós pulamos para trás de olhos arregalados.

– Talvez tenha sido ameixa demais – disse Rosa.

Beans levantou a cabeça e sorriu. Ele havia terminado e se sentia bem. Empinou-se um pouquinho, na ponta da coleira.

– Está certo – eu disse. – Não vamos entrar em pânico. Ele obviamente está vazio. Então, a placa de circuito tem de estar aqui, em algum lugar. Todo mundo procurando.

– É pequena demais – disse Suzanne. – Seria difícil de achar, você sabe... numa pilha. Será impossível encontrá-la nesta grama.

– Talvez eles só cortem alguns dedos – disse Rosa. – Contanto que ele fique com o polegar, vai ficar bem.

– Temos 25 minutos – disse Felicia.

– Vamos ter de fingir – eu disse a elas. – Todo mundo procurando cocô de cachorro. Vamos encher um saco com o cocô que conseguirmos achar. Depois damos o saco para Miranda e dizemos a ele que não tivemos tempo de procurar pela placa. E quanto mais cocô melhor, para que leve bastante tempo até que Miranda olhe tudo. Precisamos de tempo para fugirmos com Hooker.

– Vou precisar de antiácido quando sair daqui – disse Rosa.

– Desculpe – eu disse para Suzanne –, você terá de fazer uma réplica da placa de circuito. Mas pelo menos sua tecnologia não será roubada.

– O que é isso? – Simon queria saber.

– Cocô de cachorro – eu disse, entregando-lhe o saco. – Não tivemos tempo de vasculhar à procura da placa de circuito, mas tenho certeza de que está aí. O Beans se esvaziou.

– Não brinque. Isso é um saco gigante de bosta de cachorro. Pelo amor de Deus, você poderia pelo menos ter colocado em dois sacos.

– Estava com pressa. Não queria que Hooker perdesse nenhum dedo. – Olhei ao redor. – Onde está Hooker?

– Está no carro, com Fred. Vou ter de ligar para o Miranda para falar sobre isso. Não estava esperando um saco de merda.

— Foi o melhor que pude fazer em tão pouco tempo – eu disse.

Simon e eu estávamos em pé, no estacionamento, ao lado da delicatéssen Royal Palm. Rosa estava dando um tempo numa vaga próxima à entrada da garagem. Suzanne e Felicia estavam de olho em Simon, com as armas em punho, prontas para "derrubá-lo" caso eu desse o sinal. Uma caminhonete de vidro fumê estava na outra ponta do estacionamento. Era difícil saber quem estava dentro.

Simon me observava por trás dos óculos escuros.

— Aqui entre nós, se eu não a tivesse deixado no bar, ontem à noite, eu a teria faturado?

— Você não espera que eu lhe diga, espera?

Ele olhou para o saco de cocô de cachorro.

— Acho que sei a resposta.

Simon colocou o saco de cocô na traseira da caminhonete e abriu o telefone celular. Ele teve uma conversa rápida com quem estava do outro lado da linha, Miranda, supostamente. Depois fechou o telefone e voltou até mim.

— Miranda disse para levarmos o saco e Hooker de volta para a casa, e quando acharmos a placa soltamos Hooker.

— O acordo era fazer a troca aqui. Quero meu cocô de volta.

— Senhora, adoraria lhe devolver seu cocô, mas não posso fazer isso. O chefe quer o cocô.

Voltei para o Camry e sentei ao lado de Beans.

— Eles vão soltar Hooker quando acharem a placa.

A caminhonete preta partiu e Rosa ligou o Camry.

— Está certo, senhoras – disse ela. – Uma garota tem de fazer o que é preciso.

— O que isso quer dizer? – perguntei a Rosa.

— Quer dizer que vamos ter de baixar a porrada e soltar o Hooker.

— Isso soa bem, no papel – eu disse a Rosa. – Mas não somos exatamente uma equipe da SWAT. Acho que está na hora de chamarmos a polícia.

Suzanne estava atrás comigo, sentada do outro lado de Beans.

— Fácil para você dizer — disse Suzanne. — Você não simplesmente raptou Ray Huevo. Sou a favor de entrarmos e resolvermos o problema por nossa conta. Eu malho, sei atirar e estou no clima para fazer um estrago — disse ela, escolhendo uma arma no bolso à sua frente. — Vou ficar com essa Glock 9mm.

Seguimos de carro até a casa e Rosa ficou na frente. O portão estava fechado e era preso a uma cerca de quase dois metros que contornava a propriedade. Pelo que podíamos ver, teríamos de passar por cima da cerca e atravessar uma área gramada, até chegarmos à casa. Uma placa metálica no portão dizia que o terreno era protegido pela agência de segurança All Season Security.

— Seria melhor se pudéssemos fazer isso no escuro — disse Rosa.

Olhei para o céu. Estava escurecendo. O pôr do sol talvez fosse em uma hora. Talvez um pouquinho mais. Uma hora parecia um tempo longo demais para deixar Hooker ali dentro com um decepador de dedos.

— Eles vão levar um tempo até vasculhar todo aquele cocô — disse Felicia. — Vão ter de colocá-lo numa peneira, de pouquinho em pouquinho, e lavar.

Fizemos sons de vômito.

— Acho que temos até a próxima ligação telefônica — disse Suzanne. — Se eles não conseguirem encontrar a placa de circuito, vão ligar. Não sabem ao certo que é uma armação.

Capítulo 16

Estávamos estacionadas quatro casas depois do local onde eles estavam mantendo Hooker refém, com o Camry escondido nos fundos da entrada de garagem de uma casa desocupada. Vigiávamos com atenção o movimento da rua, mas não havia nada para ver. Nenhum carro indo ou vindo. Ninguém passeando. Assistimos ao pôr do sol numa exibição brilhante de laranja e rosa fluorescente. Vimos o céu passar de sombreado para escuro.

– É agora – disse Rosa. – Hora do show.

Nós nos armamos, saímos do Camry e começamos a andar rua abaixo. Rosa, Felicia, Suzanne e eu. Beans ficou para trás e não estava gostando. Ele estava no carro, latindo tão alto que podia acordar os mortos.

– Você precisa fazer alguma coisa com o cãozinho – disse Felicia. – Vão chamar a polícia por nossa causa.

Voltei ao carro, abri a porta e Beans pulou para fora. Peguei a coleira e ele se empinou ao meu lado. Ele estava feliz. Ia passear com todo o mundo.

– Quando eu morrer, quero voltar como esse cãozinho – disse Felicia.

Paramos quando chegamos ao portão. Ainda estava fechado e trancado. Além do portão, podíamos ver a BMW estacionada no quintal. A casa estava escura. Nem uma única luz acesa.

– Talvez eles tenham cortinas com blecaute – disse Rosa.

– Talvez estejam assistindo a um filme na televisão – disse Felicia.

Talvez estejam nos esperando, pensei.

As luzes nas casas vizinhas também estavam apagadas. Não era alta temporada na Flórida. Não havia muito do pessoal rico nas casas. Saímos da rua e escolhemos um ponto de sombra bem fechada.

– Vamos ter de pular o muro fazendo escadinha – disse Felicia. Rosa e eu enlaçamos as mãos e demos um impulso em Suzanne.

– Está tudo quieto do lado de dentro – Suzanne sussurrou. Ela sentou no muro e silenciosamente caiu para o outro lado, sumindo de vista.

Felicia foi a próxima a ir.

– Não consigo alcançar – disse ela, com um pé em nossas mãos. – Preciso subir em seus ombros. Fiquem paradas.

Felicia conseguiu subir nos ombros de Rosa, empurrei sua bunda com as mãos e ela passou por cima do muro e aterrissou do outro lado com uma batida.

Rosa e eu olhamos para Beans. Ele estava alerta, nos observando, olhando o muro.

– Juro, ele está esperando para ir para o outro lado -- disse Rosa.

– Precisamos de um daqueles caminhões da companhia de telefone, que tem uma cestinha presa ao guindaste.

– Se conseguimos colocar Felicia do outro lado do muro, também conseguimos colocar Beans – disse Rosa.

Nós o erguemos, deixando-o sobre as patas traseiras, com as patas dianteiras contra o muro, e pusemos as mãos embaixo de seu bundão canino.

– *Suspenda* – disse Rosa.

Nós duas demos um gemido e levantamos Beans uns três palmos do chão.

– Cristo – disse Rosa –, é como levantar um saco de areia de setenta quilos.

– Aqui, cãozinho – Felicia sussurrou do outro lado do muro. – Beansy bonzinho.

– Venha com a tia Sue – disse Suzanne, amorosa. – Vamos. Você consegue. Venha para a tia Suzy Woozy!

– Vou contar até três – disse Rosa. – Um, dois, *três*!

Respiramos fundo e levantamos Beans mais um palmo e meio. De alguma forma ele colocou a pata no peito de Rosa e se impulsionou alto o suficiente para levar as duas patas da frente até o alto do muro. Coloquei a cabeça embaixo de seu traseiro e, quando fiquei em pé, ele foi para o outro lado. Houve um resfolegar e uma batida, depois silêncio.

– Beans está bem? – sussurrei.

– Sim, está ótimo – disse Suzanne. – Ele aterrissou em cima de Felicia. Pode levar alguns minutos até que ela recupere o fôlego.

Rosa foi a próxima, com muito mais determinação do que graciosidade. Ela subiu no muro, virou de barriga, enlaçamos as mãos, depois todas me puxaram para o outro lado.

Ficamos coladas junto ao muro. Havia um gramado entre nós e a casa. Talvez dez metros. Quando corrêssemos pela grama, ficaríamos expostas.

– Não há como contornar – disse Suzanne. – Temos de dar uma corrida. Quando chegarmos à casa, podemos procurar um jeito de entrar.

Chegamos até a metade do caminho no gramado e as luzes externas se acenderam.

– Passamos pelos sensores de movimento – disse Suzanne. – Não entrem em pânico.

– Agora eles vão soltar os dobermans – disse Felicia, correndo na direção de um pátio. – Não vou ficar esperando. Vou para onde é seguro.

Ela bateu na porta do pátio com a coronha da arma e estilhaçou o vidro, enfiando a mão pelo lado de dentro para abrir, e o sistema de alarme disparou.

Todas corremos para o lado de dentro da casa, incluindo Beans. Tateamos nosso caminho pela casa escura, de armas em punho, passando por cada cômodo. Não havia motivo para irmos devagar ou silenciosamente. O alarme estava aos berros. O telefone estava tocando. Ninguém atendia. Sem dúvida, era a companhia de seguro ligando. A próxima ligação que fariam seria para a polícia.

Chegamos à cozinha, Beans deu um latido empolgado e saiu correndo. Era difícil ouvir algo por causa do alarme, mas houve o som de algo pesado caindo no chão à nossa frente. Rosa ligou o interruptor e a cozinha ficou iluminada como a luz do dia e todas olhamos para Hooker. Ele estava amarrado a uma cadeira da cozinha que Beans havia derrubado. Beans estava em cima dele, dando muitas lambidas, e Hooker parecia estarrecido.

Corri para Hooker e contei seus dedos. Dez. *Eba!*

– Você está bem? – perguntei a ele.

– Sim, só fiquei sem ar quando Beans derrubou a cadeira.

– E quanto a Fominha?

– Está na casa, em algum lugar. Não sei em que condições ele está. Pode estar lá em cima.

– Vou procurá-lo – disse Rosa.

– Onde estão os outros? – perguntei a Hooker.

– Partiram.

– Isso é impossível. Só há uma forma de entrar e sair e nós estávamos vigiando.

– Eles partiram de barco – disse Hooker. – Miranda e seus dois homens. E Ray. E a bosta de cachorro. Acho que Miranda não pensou que pudesse tirar muito mais de mim, então ele levou Ray. Se o chip estiver no saco, todos ficarão felizes. Se não estiver, imagino que Miranda irá manter Ray refém até que ele duplique a tecnologia. E, se não conseguir duplicar, acho que as coisas não vão ficar muito boas para o lado de Ray.

Felicia estava trabalhando nas cordas de Hooker com uma faca.

– Como está indo? – perguntou Suzanne. – Está perto de soltar? Temos de sair daqui antes que a polícia chegue. Não quero sair numa foto de ficha policial com meu cabelo deste jeito.

Felicia deu uma última investida com a faca e Hooker se soltou. Ele ficou em pé e olhou em volta.

– Onde está Beans?

– Ele estava aqui dois minutos atrás – eu disse.

Hooker assoviou e Beans entrou na cozinha arrastando Rodriguez, que sem dúvida estava inacreditavelmente morto. Felicia sacudiu o dedo para Beans.

— Você tem de parar de brincar com gente morta.

Hooker achou uma caixa de biscoitos no armário.

— Lá vai, cara — ele disse para Beans. — Troco um biscoito por um cara morto.

Segui as marcas de baba pelo corredor até um lavabo. A porta estava aberta e pude ver outro corpo no chão. Acendi a luz para ver melhor. Era Lucca. Ele estava de barriga para cima e seu olho roxo já não parecia um problema.

Sei que Rodriguez e Lucca não eram caras muito legais. E sei que mataram um monte de gente. Ainda assim, me sentia mal por estarem mortos. Certo, talvez não quanto a Lucca. Estava ligeiramente contente por ele estar morto.

Fechei a porta de Lucca e voltei à cozinha, onde Hooker e Felicia estavam tentando fazer Rodriguez ficar sentado junto à mesa.

— Que tal? — Felicia me perguntou. — Você acha que isso parece natural?

— Sim, se você não levar em conta que ele está morto há dois dias e você teve de quebrar suas pernas para fazê-lo sentar, além do fato de que a cabeça está virada para o lado errado. Ele parece com algo tirado do filme *O exorcista*. — Aí vi as armas em cima da mesa. — Suponho que essas armas pertençam a Rodriguez e Lucca.

— Simon colocou as armas sobre a mesa quando eles trouxeram Rodriguez e Lucca — disse Hooker. — Depois todos esqueceram delas. Estou torcendo para que uma dessas armas tenha sido usada para matar Oscar.

Rodriguez começou a cair para um lado e Felicia o apoiou no cotovelo.

— Colocamos este cara aqui, caso um policial imbecil seja o primeiro na cena e não consiga entender o que houve.

Todos nós congelamos diante do som de um tiro.

— Lá em cima — disse Hooker.

Houve uma batida ruidosa e depois a voz de Rosa.

— Tudo bem — ela gritou para baixo. — Estou com Fominha e ele está bem.

Fui até o pé da escada.

— O que foi esse tiro?
— Tive de atirar na fechadura da porta do banheiro – disse Rosa. – Sempre quis fazer isso. – Rosa estava segurando Fominha pela parte de trás da camiseta, como se segura um gatinho. – Ele está meio tonto, mas não tem nenhum furo que não tivesse antes. Pelo menos, não que eu possa ver.
— Fui até lá fora com o lixo – disse Fominha, com os olhos vidrados, meio murmurante. – Estava com a carcaça de peru dentro. E era um peru muito gostoso. Legal e molhadinho. Todos foram embora e eu fiquei limpando. E logo em seguida eu estava no porta-malas do carro. E aí eles me deram um tipo de injeção, e tudo ficou girando e eu não sei onde estava, depois voltei para o porta-malas. E quando estava lá dentro vi Jesus. E a Virgem Maria. E Ozzy Osbourne.
— Devia estar cheio esse porta-malas – disse Rosa.
Rosa e eu descemos com Fominha e fomos para a cozinha. Nós o levamos até o meio da sala e ele viu Rodriguez sentado à mesa e deu um chilique.
— Você! – Fominha berrou para Rodriguez. – Não ganhei nada das sobras por sua causa. E as sobras são a melhor parte. Todo mundo sabe disso. Ninguém faz uma porra de um sequestro na noite de Ação de Graças. Fico esperando a porra do ano inteiro pra comer aquelas sobras. Eu odeio você. Eu odeio você! – Ele pegou a arma de Rosa e atirou no joelho de Rodriguez.
Nada aconteceu. Rodriguez não pulou, não sangrou, não piscou.
— Você sabe que ele está morto, não sabe? – Hooker perguntou a Fominha.
— Sim. Eu sabia disso.
— Sente-se melhor?
— Sim – disse Fominha. – Mas eu certamente gostaria de um sanduíche de peru.
Notei uma caixa de sapatos deixada sobre a mesa. Gucci.
— Alguém compra sapatos caros – eu disse.
Rosa pegou a caixa e olhou dentro.
— Ihhh.

Felicia, Hooker, Suzanne e eu olhamos por cima do ombro de Rosa. Havia dois cilindros presos a um pequeno componente com um relógio em contagem regressiva. Restavam dois minutos no relógio.

— Bomba! — todos gritamos.

Hooker pegou a caixa, correu para o lado de fora e arremessou na direção da água. Ela bateu no ancoradouro, deslizou e explodiu. Todos nós fomos jogados para trás e metade das janelas estourou.

Não perdemos tempo para sair da propriedade. Seria trabalhoso demais pular o muro novamente. Corremos para a beirada da água, cuidadosamente entramos e contornamos o muro, saindo na elevação do outro lado.

A luz branca e azul de um carro da emergência piscava em disparada, no fim da rua, e parou diante do portão da casa, enquanto seguíamos na ponta dos pés por trás dos quintais. Chegamos ao Camry, espremidos seis pessoas e um cachorrão molhado dentro do carro, e Rosa arrancou, descendo a rua e pegando a estrada rumo a South Beach.

Ainda sentia tanto terror que meus dentes batiam e eu estava tremendo.

— V-você acha que vai dar certo? — perguntei a Hooker. — A-acha que eles vão ligar Rodriguez e Lucca aos a-assassinatos?

Hooker estava com os braços ao meu redor.

— Haverá muitas perguntas sem resposta — disse ele —, mas estou torcendo para que tenhamos deixado a arma do crime na cozinha. Não vejo como a polícia pode contestar a arma do crime carregada, com impressões digitais.

— Acho que sabemos por que eles não estavam preocupados em deixá-lo para trás — Rosa disse a Hooker. — Iam explodi-lo.

— Aquela bomba foi deixada na cozinha, ao lado do gás do fogão — disse Hooker. — Acho que teria explodido tudo e provavelmente incendiado a casa.

Acordei na caminha da casa de Felicia. Beans estava no chão, ainda dormindo. Hooker estava em cima de mim, totalmente acordado, com a mão no meu peito.

— Sua mão está novamente no meu peito — eu disse.
— E daí?
— Talvez você queira descê-la.
Ele deslizou a mão alguns centímetros.
— Aqui?
— Mais para baixo.
A mão foi até meu quadril.
— Aqui?
— É. Agora, um pouquinho para a direita.
— Querida!
Certo, grande surpresa. Eu ia sucumbir novamente... ao seu charme. E provavelmente me arrependeria... novamente. Mas não me arrependeria num curto prazo. O curto prazo seria *bom*. E, quem sabe, talvez desse certo dessa vez. E, se não desse, eu seria esperta o bastante para ficar com a chave do carrinho de golfe.

Uma hora mais tarde, ainda estávamos na cama e o celular de Hooker tocou.

— Escutei no noticiário que a polícia encontrou a arma do assassinato de Huevo em posse de dois suspeitos mortos — disse Skippy. — Parece que vocês saíram da berlinda. Estão planejando aparecer por aqui no futuro próximo?

— Preciso?

— Fizemos o desfile de carros esta manhã e seu dublê deu uma queimada de pneus na Forty-Second Street e deixou para trás o carro de Brutus. Marty Smith chegou a ele com o microfone, antes que eu pudesse alcançá-lo, e parecia que Marty estava entrevistando Loni Anderson. Se você não quiser boatos quanto a sua vida sexual, acho melhor vir para Nova York.

— Disseram mais alguma coisa sobre os suspeitos? — Hooker perguntou a Skippy.

— Eles disseram que um cara tinha sido mastigado pelo monstro do pântano. Imagine só.

Epílogo

Fazia 15 graus e estava ensolarado. Estávamos em meados de janeiro e era o primeiro de três dias de testes antes da temporada de Daytona. Hooker havia alugado uma casa de praia para ele e a equipe, incluindo eu. Todos nós havíamos deixado a casa às sete e meia e ido para a pista, onde a equipe descarregou os dois carros da Metro do rebocador, depois os empurrou até as baias na garagem.

Ambos os carros eram totalmente cinza, adornados apenas pelos números. Era desnecessário decorar um carro para testes com os logos de um patrocinador. Apenas um punhado de fãs estava na arquibancada e não haveria filmagens da TV, já que isso era um turno de trabalho para preparar o carro para correr.

A equipe de Hooker estava no carro, ajustando a configuração. Hooker e eu estávamos em frente ao rebocador, bebendo café, desfrutando o sol da manhã. Beans estava na casa, tirando sua soneca matinal.

O carro 69 estava a três rebocadores de distância e Dickie estava dentro do rebocador, com Delores. Melhor não saber o que estavam fazendo.

Uma luz piscou em minha visão periférica. O tipo de lampejo que surge de um reflexo do sol num espelho. Protegi os olhos, virei na direção da luz e vi que era Suzanne Huevo balançando o rabo na área dos boxes, com o sol refletindo em seus diamantes. Ela estava vestindo a camiseta das Empresas Huevo, jeans de grife apertados e botas altas de salto agulha. Tinha uma bolsa pendurada no ombro e a cabecinha de Itsy Poo estava empinada para cima, vendo tudo com os olhinhos pretos.

— Uau — Hooker sussurrou.

Lancei um olhar de lado.

— Só estou olhando — disse ele. — Um cara pode olhar.

Acenei para Suzanne e ela passou pelos dois rebocadores da Huevo para vir dizer oi.

— Ouvimos boatos de que você estava no comando, mas eu não sabia se era verdade — eu disse a Suzanne.

— Eu era a segunda na fila como testamenteiro. E, como Ray ainda não apareceu, estou encarregada até que meus filhos tenham idade suficiente.

— Nenhuma notícia de Ray?

— Miranda esteve em contato, criando alarde quanto a um resgate. Eu lhe disse que *ele* teria de me pagar para que eu aceitasse Ray de volta. Ele também disse que a única coisa que havia encontrado no saco de cocô de cachorro era cocô de cachorro. Fiz voz de surpresa diante disso. Então, ele se ofereceu para comercializar meu produto para mim, mas eu declinei.

— O que acontece se Ray reaparecer?

— Imagino que ele possa lutar comigo pelo papel de testamenteiro, mas tive a chance de examinar seus arquivos e recolher provas contra ele. Ele vem roubando a empresa há anos. As acusações contra ele seriam, no mínimo, de desfalque. E não estou perdendo tempo e coloquei seguranças na proteção da propriedade Huevo. A nova bateria e a tecnologia sem fio estão em negociação com um comprador idôneo. O processo já está bem encaminhado e Miranda não tem um incentivo de braço forte para me forçar a estabelecer uma parceria com ele.

— Parece que você colocou a mão na massa nos carros de corrida da Huevo — disse Hooker.

— Estou com a mão na massa em tudo que é dos meus filhos — disse Suzanne. — Achei que seria bom passar por aqui hoje e fazer notarem minha presença.

O mecânico de Hooker estava embaixo do primeiro carro. Ele ligou o motor e o som foi ensurdecedor.

— Preciso ir — disse Suzanne quando o motor parou. — Preciso falar com Dickie antes que ele entre no carro hoje.

— É — Hooker sussurrou para mim. — Ampare-o para que ele não fique muito arrasado quando perder, pois não está correndo com controle de tração.

— Quanto ao controle de tração — eu disse a Hooker —, no fim das contas, o dispositivo não estava funcionando em Homestead.

— Está de sacanagem com a minha cara?

— Brutus fez uma grande corrida.

— Isso é *tão* deprimente — disse Hooker. — Vou precisar ficar muito animada mesmo quando voltarmos para casa.

— E imagino que espere que eu ajude nessa animação?

Hooker sorriu para mim.

— Posso me animar, mas é muito mais legal quando a gente se anima junto.

Sorri para ele. Era algo para servir como incentivo. Ficar animada com Hooker era uma das minhas coisas prediletas ultimamente.

Suzanne havia seguido para a área da oficina, para falar com seu chefe de equipe. Ela estava com uma das mãos na bolsa do cão, a outra na lateral do quadril, com os pés separados. Era a dona. A mulher que mandava. Ela terminou sua conversa, deu a volta e seguiu ao rebocador para falar com Dickie.

— Há mais coisas a se pensar — eu disse a Hooker. — Aqui está a má notícia. Qualquer mulher que rebola o rabo daquele jeito, em saltos daquela altura, tem uma mãe ursa programada em seu sistema hormonal que fará o que for preciso para garantir a grana de seus ursinhos. Não ficaria surpresa se ela usasse a tecnologia para continuar trapaceando. É literalmente impossível de detectar.

— Tem alguma boa notícia? — Hooker queria saber.

— Felicia me ligou, no dia seguinte de nossa partida de Miami. Ela estava andando descalça na sala de jantar e pisou em alguma coisa afiada no carpete. Acabou descobrindo que era o chip. No fim das contas, Beans não o comeu. Eu o mandei para meu amigo Steven e ele conseguiu destrinchar e reproduzir para mim. Acabei de recebê-lo, pelo FedEx, ontem. E eu não apenas tenho a tecnologia duplicada, mas também arranjei uma forma de aprimorá-la. Porque, no nosso caso, o piloto estaria controlando a tecnologia, e eu posso inserir o controle remoto num relógio esportivo masculino, eliminando a necessidade de um relê.

Hooker passou o braço ao redor dos meus ombros e me abraçou junto a ele.

– Querida!

Este livro foi impresso na Editora JPA Ltda.,
Av. Brasil, 10.600 – Rio de Janeiro – RJ,
para a Editora Rocco Ltda.